ALPHAPOLIS WEB CITY SINCE 2000

スキルは見るだけ簡単入手！1

～ローグの冒険譚～

A L P H A L I G H T

夜夢
Yorumu

JN095835

アルファライト文庫

登場人物紹介
Main Characters
アースドラゴン
熟練《じゅくれん》冒険者も恐れをなす存在。
コロン
グリーヴァ王国の第二王女。
王族ながら、剣の腕が立つ。
ローグ
【神眼】の力を授《さず》かった少年。
見るだけであらゆるスキルを
習得できてしまう。

SKILL Ha MiruDake
kantan nyuusyu!
バレンシア
グリーヴァ王国の女王で
コロンの母親。
フローラ
ハレシュナ公爵家《こうしゃくけ》の長女。
アラン
ハレシュナ公爵家の
当主。何かとローグの
面倒を見てくれる。

プロローグ　全ての始まり

ザルツ王国の王都ポンメル近郊にあるラオルという村に、一人の少年が住んでいた。

彼の名前はローグ・セルシュ。銀髪に綺麗《きれい》な青い瞳。鼻筋《はなすじ》も真っすぐ通っていて、体つきは細いながらも、よく鍛《きた》えられている。

田舎村《いなかむら》に似合わぬなかなかの美形という以外は、どこにでもいる普通の少年だが……決して穏《おだ》やかな人生を歩んできたわけではない。

十歳の頃、住んでいた村が盗賊団に襲《おそ》われ、幼馴染《おさななじ》みの親友や両親、世話になった人達は皆《みんな》どこかへ連《つ》れて行かれてしまった。

ローグだけは何とか逃げ延《の》びたものの、賊が略奪《りゃくだつ》の限りを尽《つ》くし、火を放ったせいで村も畑も全て焼け落ち、明日食うものにも困る状態に。そんな中、彼は同じく難《なん》を逃れた村人数名と共に王都近郊に新《あら》たな村を作り、そこで細々と暮《く》らしはじめた。

どうやら同じく盗賊団の被害に遭《あ》った村がいくつかあったらしく、比較的王都に近いこのラオル村に、他の村から流れてきた住民が集まり、今に至《いた》る。

さて、この一件で自《みずか》らの無力さを思い知ったローグ少年は、時々村に巡回《じゅんかい》に来る王国の騎士に憧《あこが》れて、自らも騎士を志《こころざ》すようになった。だが、周囲には誰も剣術を教えてくれる人がいなかったため、戦い方はほぼ我流《がりゅう》。最初はせいぜい小さなモンスターを狩《か》るので精一杯《せいいっぱい》という有様《ありさま》だった。それでも、ほぼ毎日森で狩りをして生計を立てていた彼は、すぐに力を付け、やがて森では相手になるモンスターはいないほどに成長を遂《と》げた。

そんなローグが十四歳になったある日。いつものように森で狩りをしていると、大樹《たいじゅ》の横に見知らぬ少年が一人倒れているのを発見した。ローグは少年に近づき、声を掛ける。

「大丈夫？　まだ生きてる？　何か俺に出来る事はあるかな？」

呼びかけに気付いた少年はゆっくりと目を開け、ローグに助けを求めた。

「ど、どうか……ぼ……僕の手を……握《にぎ》って……く……ださ……い！」

何故《なぜ》そんな事をする必要があるのか訝《いぶか》しみながらも、ローグは少年の言葉に従《したが》って小さな手を握る。

「これでいいかな？　後は何かある？」

「今……から……あなたの魔力……を少し……だけ、分けて……もらいますが……驚《おどろ》かないで……くださ……い」

頷《うなず》いて少年に応えたローグは、握られた手から何かが吸われる感覚を覚えた。

「っつ！　力が、抜けるっ⁉」

「もう少し……んっ……ふうっ……」

しばらくすると、少年はすっかり落ち着きを取り戻し、ローグの手を放して立ち上がった。

「ありがとう、ローグ・セルシュくん。君のおかげで助かった。今度は僕から君に何かを贈《おく》るよ。それでは今から一年後、またここに来てくれると嬉《うれ》しいな……」

お礼の言葉を言い終えると、少年の身体《からだ》が光に包まれ……一瞬眩《まばゆ》く輝いた後に、その場からフッと消えた。ローグは事態が呑《の》み込めず、ただ呆然《ぼうぜん》とさっきまで少年がいた空間を見つめるのみ。

「？　何だったんだろう？　……俺、名乗ったっけ？　……変なの。とりあえず、一度帰るか」

村に戻ろうと一歩踏《ふ》み出したローグが、よろめく。

「……っ、少しフラつくなぁ。これが魔力枯渇《まりょくこかつ》ってやつなのかな？　ちょっとキツいけど……村までなら何とかなるだろう。今日はもう帰ろうかな」

この世界の住人は、誰でも魔力を有している。それは、なんの職業も持たない〝ただの村人〟であるローグも例に漏《も》れない。

ただし、魔力があるのと魔法が使えるのはイコールではない。高度な魔法を行使するためには師から学ぶ必要があり、誰にも師事《しじ》していないローグは、簡単な【生活魔法】しか使えない。こうした簡単な生活魔法は魔力消費量も少なく、普通に生活している分には魔力枯渇など起こりえない。まして、毎日の狩りで身体を鍛え、魔力総量が増えていたローグならなおさらだ。

ローグは謎《なぞ》の少年に魔力を吸われた事で、生まれて初めて魔力枯渇を体験したのだった。

†

不思議な少年と出会ってちょうど一年が経《た》ったある日。ローグがいつものように森に行くと、あの時消えた少年が、以前と全く変わらない姿で、同じ場所に立っていた。

「あれからもう一年経ったのか……早いなぁ。て事は、今日は俺が十五になる日でもあるな」

そう独《ひと》り言《ごと》を漏らすローグを見て、少年は笑《え》みを浮かべる。

「やぁ、ローグ・セルシュくん。あの時は世話になったね。今日はその〝お礼〟を渡しに来たんだ。もちろん、受け取ってくれるよね？」

礼を無下《むげ》に断《ことわ》るつもりはなかったものの、ローグは少年に疑問を抱《いだ》いていた。

「受け取るのは構わないけど、その前に一つ聞きたい。君は何者なんだ？　何故この森に一人でいたんだ？　それに、俺は確か君に名乗らなかったはずだ」

少年は納得した様子で、自分の身の上を語り出した。

「ああ、不審《ふしん》がるのも無理はない。僕はね、君達の言うところの……いわゆる〝神様〟ってやつさ。あの時は親父の大切にしていた盆栽《ぼんさい》をウッカリ破壊しちゃってね、大目玉をくらって、この森に落ちてきていたんだ」

少年の口から出たあり得ない単語に、ローグは絶句《ぜっく》する。

「神？　あなたが……？」

「うん。君の名前は神の目を通して見て知った。それから……君の悲惨《ひさん》な過去もね。ねぇ、ローグ。家族や親友を奪《うば》った奴らに復讐《ふくしゅう》したいと思うかい？　たとえば、僕ならそんな力を与えられる」

少年はそう言いながら、探《さぐ》るような目でローグを見た。

「復讐……ですか。確かに、当時はそれも考えました。でも……たとえ復讐したところで、家族は帰って来ないでしょう。俺は……俺のように悲しむ人が少しでも減《へ》ればそれでいいと思っています。身に余る力は要《い》りません。自衛《じえい》と、自分の手が届く範囲の人を助けられればそれで十分です……」

少年はどこか満足げに頷き、ローグに向かって語る。

「うん、その気持ちを忘れないでね。じゃあ、一つ、教えておこうかな。五年前に連れ去られた君の両親と親友……まだ生きてるよ。今はとある理由で違う国で暮らしているようだ。助けたい？」

ローグは目を見開いた。

（生きてる……？　父さん、母さん……それに……アイツも……！）

それは、肉親との再会を半ば諦《あきら》めていたローグにとって、まさに青天《せいてん》の霹靂《へきれき》であった。

「……っ！　助けたいっ‼　生きているなら、今すぐにでも助けに行きたいさっ‼　でも……何の取《と》り柄《え》もない俺に、たった一人の人間に何が出来るっていうんだ。……せめて、もう一度、顔だけでも見られたら……」

嬉しさと悔《くや》しさがないまぜになった感情があふれ、ローグの頬《ほお》を一筋《ひとすじ》の涙が伝う。

その様《さま》を見て、少年は目を細め、外見に似合わぬ慈愛《じあい》に満ちた声で語りかける。

「うん、合格。どうやら君は美しい心を持っているみたいだね。もし君がただ復讐を望んだり、少しでも邪《よこしま》な考えを抱くなら、簡単なお礼で済ませるつもりだったんだ。でも、これなら力を授《さず》けても大丈夫そうだ。僕を助けてくれたお礼に、今度は僕が君を助けよう。さぁ、目を閉じて……」

ローグは言われるままにゆっくりと目を閉じる。その後、少年の手が彼の額《ひたい》に触《ふ》れた。

「これから君に【スキル】を授ける。詳細は省《はぶ》くね。家に戻ったら〝ステータスオープン〟と唱《とな》えて、知りたい情報を意識するといい。では、始めるよ……」

少年の手から温かい何かが、身体に流れ込んでくる。その心地《ここち》よさに身を任《まか》せ……いつしかローグは意識を手放していた。

「完了だ。これからの君の人生に幸多《さちおお》からん事を。サービスで、家に転送してあげるよ。では、清《きよ》き少年よ……いつかまた会う日まで……」

そう言い残して、少年は再び光に包まれ、下界を後にしたのであった。

第一章　旅立ち

翌朝、ローグは自宅のベッドで目を覚《さ》ました。

ゆっくりと身体を起こし、辺りを見回す。

現在、彼は一人暮らしで、家には他に誰もいない。

両親を失って以来、周りの村人やいつも巡回に来てくれる王国の騎士に助けられながらも、何とか自分一人の力で暮らしていたのだった。

ふと昨日の森での出来事が、ローグの脳裏《のうり》をよぎる。あれが夢でなければ、彼は神と対面した事になり、何らかのスキルを貰《もら》っているはずだ。

ローグはそれを確かめるために、昨日の記憶を掘《ほ》り起こす。

「えっと、〝ステータスオープン〟だっけ？」

そう呟《つぶや》くと、ローグの目の前の空間に、光る文字列が浮かび上がった。

「これが……ステータス？」

ローグは浮かび上がったそれに目を通していく。

名前：ローグ・セルシュ　レベル：25
種族：ヒューマン
体力：512／512　魔力：260／260
▼スキル
【神眼《しんがん》】【習熟度《しゅうじゅくど》最大化】【ナビゲート】

「何だ……これ？　えっと、どうすればいいんだっけ……確か……知りたい情報を意識するとか言ってたよな？　じゃあ順番に確かめてみるか」
ローグは表示されているスキルを一個ずつ確認する事にした。
「まずは、【神眼】から……」

神眼：神から与えられた技能の一つ。常時発動、魔力消費なし。他者がスキルや魔法等を使っている場面を見ると、そのスキルを自分のモノに出来る。

「なっ!?　最初から凄《すご》いスキルだ……！　誰かがスキルや魔法を使うところを見るだけでいいのか。これは便利だな。次は【習熟度最大化】か。どれどれ……」

習熟度最大化：熟練度《じゅくれんど》が存在するスキルは、入手した時点から最高のレベルで使用出来る。

「熟練度があるスキル？　まだそういうスキルを持ってないから分からないな。最後は【ナビゲート】か」

ナビゲート：ナビゲート機能をオンにすると、スキルや魔法の説明、道具の鑑定《かんてい》等を音声で説明してくれる。

「こういうのは最初に知りたかったな。ま、仕方ないか。とりあえず使ってみよう。意識すれば良いのかな？」

ローグは〝スキル【ナビゲート】〟と、頭の中で意識した。

すると、また目の前に光の文字が浮かび上がり……

ナビゲート機能をオンにいたしますか？　一度オンにしたら消せません。よろしいですか？

ローグが〝はい〟と意識すると、目の前から文字が消え、代わりに頭の中に声が流れはじめた。

《初めまして、マスター。私はマスターのナビゲートを担当する〝ナギサ〟と申します。声に出さずとも、頭の中で考えるだけでも通じますので、何でも尋《たず》ねてくださいませ》

ローグはさっそく疑問に思っていた事を思い浮かべ、ナギサに質問してみた。

《ナギサ、【習熟度最大化】の効果が出るスキルについて教えてくれ》

《畏《かしこ》まりました。【習熟度最大化】の効果が反映されるスキルは、主に戦闘技術系、生産系、対人技能系になります。剣術や鍛冶《かじ》、話術等、スキルレベルが存在するもの全てに効果が発揮《はっき》されます。たとえば、マスターが今まで一度も剣を使った事がなくても、スキル【剣術】を入手すると【習熟度最大化】の効果により、いきなり熟練の剣士並みに剣が使えるようになっちゃったりします》

《あぁ、ありがとう。理解した》

ローグは驚きのあまり額《ひたい》に汗を浮かべていた。

「この力……とんでもないな。周囲にバレたら危険視されるかもしれない。無闇《むやみ》やたらに見せないようにしないとな……とにかく、本当に見るだけでスキルが手に入るのか、まずは村の人達で試《ため》してみるかな」

　さっそく家を出たローグは、村にある武具屋に足を運《はこ》んだ。盗賊に連れ去られた親友――カインの父親であるダインが営《いとな》む店である。

「ダインのおっちゃーん！　いるかー？」

　ローグの呼びかけに反応して、奥から髭面《ひげづら》の大きな男がのっそりと出てきた。

「お〜う、ローグか。どうした？」

「おっちゃん、鍛冶仕事出来るって言ってたよね？　俺、鍛冶に興味が出てきてさ、一度目の前で短剣を作って見せてほしいんだけど……」

「お前が鍛冶に興味だと⁉　がはははっ。鍛冶は難《むずか》しいぞ？　ちょうど客もいないし、興味があるなら見せてやろう。こっちだ、ついて来な」

　ローグはダインの後に続いて店の奥にある鍛冶場へと向かった。

「いいか？　まずはこの鉄のインゴットを炉《ろ》で熱するんだ。で、赤くなったら取り出して、ハンマーで叩いて伸《の》ばす。成形したら冷やして固める。んで、最後に研磨石《けんませき》で磨《みが》いて刃を出す。簡単に言うとこんなもんだが、慣れないと叩いて思い通りの形にするだけでも大変だ。それに、強度がなくなったり、冷やす時に割れたりと、大体何かしら失敗する。一人前になるには、何度もハンマーを振って、覚えるしかないんだ。鍛冶の道は厳《きび》しいぞ？」

　ダインはそうやって説明しながら、短剣を打ちはじめる。

　ローグはしっかりとその様子を〝見て〟いた。

「難しいんだね、鍛冶って。正直《しょうじき》、舐《な》めてたよ。でも……やっぱりおっちゃんは凄いなっ！」

「がっはっは！　そうだろう、そうだろう！　実はワシの師匠《ししょう》はドワーフでな。そりゃあミッチリ仕込まれたものさ。ローグも本気でやるなら、ワシが一から仕込んでやるぞ？」

ローグはスキルを試すべく、嬉しそうに語るダインに切り出す。

「じゃあ、一回だけやらせてくれないかな？　やってみないと、どんなものか分からないからさ？」

「おう！　好きにやってみろ。ほら、鉄のインゴットだ」

ローグはインゴットを受け取り、鍛冶場の椅子《いす》に座った。インゴットは見た目以上にずっしりとしていて重量がある。

ちょうどその時、客が来たらしく、店先から呼び声が響《ひび》いた。

「親方～！　すまん、来てくれ～！」

「んん？　何だ？　良いところで……ローグ、好きにやってみろ。どうせ失敗するだろうがな」

「適当に試してみるから、気にしないで行ってきていいよ」

ダインはブツブツ言いながら、店先に向かっていった。残されたローグは、まずステータスの確認を始めた。

「おぉ！　本当にスキルが増えてるっ！　じゃあ、さっそく……」

ローグはダインの作業を見よう見まねで再現してみる。すると……特に意識していないのに完璧《かんぺき》な手順で身体が動き、一度も触れた事のない道具も迷《まよ》わず選択出来た。

「おっ？　な、なんだ？　身体が勝手に……！」

思わず独り言を漏らすローグに、ナギサが脳内で応える。

《それがスキル【鍛冶】の力です。スキルを持たない人は全て自力でやりますが、スキルを持っている人は自動で身体が反応し、動きが最適化されます》

《身体が勝手に動く感覚には戸惑《とまど》うけど、これは便利だなぁ……》

ローグはそのまま成形、研磨、焼き入れまで終わり、最後に短剣のグリップに布を巻いて完成させる。そこに、用事を済ませたダインが戻ってきた。

「すまんすまん、ちっと客の相手をしてきた。で？　出来た……かぁっ⁉　お、おいっ、ちょっとそれ貸してみろ‼」

ダインはひと目見るなりローグの手から短剣を剥《は》ぎ取り、それをあらゆる角度から見た。

「こいつぁ凄《すげ》ぇ……師匠クラスの逸品《いっぴん》だ……！　ローグ！　これ、お前がやったのか⁉」

「あ、あぁ。おっちゃんの動きを真似《まね》てやってみたんだ。どう？」

「一度見ただけで、こんな……！　ローグ、お前……鍛冶の才能があるぞ。どうだ、本気でやってみないか⁉　この短剣なら、金貨五枚で売れるぞ？」

この世界の金貨五枚というと、およそ五万円に相当する。だいたい同じくらいのナイフが平均金貨一枚で取引される事を考えれば、かなりの値段だ。

ちなみに、この世界の貨幣《かへい》を日本のお金に換算《かんさん》すると……銅貨は十円、銀貨は百円、小金貨は千円になる。また、金貨の上の大金貨は十万円、白金貨は百万円、黒金貨は一千万円、最上位の虹《にじ》金貨ともなると一億円の価値があるが、大金貨以上の貨幣はあまり流通していない。

「ありがたいけどさ、俺にはやらなきゃいけない事があるんだ……すまない、おっちゃん！」

「惜《お》しいなぁ……ローグならいずれオリハルコンやヒヒイロカネ、アダマンタイトなんかも扱《あつか》えるような鍛冶師になれるのになぁ……で？　お前は一体何がやりたいんだ？」

ローグはダインに森での出来事を――スキルについては伏せた上で――かいつまんで説明した。

「なっ！　倅《せがれ》が……生きてる……だと!?　神がそう言ったのか！　ああっ……！　カイン……!!」

息子の生存を聞いたダインは、人目も憚《はばか》らず涙を流した。

「おっちゃん……俺は父と母、それに親友のカインを捜《さが》すために、これから世界中を回る旅に出るつもりなんだ。鍛冶の腕を認めてもらえたのは嬉しいけど……ごめん」

ローグが頭を下げると、ダインは首を横に振り、懇願《こんがん》した。

「いや、こっちこそすまねえっ！　俺はこの村から離《はな》れられねぇ！　すぐにでも倅を捜しに行きてぇが、この歳《とし》じゃあさすがに無理だっ！　だから、ローグ。お前を頼《たよ》らせてもらってもいいか……？」

「もちろんだ！　絶対捜し出して戻ってくる！　おっちゃんは俺達の帰りを待っていてくれ！」

「すまねぇ……すまねぇっ！」

ダインはとうとう泣き崩《くず》れ、ローグは彼が落ち着くまでしばらく待たねばならなかった。

「……それで、ローグ。旅立ちはいつだ？」

少し間をおき、ようやく平静を取り戻したダインが尋ねた。

「ん、準備もあるし、世話になった村の人達に挨拶《あいさつ》してから行こうと思うから、三日後かな？」

「分かった。出発する前にもう一度ここに寄れ。せめて俺に出来る最高の装備《そうび》一式用意してやる。だから……必ず生きて帰ってこい」

「分かってるって！　簡単にはくたばらないさっ！　じゃあ、三日後に来るから、おっちゃんもあまり無理しないでな。おっちゃんが死んだら、カインも困るぜっ!?」

「馬鹿野郎《ばかやろう》っ！　そう簡単にくたばってたまるかよ！　さっさと行きやがれ！」

ローグは笑いながら武具屋を後にした。

それから彼は村を回り、知人に旅に出る事を伝えつつ、いくつかスキルを入手するのだった。

†

そして旅立ちの日の朝。ローグは再び武具屋を訪れていた。

「おっちゃん、来たぞ～」

「ローグか、ちっと奥に来な」

ダインに呼ばれるまま、店の奥に向かう。するとテーブルの上には所狭《ところせま》しと武具が並べられているのが見えた。しかも、ほとんどの金属がわずかな虹の光彩《こうさい》を帯《お》びた銀色に光っていて、ありきたりな品ではないとひと目で分かる。

「ミスリルソード、ミスリルナイフ、ミスリルバックラー、ミスリルの胸当て、ミスリルグローブ、ミスリルグリーブ、旅人のマント。全部お前にやる装備だ、受け取れ」

「おっちゃん！　作りすぎだっ！　こんなに貰えないよっ！」

「馬鹿野郎っ！　息子のためにも、お前に死なれたら困るんだ！　だから……遠慮《えんりょ》せず持っていけ。それと、これだ」

ダインはもう一つ、袋をテーブルに置いた。

「この袋は？」

「『魔法の袋』だ。重量制限なし、生物以外なら何でも無限に入る。中に入った物は時間経過しないから劣化《れっか》の心配はない。昔、ワシの師匠から譲《ゆず》り受けた。なんでも、知り合いが大量に作ったとかでな。これはその一つだ。言うまでもなく、とても貴重《きちょう》な代物《しろもの》だ。なくすなよ？」

「こんな凄い物まで……！　おっちゃん、絶対助けてくるからっ！　元気に待っててな！」

ダインは笑って応えた。

「まだまだ現役だ、馬鹿野郎！　あまり無理はするなよ、ローグ。お前まで失ったら俺は……」

「大丈夫っ！　約束だ、必ず帰る！」

「……おうっ、行ってこい！」

ローグが武具屋を出て村の入口に向かうと、そこには大勢の村人が集まっていた。

村長が進み出て、ローグに声を掛ける。

「ローグや、村を出ると聞いたぞ。……まだ幼い頃、両親を攫《さら》われ……それでも腐《くさ》らず立派に育ったお主は、村の誇《ほこ》りじゃ。ここはお主の帰る場所、必ず生きて戻るのじゃぞ？」

「はいっ！　村長、必ず戻って来ます！　皆も元気で！　行ってきます！」

ローグは村人全員に頭を下げた。

「身体に気を付けてなっ！」

「絶対帰って来いよ～！」

村人達の温かい声援《せいえん》を受け、ローグは世界へと旅立っていった。彼が十五歳になった春の事である。

名前：ローグ・セルシュ
種族：ヒューマン　レベル：25
体力：512／512　魔力：260／260
▼スキル
【神眼】【習熟度最大化】【ナビゲート】
▽生産系スキル
【剥ぎ取り／レベル：MAX】【鍛冶／レベル：MAX】【調理／レベル：MAX】
【裁縫《さいほう》／レベル：MAX】【釣《つ》り／レベル：MAX】【木工／レベル：MAX】
【細工《さいく》／レベル：MAX】

†

村の皆に見送られて生まれ育った村を後にしたローグは、街道《かいどう》を歩き、ザルツ王国の首都ポンメルに向かっていた。

「父さん達が生きていると分かって、勢いで出てきたけど、これから一体どうすればいいんだろうな。はぁ……」

思わず悩《なや》みを吐露《とろ》するローグに、ナギサが話し掛けてきた。

《マスター。まずは首都の冒険者ギルドに向かうといいでしょう。そこならば、ある程度情報が揃《そろ》っているはずです。また、ギルドに登録するとギルドカードが貰えます。ギルドカードは都市間の移動に税金が掛からなくなる他、身分証としても使えますので、大変便利ですよ》

「冒険者ギルドか。確かにこれから色々な国を回らなければならなくなるのだから、登録はしておいた方がいいかもね」

ナギサの勧《すす》めに従い、ローグは冒険者ギルドを目指す事にした。

ラオル村からポンメルまでは徒歩《とほ》だと三日は掛かる距離《きょり》にあり、道中にはゴブリンやオーク、ワイルドウルフなどのモンスターが出現する。

警戒《けいかい》しながら歩いていたローグの前に、ゴブリンが立ちはだかった。

《マスター、ゴブリンは倒したら耳を切り取ってください。ギルドで買い取ってもらえます。同じように、ワイルドウルフは牙と毛皮が売れます。それと、オークは肉として売れますので、倒したらそのまま収納を。戦闘になった際はモンスターのスキルも入手出来ますから、すぐに倒さず観察すると良いでしょう》

「モンスターのスキルも手に入るのか。って、モンスターもスキルを持っていたとは、驚きだ」

ローグはナギサに言われた通り、すぐには攻撃せず、敵の動きをじっくり観察した。

ゴブリンが手にした粗末《そまつ》な短剣で斬《き》りかかってきたところを、ローグはバックラーで軽く防ぐ。

すると、さっそくスキル入手のアナウンスが脳内に響いた。

スキル【短剣術／レベル：ＭＡＸ】を入手しました。

短剣を防がれたゴブリンは慌《あわ》てながら後退し、今度は投石してくるが、ローグはこれも余裕をもって躱《かわ》す。

スキル【投擲術《とうてきじゅつ》／レベル：ＭＡＸ】を入手しました。

もう手がないのか、ゴブリンは破《やぶ》れかぶれになって再び短剣で飛び掛かってきたが……

ローグはミスリルソードの横薙《よこな》ぎで首を一閃《いっせん》。呆気《あっけ》なく戦闘は終了した。

「ゴブリンからスキルが二つも手に入るなんて。……おっと、討伐《とうばつ》部位を取らないとな」

ローグは倒したゴブリンの耳を腰のナイフで切り取り、魔法の袋に入れた。


結局、移動初日に遭遇《そうぐう》したのはゴブリンのみだった。行程の三分の一を歩いたところで薄暗くなってきたため、ローグは野営の準備を始める。

街道沿いに雨風を凌《しの》ぐのにちょうど良い岩の隙間《すきま》を見つけ、今夜はそこで休む事にした。

「【神眼】って便利だよな。相手がどんなスキル持っているか分かるし、それを貰えるんだから」

《神と名のつくスキルですからね。使い方次第では敵なしでしょう。ただ、それを悪用した場合には、神の雷《いかずち》に身を焼かれる事になる……とだけ、一応忠告しておきます》

「怖《こわ》いねぇ……俺は家族と親友さえ助けられれば、最強とか興味ないしね。さぁ、休もう。明日も歩くからな。お休み、ナギサ」

ローグは心地よい疲労に身を任せ、そのまま眠《ねむ》りに落ちる。

――そんな彼の様子を、天界から神が観察しているとも知らずに。

「うん、やっぱり問題なさそうだ。僕が選んだだけある。この調子でどんどん強くなってくれよ？　君にはいつか世界を救ってもらうからね……」

神の思惑《おもわく》をよそに、下界の夜は更《ふ》けていくのであった。

†

早朝、春先の寒さに目を覚ましたローグは、火をおこし、手持ちの食材で簡単なスープを作った。

「美味《うま》いっ！　さすが【調理／レベル：ＭＡＸ】。自分で作ったとは思えない美味さだ」

《マスター……食事の匂いに釣られて、周囲にワイルドウルフが集まってきています。近くに三匹いますが、とりあえず狩ってしまいましょう。仲間を呼ばれたら面倒ですし》

食事を中断したローグは、ナギサの誘導に従って、なるべく一体ずつと戦える位置につく。

「いた……ワイルドウルフだ。どうやらまだ食べ物の匂いに夢中なようだな」

ローグは足元にあった石を拾い、ワイルドウルフの頭目掛けて投げる。彼の手から放たれた石はワイルドウルフの眉間《みけん》を貫き、一撃で絶命《ぜつめい》させた。

「ちょ！　威力《いりょく》高すぎだよ！　スキル取る前に殺してしまった！」

《【投擲術】レベルＭＡＸですから。威力も上がっています。あ、次が来ました》

仲間を殺された事に気付いた二匹目のワイルドウルフが、ローグに向かって吠《ほ》える。

「ぐるあぁぁぁぁぁぁぁぁぁぁおっ！」

あまりの迫力《はくりょく》に、ローグは一瞬怯《ひる》んで足を止める。


スキル【咆哮《ほうこう》】を入手しました。

その隙《すき》に、ワイルドウルフが素早い動きで撹乱《かくらん》しながら飛び掛かってきた。ローグは何とかこれを目で追う。

スキル【高速移動】を入手しました。


間一髪《かんいっぱつ》のタイミングで咆哮の硬直《こうちょく》から脱したローグは、ワイルドウルフの体当たりを素早い体捌《たいさば》きで避《よ》け、すれ違いざまに右手に握ったミスリルナイフで相手の首を切り裂《さ》く。

頸動脈《けいどうみゃく》を切られたワイルドウルフは、大量の血を流してその場に倒れた。

「危《あぶ》ねぇ～。……咆哮って一瞬動きが止まるのな。気を付けないと！」

《マスター、三匹目が来ました。後ろです》

「くっ！　【高速移動】！」

ローグは手に入れた【高速移動】スキルで背後から襲い掛かってきたワイルドウルフの攻撃を避け、ミスリルソードで真《ま》っ二《ぷた》つに切り裂いた。
《近くにあった敵の反応が消えました。どうやら仲間を殺されて逃げ出したようです》
「ふぅっ……素材を剥ぎ取ったらすぐ先に進もう。いつまた襲われるか分からないしね」
ローグは牙と毛皮を剥ぎ取り、出発した。

二日目も街道を歩き、何度かゴブリンと戦闘になったが、もはや苦戦する事はない。

途中、何人か冒険者らしき出で立ちの人物とすれ違い、興味を覚えたローグはナギサに尋ねる。

「やっぱり冒険者って、パーティー組んで動くのかな？」

《目的や、個々の強さによりますね。自信がある人はソロでダンジョンに挑《いど》んだり、討伐をこなしたりと様々です。マスターはその特異《とくい》な能力をあまり大っぴらには出来ないので、ソロが望ましいですね。もしくは冒険者からスキルを得るために野良《のら》パーティーに参加するか……》

「野良パーティー？」

聞き覚えのない単語に、ローグは首を傾《かし》げる。

《野良パーティーとは、クエスト等に挑む際、一回だけのパーティーを組む事を指します。

クエストが終わったら解散するような感じですね》

「そんなシステムもあるのか。ギルドに行ったら詳《くわ》しく聞かないとな」

ローグが考え事をしながら歩いていると、すぐ近くから悲鳴が聞こえてきた。

「きゃあぁぁぁっ！　だ、誰かっ……!!」

「な、なんだ!?」

《マスター。近くで馬車が野盗《やとう》に襲われているようです。どうしますか？》

「どうするって、助けるに決まってるだろ！」

ローグは咄嗟《とっさ》に悲鳴の上がった方に駆《か》け出す。

近くにあった岩の陰《かげ》に身を潜《ひそ》めて様子を窺《うかが》うと、綺麗なドレスを纏《まと》った金髪の女性と、執事風《しつじふう》の服を着た初老の男性が馬車から引きずり出されていた。御者《ぎょしゃ》は既《すで》に殺されているようだ。

「盗賊の数は……ひ〜、ふ〜、み〜……五人か。多いな」

野盗のリーダーらしき人物が今まさに女性に襲い掛かろうとしている。

初老の男性は拘束《こうそく》され、必死の形相《ぎょうそう》で叫ぶが――

「おっ、奥方様!!　お前達っ！　この方が誰か分かって……うぐぅっ！」

野盗に腹を蹴《け》られて苦悶《くもん》の声を漏らした。

「うるせえ。誰か分かってるかって？　んなもん知らねえよ。俺たちゃ金持ちなら誰でも構わねぇからよ、はははは」

「セバスっ！ い、いやっ、誰か助けてぇぇえっ！」

リーダーらしき人物は、女性の胸元に手をやり、容赦《ようしゃ》なく服を引き裂いた。

露《あら》わになった白い胸を見て、リーダーは涎《よだれ》を垂《た》らす。

「金と、ついでに女まで手に入るとはなぁ～。ツイてるぜ！ 飽《あ》きるまで楽しんだら奴隷《どれい》商人に売ってやるよ！ そら、いい声で哭《な》けよ？」

「イヤっ！ いやぁぁあっ！ セバスっ、セバスぅぅっ！」

「奥方様っ‼」

リーダーに身体をまさぐられ、女性が悲鳴を上げる。

さすがに見ていられなくなり、ローグは手にしたミスリルナイフを思いっきり投げつけた。

「な……が……がふっ」

「えっ⁉ きゃあぁぁっ！」

頭にナイフを受けて絶命したリーダーが、女性に向かって倒れた。

「だ、誰だっ！ 出てきやがれ‼」

色めき立ち、一斉に辺りを警戒する他の野盗四人の前に、ローグはゆっくりと進み出て、姿を見せる。その声から僅《わず》かに怒りがにじむ。

「見ていて吐《は》き気《け》がする。お前達野盗は……生きていても罪しか犯《おか》さないんだな。神のもとへ送ってやるから全員で掛かってこいよ」
挑発に乗った野盗達が初老の男の拘束を解《と》き、ローグに向かって武器を構えた。
ローグは解放された男にチラッと目配《めくば》せをする。どうやら男は気付いたらしく、黙《だま》って
こくっと頷き、戦いが始まるのを待つ。
「行くぞごらぁっ！」
粗野《そや》な叫び声を上げて斬りかかってくる野盗に対し、ローグはバックステップで後退。
襲われていた二人から距離をとり、馬車から野盗を引き離していく。
ローグは賊を引きつけつつ、その隙を見て初老の男性が女性を救出するのを確認した。
「逃げんのか！　殺《や》ってやるぜ！　ひゃはぁっ！」
ローグは距離を保ちながら石を投げ、野盗達の手から武器を叩き落とす。武器を取り落
とした野盗が動揺《どうよう》しているところを、【高速移動】を駆使《くし》して切り刻《きざ》む。
野盗が次々と悲鳴を上げて倒れていく。しかし、そのうちの一人が魔法で抵抗を試《こころ》みた。
「いってぇっ‼　ちくしょうっ！　武器がなくてもこっちにゃ魔法が……おらぁっ！　死
んじまえやぁっ！　ファイアーボール！」
不意に小さな火球が飛んでくるが、スピードも遅《おそ》く、ローグは余裕を持ってミスリル
バックラーで受け止める。スキルレベルが低いせいか、魔法の爆発は大したものではなく、
盾《たて》に傷一つけられない。

スキル【火属性魔法／レベル：MAX】を入手しました。

「ば、バカな‼　俺のファイアーボールがっ⁉　お前は誰だ！」

「犯罪者に名乗るほどお人好《ひとよ》しじゃないんでね。そうそう、貰ったモノはキッチリ返すよ」

スキルを得た事で、ローグの頭に自然と使える魔法が浮かんだ。彼はその中の一つを唱える。

「【ファイアーランス】」

ローグがかざした手の平から、鋭《するど》く尖《とが》った槍《やり》のような炎が野盗に向かって高速で飛んでいく。

「ぎゃあああああっ‼」

野盗の身体は槍に貫かれ、そのまま燃え上がり、炭と化した。

「ふぅっ……終わったな」

《お見事です、マスター。他にはいないようですね。二人の所へ行きましょう》

ローグは剣の血を払って鞘《さや》に納めた後、襲われていた女性達の所へ向かった。

女性は執事風の男に助けられ、破れたドレスの代わりに白い布を身体に巻いている。男性はローグの意図を察してくれたようだ。

「大丈夫でしたか？　野盗に襲われるなんて、災難《さいなん》でしたね」

優《やさ》しく声を掛けたローグに応え、初老の男が感謝《かんしゃ》と挨拶を述べる。

「この度《たび》は我々をお助けいただき、感謝いたします。私はハレシュナ家の執事で、セバスチャン・イングラットと申します。失礼ですが、あなたは……？」

「俺はラオル村から来たローグ・セルシュ。幼い頃盗賊に攫われた両親と親友を助けるために、世界を回る旅を始めたばかりです。今は王都ポンメルを目指しています」

「そうでしたか……それは大変でしたな……」

「セバス？　私の紹介はまだですか？」

女性に急《せ》かされ、セバスは軽く咳払《せきばら》いをして紹介を始める。

「こほん……こちらは王都ポンメルに居を構えるハレシュナ公爵《こうしゃく》の奥方様で、名をロレーヌ・ハレシュナ様と申します」

「ロレーヌと申します。この度は危ないところを救っていただき、感謝いたします。あなたがいなかったら今頃は……」

ロレーヌは有り得た未来を想像して顔を青くしながらも、深々と頭を下げた。

「偶然《ぐうぜん》近くを通っただけですので……お気になさらず。それでは、これで失礼します」

一礼してその場を離れようとしたローグを、ロレーヌが引き留《と》める。

「お待ちください！　もしよろしければ、私共の馬車に乗って行かれませんか？　また襲われないとも限りませんし……道中の護衛《ごえい》をお願いしたいのですが……ねぇ、セバス？」

「はい。ローグ殿《どの》にでしたら是非《ぜひ》ともお願いしたいですね。それに、助けていただいたお礼がまだですので……出来れば公爵邸まで同行していただければと……」

ローグはいきなりの申し出に躊躇《ちゅうちょ》するが、ナギサがその背中を後押しする。

《マスター。大人《おとな》しく乗せてもらいましょう。ここで貴族と縁《えん》を作っておくと、後々何かあった時に助けとなるでしょう》

（まったく、ナビなのにちゃっかりしてるな。仕方ない）

ローグは呆《あき》れながらもナギサの言い分に納得し、セバスの申し出を受ける事にした。

「分かりました。それでは王都までお世話になります。よろしいですか？」

「えぇっ！　こちらこそ……よろしくお願いいたしますね」

こうしてローグは公爵家の馬車で王都ポンメルへと向かう事になるのだった。

†

ローグはセバスが操《あやつ》る馬車に揺《ゆ》られ、ちょうど太陽が真上に昇《のぼ》った頃、ザルツ王国の王都ポンメルに到着した。馬車は門を素通りして公爵の屋敷《やしき》へと向かっているようだ。

生まれて初めて貴族の家を訪れるローグは、今になって少し緊張《きんちょう》を覚えた。

「あの……今更《いまさら》ですが、私のような者がお屋敷に伺《うかが》ってもよろしいのでしょうか？」

「まぁ、ローグ様は私達の命の恩人、無事生きて帰ってくる事が出来たのは、ローグ様がいたからこそ。礼を尽くさねば公爵家の恥《はじ》となりましょう。ですので、どうかお気になさらず」

ローヌは乗り気だが、ローグとしては、スキルの事もあり、変に手柄《てがら》が誇張《こちょう》されて名前が知れ渡るのも気が引ける。彼は簡単に挨拶だけ済ませて屋敷を去ろうと考えて、曖昧《あいまい》に返事をするだけに留《とど》めた。

やがて、馬車は巨大な屋敷の門を通過し、玄関前で止まった。

「さぁ、着きましたぞ、奥方様。ローグ様」

セバスはロレーヌの手を取って客車から降ろし、ローグもそれに続く。

屋敷の玄関には数名のメイドが並んで待ち構えていた。セバスは彼女達に何かを告《つ》げた後、ローグに話し掛ける。

「ローグ様。我々は先に旦那様《だんなさま》に帰還《きかん》の挨拶をしますので、失礼ですが、少々別室でお待ちいただければ……案内はこちらのメイドがいたします」

「分かりました。そちらに従います」

ローグはニコッと笑って応えた。美形な少年の微笑《ほほえ》みは、年頃のメイド達には少しばかり刺激が強かったらしく、皆コロッとやられてしまった。

「ローグ様こちらへ！」

一人のメイドがローグの手を取ると、他の者も我先にと腕を絡《から》める。

「いえいえ、ローグ様、私と行きましょう！　さぁ、こちらへ！」

見かねたセバスが止めに入る。

「お前達、奥方様の命の恩人に何て真似をっ！　すぐに離れなさい！」

「「し、失礼しましたぁ～」」

昔から自分が絡むと女性が妙な態度を取ると自覚があるローグは、申し訳なく思い、セバスに頭を下げる。

「すみません、昔から何故かこうなるんですよ……彼女達をあまり怒らないであげてください。君達も、案内を頼めますか？」

「「は、はいっ！　喜んでっ！」」

「ほっほ。ローグ様が謝《あやま》る事はありません。……どうやらご自分の価値を正確に分かっていらっしゃらないようですな。あ～、メイド諸君。ローグ様に正装《せいそう》をお願いしたい。血が着いた服で旦那様と面会していただくのは少し……ね」

セバスに指摘され、ローグはようやく自分の服の汚《よご》れを自覚した。

「ああ……それもそうですね。だけど、いいのですか？　私なんかに服を……」

　セバスに代わりロレーヌがそれに答える。

「構いません。むしろ、こちらの都合に合わせるようで申し訳ないくらいです。どうか、受け取ってください」

　そこまで言われてしまうと、断るわけにもいかなくなる。

「分かりました。頂戴《ちょうだい》いたします」

　ローグが承諾《しょうだく》すると、メイド達が喜び勇《いさ》んで屋敷へと招《まね》き入れる。

「それではローグ様、こちらへ……」

　セバス達と一旦《いったん》別れたローグは、屋敷の奥まった一室に通された。

　そこは衣装《いしょう》部屋らしく、今まで見た事もないほど豪華《ごうか》な服が所狭しと並んでいる。室内に入ったローグは、驚きを禁じ得なかった。

「凄い数の服……ですね」

「いつ何があっても良いように、あらゆる様式、サイズが揃っております。では、お脱《ぬ》ぎください」

　メイドの一人がさも当然といった様子で着替えを促《うなが》す。しかし、彼女達は立ち去る気配がない。ローグが着替えるのをその場で待つようだった。ローグは困惑して首を傾げるが……

「は？　あの……退室されないので？」

「何かあっては困りますから。どうぞお構いなく、お着替えください。ニコニコ」

ローグはそれが貴族の習慣なのだと納得し、構わず服を脱ぐ事にした。別に見られて困る身体はしていない。とはいえ、メイド達は職務《しょくむ》に忠実《ちゅうじつ》というわけではなく……ローグの裸体《らたい》に見とれて小声でヒソヒソと囁《ささや》き合う。中には鼻血を垂らしている者までいる始末。

「「し、至福《しふく》の時っ、仕《つか》えてて良かった公爵家！」」

下着姿になったローグは、怪《あや》しい雰囲気《ふんいき》のメイド達に話し掛ける。

「服を貰えます？　さすがにそんなに見られると……」

「「は、はい！　ただ今お持ちします～！」」

メイド達はローグに合いそうなサイズの服を持ち寄り、身体に合わせていく。その際、妙にベタベタと触れられたが、サイズの確認に必要な事だと思い、ローグは気にしないで任せた。

正装を纏ったローグは、どこかの王子と言われても信じそうなくらいに様《さま》になっていた。

「変じゃないかな？　こんな服着た事がないから、自分じゃどうにも分からないな」

「大丈夫です、完璧です！　では、公爵様のお部屋にご案内します」

メイド達に従って、セバス達の待つ部屋に向かうローグ。廊下《ろうか》ですれ違うメイド達も、全員ローグを振り返り、どこの名家の子息《しそく》が来たのかとざわつく。

「あの、やっぱり変じゃないですか？　皆見ている気がするんですが……」

「とても似合っていらっしゃるからですよ～。皆、ローグ様がどこかの王子様と勘違《かんちが》いしているのでしょう」

「あっはっは、田舎の村の出の私が王子様？　あり得ないですよ」

「またまた、ご謙遜《けんそん》を。あ、着きました。こちらになります」

案内のメイドは一際《ひときわ》大きな扉の前で立ち止まり、ノックした。

「失礼します旦那様。ローグ様をお連れいたしました」

「入りたまえ」

呼びかけに応えて扉が開き、中の様子が明らかになる。

部屋の奥にはオーク材で出来た立派な机があり、そこに威厳《いげん》に満ちた男性が座っていた。彼が公爵その人だろう。セバスは脇《わき》に控《ひか》えて立っている。

メイドと共に入室したローグは、奥の男性に向かって頭を下げ、挨拶をした。

「失礼します。ローグ・セルシュと申します」

公爵は椅子から立ち上がり、ローグに歩み寄って親《した》しげに彼の手を取る。

「おおっ‼　君がローグ殿か！　私がこの家の主《あるじ》で、名をアラン・ハレシュナと言う。話は全てセバスから聞いた。今回は妻とセバスが危ないところを助けてもらったそうで、感謝するぞ！」

「いえ、偶然近くにいたもので……あまり気になさらないでください」

「そうはいかん。恩人に礼を欠いては公爵家の名に傷が付く。セバス、アレをこちらに」

「はっ。畏まりました」

セバスは銀のトレイに袋と包みを載《の》せて運んできた。

「この度は二人が世話になった。君がいなければ、我が家は今頃悲しみに暮れていただろう。その活躍に感謝し、黒金貨百枚と、君が失った短剣の代わりになるか分からないが、この……オリハルコンナイフを授けよう」

アランが提示した法外な金額の礼に、ローグは腰を抜かす。

「こ、こんなにいただけませんって！　身に余ります！」

「受け取ってくれ！　それくらい感謝しているし、君とはこれからも長い付き合いにしていきたい。何でも、相当強いらしいではないか？　是非当家の護衛として君を雇《やと》いたいのだが……」

「いえ、そういうわけには……実は……」

ローグはその誘いをやんわりと断り、旅に出た事情を話した。

アランは残念そうに溜息《ためいき》を一つこぼし、ローグに同情の言葉を掛ける。

「そうか……両親と親友を捜して……よければその者達の名前を教えてもらえぬだろうか？」

「はい。父はバラン・セルシュ。母はフレア・セルシュ。親友はカイン・ローランドと言います」

その名前を聞き、アランが眉《まゆ》をピクリと動かす。

（この顔……どこかで見覚えがあると思えば、やはり、バランの子か！　ふふっ、奴の若い頃に瓜二《うりふた》つではないか！）

何やらブツブツと独り言を呟いた公爵が、改めてローグに問い掛ける。

「ローグ殿。突然失礼だが、君は父上の過去を知っておるか？」

「父の過去……？　いえ。村で育ててもらった記憶しか……父は何かしたのですか？」

「君の父、バランは……私の弟だ。今は兄が国王をやっていてな。私は公爵家に婿《むこ》入りしたのだが、三男だったバランは見初《みそ》めた女がいると言って、成人した後、実家から出ていったのだ」

「えっ？　は？　父が？　貴族と血縁《けつえん》⁉」

「よく見たら君はバランの若い頃にそっくりだ。はっはっは、まさか奴の息子が妻を助けてくれるとは……何と数奇《すうき》な運命。ならば、今度はワシらの番じゃな。両親と親友捜し、ワシらも手を貸そう。行方《ゆくえ》知《し》れずの愚弟《ぐてい》が生きているとはな。捜し出してやらんと！」

ローグはアランの心遣《こころづか》いに感謝し、深く頭を下げた。

「ありがとう……ございますっ！　正直一人でどうしようかと途方《とほう》に暮れていました。公爵様、どうか力を……お貸しください！」

「堅苦《かたくる》しい話はなしだ。これからはアラン伯父《おじ》さんとでも呼んでくれ。はっはっは。それと、いつでもこの屋敷を自由に使っていいぞ。さぁ、神の奇跡《きせき》に感謝し、食事会としよう。作法《さほう》くらいは大丈夫なのだろう？」

「両親に散々《さんざん》仕込まれました。……伯父さん？」

「はっはっは！　久しぶりに愉快《ゆかい》だ！　さぁ、参ろうか」

上機嫌なアランに招かれて、ローグはアランとロレーヌ、それに三人の娘を含む公爵家の面々と食卓を囲んだ。食事中のローグの作法は完璧で、今すぐ社交界に出しても問題ないと、アランが太鼓判《たいこばん》を押したほどである。

ここで初対面となる三人の娘が自己紹介をした。

「長女のフローラ、十六歳です」

「二女のリーゼ、十五歳です」

「三女のマリア、十三歳です」

皆母親に似て大層美しく、よく手入れされた金髪が輝いている。

お互いに多少の緊張はあったものの、楽しく食事を終えたところで、アランが切り出した。

「なぁ、ローグよ。両親捜しはワシに任せて、君は家の娘の誰かと結婚でもしないか？　そのまま野に放つにはあまりに惜しい……」

アランの娘は三人とも、ローグが今まで出会った同世代とは比較にならないほどの美人。目的さえなければ一も二もなく頷いてしまうレベルだ。しかし、彼は首を横に振る。

「すみませんが、これぱかりは……それに、俺なんかには勿体《もったい》ないですよ？」

期待の篭《こ》もった瞳でローグを見ていた娘達は、彼の返答にションボリと肩を落とした。

「そうか……なら、娘達を行き遅れにしないためにも、全力でバランを捜さないとな。見つかったら落ち着くんだろう？」

「そうですね。旅を続ける理由もなくなりますし、俺で良ければ……」

その返答に、娘達は喜びの声を上げた。

「お父様っ！　どうか、一年以内にお願いいたします！」

「分かっておる。兄にも力を貸してもらう。なに、すぐに見つかるさ。お前達は誰が選ばれてもいいように女を磨きなさい。孫《まご》の顔が見られるかと思うと、これは張り切るしかないな」

まだ捜しはじめてもいないのに、張り切る公爵家の面々であった。

その日、ローグは公爵の屋敷に泊まる事になったが……彼の部屋には夜遅くまで三人の娘達が順番に訪問してきて、なかなか寝かせてもらえなかった。

「遅くに押しかけてしまって、申し訳ございません。でも、もう少しゆっくりお話ししてみたくて」

そう言って、長女のフローラはローグに身を寄せてしなだれかかる。

ローグは苦笑《くしょう》しながらさりげなく身を引く。そんなやり取りが先程から繰《く》り返されていた。

「いや、気にしなくていいですよ。あ、これは質問ですが……私のような一般人が公爵家の娘の夫になんて……アリなんでしょうか？」

「もし、三人のうち誰かと結婚したら、公爵家に婿入りする形なので、ローグ様は貴族になります。公爵家の跡取《あとと》りは私達姉妹しかいませんし」

「貴族か……なんか気が引けるな……」

「愛に爵位《しゃくい》なんて関係ありませんわっ！」

「あ、そうですか……」

フローラにダメ押しされ、ローグは笑うしかなかった。

（何か大事《おおごと》になってきたな。旅立ってすぐに貴族に……とか。俺まだ十五歳で、成人したばかりだぞ？　結婚云々《うんぬん》はともかく、三人とはこれからゆっくりと仲を深めていくとしよう）

こうして、奇妙《きみょう》な縁からローグは公爵家を拠点《きょてん》として両親達を捜す事になるのであった。

†

翌朝、娘達がローグの部屋に押しかけた事がもうアランの耳に入っていた。

アランは自室にローグを呼び出し、平謝《ひらあやま》りする。

「旅の疲れもあっただろうに、すまなかった！ 娘達を許してやってくれ！ 特に長女のフローラは婚期《こんき》を逃すまいと焦《あせ》っておるのだ！ 娘の気持ちも汲《く》んで、出来れば前向きに検討を……」

強《したた》かな公爵は結婚の念押しを忘れない。

「いえ、お嬢様《じょうさま》方に良くしていただいて、悪い気はしませんでしたので。目的を果たしたら考えさせていただきます」

「そ、そうかそうか！ いや、ははは。安心したぞ！ 我が家もこれで安泰《あんたい》だな。セバス、他家に見合いは今後必要ないと断りを入れておけ、三人全員だ。それと……ローグ殿、これを」

ローグの返事に気をよくしたアランは、何やらセバスに耳打ちすると、机の上にあったカードを差し出した。

「これは君のギルドカードだ。君の能力、ギルドで鑑定されたら間違いなく騒《さわ》ぎになる。なので、ギルド長《マスター》に無理を通して特別に作らせた。これを持っていくといい。それから、一度ギルド長に会ってみてくれ。力になってくれるはずだ」

実にありがたい計《はか》らいではあるが、ローグには疑問もあった。

「何故私の能力をご存じなのですか？」

「失礼かとは思ったが、服選びの時にメイドに【鑑定】させた。うちのメイド達は優秀《ゆうしゅう》でな、外敵から家を守るために、一応全ての客人を鑑定しておるのだ。しかし……【神眼】とはな……もしやローグ殿は神から直接この力を授かったのか？」

「ええ。以前、神を助けたお礼にと。その時、両親と親友が生きている事を教えていただきました。それから私の旅が始まったのです」

アランは椅子に座り、目を瞑《つぶ》って口を開いた。

「そうか……実は五年前に君の村を襲った盗賊団について、ギルド長に尋ねてみたのだ。どうやら既に潰《つぶ》されているようでな、攫われた者の行方の手がかりは、そこで途切《とぎ》れてしまった。恐らくどこかに売られたか、逃げ出したか……あるいは何かの理由で身を隠しているか。あのバランに限って、滅多《めった》な事はないと思うが、五年経っても戻らないとは、もしかすると何かに巻き込まれているやもしれんな……」

アランの口ぶりでは、どうもローグの父はただ者ではない様子だ。ローグは気になって尋ねてみた。

「父は強かったのですか？　家だと母に叱《しか》られてばっかりだったので……」

「ははは、そりゃ強かったぞ？　ワシらの兄弟の中じゃあ一番だったな。だが、どんなに強くても、誰かを守りながら多数の相手と渡り合うとなれば……キツイだろうな」

「なるほど。色々とありがとうございました。ひとまず、ギルドに顔を出してみます。しばらくはこの町を拠点にする予定なので、何かありましたらギルドに連絡を。それでは……」

ローグは礼を言って立ち去ろうとしたが、アランがそれを制止する。

「はっはっは、待て待て、まさか宿を取ろうと言うんじゃないだろうな？　君の住む場所はここだ。今日も帰ってくると誓《ちか》え。そうしたら、屋敷から出る事を許そう……ニカッ」

（まったく、囲う気満々じゃないか。ここで暮らすとなると、誘惑が多そうだなぁ……）

アランの半ば強制的な誘いに、ローグは苦笑しながらも頷くしかなかった。

「分かりました。行ってきます」

「ほほっ。行ってこい、未来の息子よ！　はっはっは」


ようやく解放されたローグは、町にある冒険者ギルドを訪れた。

建物の中には屈強《くっきょう》な冒険者達がひしめき、依頼を探《さが》したり、仲間と準備をしたりしているようだった。ローグはカウンターにいた娘に話し掛ける。

「すまない、ギルド長はいるかな？　ローグが会いに来たと伝えてもらえないだろうか？」

「は、はははははいっ！　ローグ様ですね！　少々お待ちくださいっ！　あいたぁっ！」

娘は何やら慌てた様子で奥に駆けていくが……途中で盛大《せいだい》に転倒した。

「だ、大丈夫なのか、アレ？」

心配しながら待っていると、先程の娘が戻ってきた。

「お、お待たせいたしました。ギルド長が会うそうなので、二階の部屋へどうぞ」

二人は二階の廊下を進んだ先にある部屋へ移動し、娘が扉をノックする。

「ギルド長、お連れしました～」

「開いてるぞ」

娘はローグを中に入れると、扉を閉めて立ち去った。

中で待っていたのは、スキンヘッドに顎髭《あごひげ》を蓄《たくわ》えた筋骨隆々《きんこつりゅうりゅう》な中年の男性。どうやら彼がギルド長らしく、机の上に書類の山を築《きず》き、忙しそうに仕事をしている。

「お前さんがローグか。アランから聞いているぞ。すまんが、ちょっとその球に触ってもらえるか？」

ギルド長はそう言って、机とは別のテーブルの上に置かれた水晶球を指差した。

ギルド長には能力を隠さない方が良いだろうというアランの助言があったため、ローグは言われるがままに手を触れる。すると、水晶にローグのステータスが表示された。

名前：ローグ・セルシュ
種族：ヒューマン　レベル：３２
体力：７１０／７１０　魔力：４２０／４２０
▼スキル
【神眼】【習熟度最大化】【ナビゲート】
▽戦闘系スキル
【短剣術／レベル：ＭＡＸ】【投擲術／レベル：ＭＡＸ】
【咆哮／レベル：ＭＡＸ】【高速移動／レベル：ＭＡＸ】【火属性魔法／レベル：ＭＡＸ】
▽生産系スキル
【剥ぎ取り／レベル：ＭＡＸ】【鍛冶／レベル：ＭＡＸ】【調理／レベル：ＭＡＸ】
【裁縫／レベル：ＭＡＸ】【細工／レベル：ＭＡＸ】【木工／レベル：ＭＡＸ】
【釣り／レベル：ＭＡＸ】

魔物や盗賊との戦闘を経《へ》て、レベルがいくらか上昇している。

ギルド長は席を立って水晶球に歩み寄ると、溜息をこぼした。

「ほう。これは……なるほど。これじゃ、見られたら騒ぎになるのは必至《ひっし》だな。仕方ない、アランに頼まれたからな。お前、他人がスキルを使っているのを見るだけでスキルが手に入るんだっけ？」

「はい」

「なら、お前に良いスキルをくれてやる。【偽装《ぎそう》】と【隠蔽《いんぺい》】だ。お前のカードを貸せ。【偽装】でスキルレベルを、【隠蔽】で隠したい能力を消すんだ。こんな風にな」

ギルド長はスキルを使ってローグのカードの表示を改竄《かいざん》してみせた。レベルの数値が変わったり、スキルが消えたりしている。


スキル【偽装】を入手しました。

スキル【隠蔽】を入手しました。


「ほら、次は自分でやってみろ」

そう言って、ギルド長は偽装を解除《かいじょ》したカードをローグに返した。

ローグはカードを受け取り、さっそくステータス部分を偽装・隠蔽していく。

名前：ローグ・セルシュ
種族：ヒューマン　レベル：32
体力：710／710　魔力：420／420

▼スキル
▽戦闘系スキル
【短剣術／レベル：3】【投擲術／レベル：3】
▽魔法系スキル
【火属性魔法／レベル：4】
▽生産系スキル
【剥ぎ取り／レベル：5】【鍛冶／レベル：2】【調理／レベル：3】【裁縫／レベル：3】
【細工／レベル：3】【木工／レベル：3】【釣り／レベル：4】

「ふむ、まぁ、このくらいなら、田舎から出てきた新人と言って通じるだろう。このカードは鑑定を阻害《そがい》する術式が組み込まれている。他のギルドで鑑定されても、偽装はバレないはずだ」

「ありがとうございます。それで……ギルドは初めてでして。出来ればシステムを教えていただきたいのですが……」

ローグは礼を言って質問をするが、ギルド長は顔をしかめる。

「ちっ……この書類の山が見えねぇのかよ……俺は物凄《ものすご》く忙しいんだ。システムならさっきの受付に聞け！　ほら、しっしっ！」

追い払われたローグは、仕方なく一階に下りて、先程の受付の娘を探した。彼女はちょうどどこかに出かけるところらしい。ローグは慌てて後を追って声を掛ける。

「待ってくれ！」

「あら、ローグさん？　どうしたんですか？」

ローグは娘の目を見て言った。

「すまない、ちょっと質問があるんだけど、少し時間を貰えないか？」

娘は突然の要求に少し困惑の表情を浮かべる。

「え？　今から休憩《きゅうけい》で、お昼ご飯に行くところなんですが……」

「いや、ギルドのシステムが分からなくてさ。ギルド長に君に聞けって言われたんだよ。これから食事なら、奢《おご》るから、そこで話してもらうってのはどうかな？」

「え？　い、一緒に食事？　し、仕方ないですね、これも仕事ですし？　分かりました」

口ではそう言いながらも、娘は満更《まんざら》でもない様子で、ローグの申し出を承諾した。

ギルドの建物を出たローグは、彼女に連れられて町を歩く。

「へえ、こんな場所もあるんだな。昨日着いたばかりでさっぱり地理が分からないんだ。誰か案内してくれるといいんだけど……」

「――し、しししし、少々お待ちくださいっ！」

ローグの呟《つぶや》きを聞いた娘は、懐《ふところ》から取り出したカードに向かって何やら話しはじめる。

「ギルド長！　私、今日はこれで業務上がりますので！　それでは」

《おいっ！　ちょ……プツン……》

「オーケーです。特別に、私が案内しますよ！　さぁ、行きましょう、ローグさん。隅《すみ》から隅まで案内します！」

どうやらカードには通話機能が付いているらしく、それでギルド長に許可を取ったようだ。

「そ、そうだな、とりあえず美味い食事を出してくれる店に行こう。値段は気にしなくていいから、君の行きたい店に連れて行ってくれ」

「はいっ！　じゃあ行きましょう」

急に張り切りだした彼女は、ローグの腕にピッタリと組みつき、案内を始める。

ギルドの近くの食事処で昼食を済ませた二人は、冒険者がよく使う店や飲食店、教会や市場など、町全体を見て回った。

さんざん歩き回って日も暮れかけた頃、ローグ達は宿屋を兼《か》ねた酒場に立ち寄った。ギルドのシステムを教えるから飲みに付き合えという受付の娘に押し切られた形だ。

……それが間違いの始まりだった。

「だからですね～、聞いてます？」

明らかに酔《よ》っている様子の受付の娘が、ローグに酒臭い息を吐きかける。こうなっては色気《いろけ》も何もあったものではない。

「聞いてるよ。依頼を探して、受付に提出する。期日以内に達成して報告。成功なら報酬《ほうしゅう》が貰える。失敗すると違約金《いやくきん》が発生する依頼もあるから、依頼書はきちんと読む……だろ？」

「んふふ～。あってます。ではぁ、次はランクについて、はいどうぞ～」

「ランクは依頼を複数回達成する事で上昇する他、何か偉業《いぎょう》を達成した場合も上がる。ランクの種類は下から順にブロンズ、シルバー、ゴールド、プラチナ、ゴッドで、ゴッドは現在世界に三人しか存在しない。ゴッドになるためには、複数の国の承認《しょうにん》が必要」

「正解～。ぱちぱちぱち！　では最後に……ギルド員としての禁止事項と遵守事項《じゅんしゅじこう》をどうぞ～」

「ギルド内での武力行使は禁止。また、犯罪行為が発覚した場合、ライセンスの停止、もしくは剥奪処分《はくだつしょぶん》が科される。依頼で得た情報は外部に漏らしてはいけない。もし危険な状況を発見した際は依頼と無関係でもギルド長に即時報告する」

「おめでと～。これでアナタも立派なギルド員になりました～。さ、祝杯です。どうぞどうぞ」

受付の娘が差し出したグラスを受け取り、ローグは中身を一気に飲み干《ほ》した。

「おぉ～！　ローグさん、イケる口ですね！　私も負けていられませんっ！　んくっんくっ！」

「だ、大丈夫……か？」

赤ワインを一気に煽《あお》る娘に、ローグは若干《じゃっかん》引き気味だ。

「ら～いじょ～ぶれすよ～。酒は百薬《ひゃくやく》の長《ちょう》！」

「……呂律《ろれつ》が回ってないじゃん……」

この夜、彼女が酔い潰れるまでローグが解放される事はなかった。

†

「昨日は散々だったなぁ……気を取り直して、今日はクエストを受注してみるか」

早起きしてギルドを訪れたローグに、ナギサが声を掛けてきた。

《マスター、どうせクエストを受けるのなら採取《さいしゅ》系や護衛等はやめて、討伐系にしましょう》

「護衛はそのままの意味として、採取と討伐は何をすればいいか、もう少し詳しく教えてくれ」

《採取系は主に調合等に使われる素材集めのクエストですね。たとえば〝薬草を何枚集めろ〟みたいなものです。次に、討伐系は、簡単に言ってしまえばモンスター退治です。中には、手配書が出ている悪人等を捕《つか》まえるクエストなどもあります。生死問わずと明記されていれば、殺害しても構いません》

「分かった。ありがとう、ナギサ。じゃあ、討伐依頼を見てみようかな」

ローグは壁《かべ》に貼《は》り出された無数の依頼書に一つずつ目を通していく。

「えっと俺が受けられるのは……何々……ゴブリン退治、ワイルドウルフ退治、オーク退治……この町周辺のモンスター退治ばっかりじゃないか」

《まぁ……冒険者になり立てですから。普通はこんなものでしょう。オークとはまだ戦っていなかったので、オーク退治でいいのでは？　あるいは、改めて討伐実績を得るためにゴブリンでもいいですが……》

公爵からカードを貰ってからまだ一度も戦っていない。カードに討伐数を記載《きさい》したいならゴブリン討伐でもいいというわけか。

「いや、新しいスキルを入手したいからオークにするよ。それに、確か肉が美味いんだろ？」

ローグは依頼書の中からオーク討伐を選び、受付へと持っていった。

「すみません、これ受けたいんだけど、大丈夫かな？」

昨日の娘はいなかったので、違う受付職員に声を掛ける。

「カードを提示してください。ステータスを見てから判断いたします」

ローグは偽装・隠蔽を施《ほどこ》したカードを、職員の女性に手渡した。

「このレベルなら……大丈夫かな。お待たせいたしました。今回の依頼はオーク討伐ですね。最近、この町周辺でも目撃件数が増えています。もしかすると、どこかにオークの集落があるかもしれません。十分お気を付けください。期間はありませんので、無理はしないでください」

「分かりました。ありがとうございます」

ローグはカードを受け取り、ギルドを後にした。


町を出たローグは、街道沿いを北に向かって歩いていた。

「ナギサ、近くにオークの集落はあるか？」

《お待ちください……見つけました。このまま北に十キロメートル行った山の中腹《ちゅうふく》にあるようです。山にはオーク以外にワイバーンや、危険な毒を持つバジリスクなども棲息《せいそく》しています。それでも行きますか？》

「ワイバーンにバジリスクね。新しいスキルが得られそうだな。ところで、状態異常耐性は、どうしたら手に入るんだ？　これも見るだけか？」

《耐性は見ても分からないので、体内に直接取り込むしかありません。耐性持ちのモンス

ターの肉をたくさん食べてください》

「なるほど。耐性が付くまで食べればいいのか。でも、それって【神眼】って言うのかな……ま、とりあえず、山を目指しますか」

小さな疑問は生じたものの、ローグは気にせず歩きはじめた。

道中、ゴブリンやワイルドウルフと遭遇したが、サクサク退治して、行程の半分くらいを難なく進んだ。しかしそこで、オークが集団で何かを抱《かか》えて運んでいる場面に出くわした。

「何かを運んでいるけど……」

《女性ですね。どうやら集落に運んで繁殖《はんしょく》のための〝苗床《なえどこ》〟に使うつもりなのしょう》

「許せないな……」

《ええ、まったく。早急に殺しましょう》

ローグは気配を殺して一団に近づいた後、【高速移動】で最後尾《さいこうび》にいたオークをミスリルソードで頭から真っ二つに両断した。

「ぐるあっ！（何事だ！）」

「ぐるるるがあ！（最後尾が一人殺《や》られた！）」

「ぐが、がぁぁっ！（ちくしょう、反撃だ！）」

残ったオーク三匹は、運んでいた女をその場に捨て、持っていた武器を構えてローグに襲い掛かってきた。

「斧、大剣、棍棒《こんぼう》か。よし、掛かってこい！」

ローグはまず〝見《けん》〟に徹《てっ》した。三対一ではあったが、囲まれないように【高速移動】で距離を保《たも》ち、危なげなく攻撃を躱していく。

スキル【操斧術／レベル：ＭＡＸ】を入手しました。
スキル【大剣術／レベル：ＭＡＸ】を入手しました。
スキル【棒術／レベル：ＭＡＸ】を入手しました。

「よし、様子見《ようすみ》は終わりだ！　くたばれ、オークどもっ！」

ローグは【ファイアーランス】を唱えた。

燃《も》え盛《さか》る火の槍が斧と棍棒を持ったオークの頭を貫《つらぬ》き、一瞬で二匹を絶命させた。

「ぐおぉおっ！　（くそっ、キャスターか⁉）」

二匹の仲間を一度に殺され、大剣を持ったオークが動揺を見せる。

ローグは剣を構えて対峙《たいじ》した。

「まだ手があるなら使って見せろ」

言葉を理解したのかは定かではないが、オークが唸《うな》り声を上る。

「があぁぁっ！（黙って殺《や》られるかっ！【身体能力強化】！）」

スキル【身体能力強化／レベル：ＭＡＸ】を入手しました。

オークは大剣を上段に構え、凄《すさ》まじい速さで振り下ろす。先ほどまでの攻撃に比べて、見るからに威力が上がっている。ローグは【高速移動】で斬撃《ざんげき》を回避《かいひ》したものの、地面は大きく抉《えぐ》れていた。まともに受けると危険な攻撃だ。

「【身体能力強化】ね、ありがとう」

「ぐげっ、ぐおぉっ！（舐めるな、ニンゲン！）」

オークは大剣を横薙ぎに繰り出してローグを両断しようとしたが、ローグはこれをバックステップで避《さ》ける。大剣を振り切ってがら空《あ》きになったオークの懐に、今度はローグが飛び込んだ。

「がっ——!?（何っ——!?）」

驚愕《きょうがく》の唸り声を上げる間もなく、オークの首が胴体から切り離された。

ローグは剣を鞘に収めながら一息つく。

「ふう……スキル四つか。まぁまぁだな」

《お疲れ様です、マスター。周囲に敵性反応はありません》

「ありがとう、ナギサ。さて、女の人は無事かな？」

ローグは先程オークに運ばれていた女性に歩み寄った。どうやら気絶《きぜつ》しているようだ。目立った外傷《がいしょう》はないが意識を失っている。放っておくわけにもいかないので、ひとまず彼女が目を覚ますまで待つ事にする。

この時間を利用して、ローグはオークの死体を切り分け、オーク肉にしてから魔法の袋に収納した。それから火をおこし、木に刺したオーク肉に火を通す。味付けは市場で買った調味料を振りかけただけだが、肉が焼ける香《こう》ばしい匂いが辺りに広がり、食欲をそそられる。

「初めて食べるが……本当に美味いのかねぇ……」

《オークはレベルの高い個体ほど美味《おい》しくなるそうです。今回の奴らはそれほどでもなかったので、まぁ、普通の味でしょう》

肉が焼けると、ナイフで薄切りにし、近くに生《は》えていたハーブに巻いて一口食べた。

「美味いっ！　これで普通の味!?　猪《いのしし》の肉より全然美味いぞ!?」

ローグはあっという間に平《たい》らげて、焼いた肉は一瞬でなくなった。

「これは……集落に行ったら全部狩らないと……きっと酒にも合うだろうな」

《極上《ごくじょう》のオーク肉は市場にはあまり出ませんので価値があります。それより、女性が目を覚ましそうですよ？》

ナギサに促され、ローグは助けた女性を抱《だ》き起こした。

「ん……んん……ここは……」

女性はゆっくりと目を開けて、辺りを見回す。

「気が付いた？　自分がどうなっていたか思い出せるかい？」

「街道を散歩していたら……いきなりオークの群《む》れに遭遇して……はっ！　オ、オークは‼」

女性は自分に起こった事を思い出し、驚きに身を硬《かた》くする。

「安心して。君を運んでいたオーク達はもう倒した。無事でよかったよ。あのまま連れて行かれたら何をされていたか……」

「はっ……！　ありがとうございました。何事もなかったのはあなたのおかげです。助かりました」

女性はおぞましい光景を想像して涙ながらに感謝の言葉を連《つら》ねた。

「気にしなくていいよ。それより……ここから町まで五キロくらいあるんだけど、帰れそう？　無理ならギルド長に連絡するけど……」

「まだそんなに歩けそうにないので、出来たら連絡していただければ……でもその前に何かお礼をしないと……」

「いや、礼とか全然いいから、本当に」

固辞《こじ》するローグの話も聞かず、女性は何やら怪しげな笑みを浮かべる。

「今はお金もないし……身体で……」

「ま、待て！　そういう目的で助けたわけじゃないぞ！　もっと自分を大切にしてくれ」

その言葉を聞き、助けた女性は一つ息を吐き、ニコッと笑った。

「もう、冗談《じょうだん》よ。ちょっと素敵な男の子だったから、からかってみたの。ごめんなさいね」

「まったく……人が悪いぞ？」

「ふふっ、ごめんなさい。でも……歳の割に結構しっかりしてるのね。何か頼れる男って感じ」

「うーん……むしろ、偉《えら》そうだったりしない？　村では顔馴染みばかりだったから、気を抜くとすぐにこういう話し方になるんだよな」

女はローグの答えに笑いながら返事をする。

「全然！　むしろワイルドで格好良いわよ？」

「なら……気にしないでいいか」

「そうね。そっちの方がモテると思うわ」

「さいですか……」

しばらく話していると、女性の体調も回復してきたので、二人は歩いて町に戻ったのだった。

†

夕刻、ポンメルに到着したローグは、助けた女性を連れてギルドに戻り、彼女がオークに攫われかけていた状況を報告した。応対したのは、あの酒乱《しゅらん》の受付職員だ。

「それは……近くにオークの集落があるって証拠《しょうこ》ね。緊急クエストを発注しなきゃ……」

受付の女性は深刻《しんこく》な顔で何やら書類を準備しはじめるが、ローグはそれを制止する。

「待ってくれ。俺一人で十分だ。あんな美味い肉を誰かに取られてたまるか！」

「ローグさん……アナタね……。肉のために町を危険に晒《さら》さないでくれる？　……ところでそちらの女性、ローグさんと随分《ずいぶん》距離が近いみたいだけど……」

ローグの腕に絡み付く女に、受付の女性が胡乱《うろん》な目を向ける。

「私？　助けてもらったお礼に、この人と付き合おうかと……」

「な、なんですってぇぇぇぇぇっ!!」

突然の大声に、周りの冒険者達の視線が何事かと三人に集中した。ローグは、慌てて受付の女性を止める。

「冗談に決まってるだろ!?　いちいち取り乱すなよ！　それから、お前も離れろっ！」

「「ごめんなさい……」」

ローグに叱られた二人は、シュンと項垂《うなだ》れて反省した様子。

気を取り直して、ローグは大人しくなった受付職員に言った。

「まったく……いい加減にしてくれよ。今日はもう遅いから、俺はこの女性を家まで送ってくる。オーク集落の件はまた明日な」

そう言って、ローグはギルドを後にした。


さて、女がローグを連れて向かった先は、公爵の屋敷に匹敵《ひってき》するほどの大邸宅《だいていたく》だった。

「滅茶苦茶《めちゃくちゃ》デカイ屋敷じゃないか！　何が金がないだよ……」

呆れるローグに、彼女は舌を出して悪戯《いたずら》っぽく笑う。

「うふふふ。今は持ち合わせがないって意味ね。私の親はこの町周辺で商会をやってるの」

「お前なぁ……そんなに裕福《ゆうふく》なら、護衛くらい雇えよ……」

「一人の時間だって欲しいじゃない？」

「それでオークに攫われてちゃ、世話無いぞ……」

女性を両親に引き渡したローグはすぐに立ち去ろうとするが、そうもいかず、結局夕食の席に招かれる事になった。

女性の父親は終始《しゅうし》感謝の言葉を述べ、あれこれとローグの話を聞くので、食事を口に運ぶ暇《ひま》もない。

自然と話題はローグの出自《しゅつじ》や境遇《きょうぐう》にも及《およ》ぶ。

隠す必要があるとも思えず、彼は現在自分が置かれた状況を正直に話した。

「……ほう、今は公爵家に。私ども『ザリック商会』はこの王都ポンメル周辺で手広く事業を行っています。当然、公爵様ともお取引させていただいておりますよ。実に奇妙な縁でございますなぁ」

感慨深《かんがいぶか》い様子で頷く父親を横目に、女性はキラキラした目でローグを見つめる

「アナタ……公爵家の縁者《えんじゃ》だったの……⁉　私と結婚出来たら玉《たま》の輿《こし》じゃない！」

「……しないけどな」

「そんなあ……冗談でももう少し返事の仕方ってものがあるでしょ⁉」

ローグに冷たくあしらわれ、女性が頬を膨《ふく》らませる。その後もなかなか解放してはもらえず、ローグが公爵の屋敷に戻ったのは夜遅くになってからだった。

†

翌朝、ローグは一度ギルドに寄り、緊急クエストの必要はないと熱弁《ねつべん》してから、単身

オークの集落を目指した。【高速移動】を駆使したおかげで、昼前には山の麓《ふもと》へと辿《たど》り着いていた。

「最初からこうすれば良かったな……」

《ソウデスネー。まさか本当に一人で来るとは思いませんでしたよ……》

ナギサの声色《こわね》は明らかに呆れた様子だ。ナビという割に、ナギサは妙に人間臭い時がある。

実はどこかから見ているのではないかと思い、ローグは彼女に聞いてみた。

《ナギサ、お前、随分人間っぽくないか？　実はどこかで見ている……とか？》

《見ている、という言い方も出来ます。私の視界はマスターと同じなので。マスターが見たものは私も見ている事になりますね。それと、私は成長します。人間っぽく感じるのはそのためでしょう》

《なるほど。変な場面ばかり見せてすまないな。さてと、気を取り直して山に入るか》

ローグは山頂へと続く道に足を踏み入れた。

周囲は岩だらけで、木々はほとんど生えていない。そのため視界が遮《さえぎ》られる事はなく、物陰《ものかげ》から急にモンスターに襲われる心配は不要だ。しかし……

「何故麓にこんなにモンスターがいるんだっ！」

ローグは、剣でモンスターの攻撃を捌《さば》きながら、若干うんざりしていた。

隠れるどころか、あちこちからモンスターが寄ってくる。血の臭いに誘われたのか、斬っても斬っても、次から次に湧《わ》き、ローグに襲い掛かってきていた。
敵の種類も様々で、ゴブリンやオーク、ワイバーンやバジリスクだけでなく、昆虫系のロックアントや大猪のファングボアまで集まってくる。

スキル【操槍術《そうそうじゅつ》／レベル：ＭＡＸ】を入手しました。
スキル【弓術《きゅうじゅつ》／レベル：ＭＡＸ】を入手しました。
スキル【ポイズンブレス】を入手しました。
スキル【飛翔《ひしょう》】を入手しました。
スキル【風属性魔法／レベル：ＭＡＸ】を入手しました。
スキル【穴掘り／レベル：ＭＡＸ】を入手しました。

おかげで、ローグのスキルも凄い勢いで増えていくが……
「はぁ……はぁ……数が多いっ……」
《マスター。火と風魔法を合成して広範囲に魔法を放つのです。イメージは……火の嵐。風が燃える様子を想像してください》
（魔法を合成？　可能なのか？　ナギサが言うなら出来るんだろうけど……やってみるか。

風が燃えるイメージをして……）

「くらえっ！　燃え盛る風、【ファイアストーム】！」

そう唱えると、ごっそり魔力を持っていかれ、同時に辺り一面に火の嵐が巻き起こる。

火の嵐はあっという間に見える範囲の敵全てを焼き払い、周囲に敵影はなくなった。

ローグはこんがり焼けた肉を回収していく。

入手したのは、ワイバーンの肉、オークの肉、バジリスクの肉、ファングボアの肉。どれも適度に火が通っていて、そのままでも食べられそうだ。しかし、残念ながら牙や翼などの素材はどれも火にやられて使い物にならなかった。

「肉三昧か……野菜も食いてぇ～。疲れたから一旦山を下りて休もう」

《そうですね。無理に急ぐ必要はありません。それにしても……こんな所にまでワイバーンが現れるとは、意外でした。普段は山頂付近にいるはずなのですが……もしかすると、山頂に異変があったのかもしれませんね》

ローグは大量の魔力を使ったせいでぐったりしていた。今の状態でまた魔物の群れに襲われたらさすがに危ない。彼は来た道を引き返し、何とか鉱山入口の休憩所に辿り着いた。

そこはどうやら鉱山の作業員が使っていた場所らしく、辺りに採掘《さいくつ》用の資材が置かれている。しかし、まだ明るいのに作業員の姿が見当たらない。

「静かすぎるな……鉱山にいた人達はオーク騒ぎで逃げ出したのか？　それとも……まさ

か捕まったとか……」
《オーク達は鉱山内を根城《ねじろ》にしている可能性がありますね。ギルドに報告がないという事から考えて、恐らく捕まっているか、皆殺しにされたかのどちらかでしょう。集落を形成している以上、最低でもオークジェネラルかオークキング、クイーンがいると思われます。気を付けてください》
「やれやれ……一人でやるなんて言わなきゃ良かったかもなぁ。とりあえず休むか……ナギサ、警戒を頼む。何かあったら起こしてくれ……」
そう言うなり、ローグはすぐに眠りに落ちた。
《これは少し麓でレベルを上げさせた方がいいかもしれませんね》
結構ギリギリの状態だったため、彼はそのまま泥《どろ》のように眠ったのだった。
深夜になって目を覚ましたローグは、小屋の外で火をおこし、肉を温め直して夕食にした。

スキル【毒物耐性／レベル：ＭＡＸ】を入手しました。
スキル【衝撃《しょうげき》耐性／レベル：ＭＡＸ】を入手しました。

「ん、新しいスキル？ ……あぁ、食べたら耐性スキルが手に入るんだっけ。さて、腹も満たされたし、また山に入るか。夜だと違うモンスターも出そうだな」

《夜はロックバット、ロックウルフ、ロックスパイダー等が出ますね。坑道《こうどう》に入るのはもう少しレベルを上げてからの方がいいでしょう。行きますか？》

「蝙蝠《こうもり》、狼、蜘蛛《くも》かぁ……肉は不味《まず》そうだし硬そうだな。だが、行くしかない。さぁ、出発だ！」

寝て食べて完全回復したローグは再び山に入った。

するとすぐに、ロックウルフが襲い掛かってきた。夜間は視界が悪く、ローグの戦闘能力をもってしても、ロックウルフの素早い動きはなかなか捉《とら》えられない。

岩の上を自在に跳《と》び回る狼を前に、ローグの剣が空《くう》を切る。

「ちっ、こうも暗いと間合《まあ》いに捉えきれないっ！ 仕方ない、魔法で……【ウィンドカッター】！」

そう唱えると、ローグの身体を中心に、風の刃がドーム状に広がっていく。

素早く跳躍《ちょうやく》して回避しようとしたロックウルフだったが、全方位攻撃は避けられずに絶命した。

「キキィッ!!」

直後、狼のものとは別の悲鳴が聞こえた。何かを巻き込んだらしい。

スキル【ソナー探知《たんち》】を入手しました。

「お？　探索系スキルゲット！　これはロックバットか。さっそく……」

ローグはロックバットから入手したソナー探知を使った。超音波を発し、反射で敵の位置を探るというスキルは、暗所《あんしょ》では大変役に立つ。

ローグは飛んでいるロックバットを捕まえて、ロックウルフの死体に噛《か》みつかせてみた。

スキル【噛みつき】を入手しました。

スキル【吸血】を入手しました。

「よし、後は蜘蛛だな。やっぱり木が生えている所にいるのかな？」

とはいえ、周囲にはゴロゴロした岩が転《ころ》がっているだけで、植物など見当たらない。

《いえ、目の前にいるじゃないですか。ほら、あの岩……動いていますよ？》

「あれが⁉　擬態《ぎたい》しているのか⁉　とりあえず石でも投げてみるか」

ローグは手近な小石を投げつけて、相手の出方を見る。しかし……反応はなし。

「まだバレてないと思ってるのかね？　なら次は……【ファイアーボール】」

……ボンッ！

ロックスパイダーはたまらず転がって火を消そうとする。しかし、岩のような身体はなかなか頑丈《がんじょう》らしく、この程度の炎では動きは鈍《にぶ》らない。

「さぁ、来いよっ！」

燃やされて怒ったロックスパイダーは、口から粘性《ねんせい》の糸を吐き出してローグに浴《あ》びせかける。

スキル【蜘蛛の糸】を入手しました。

ローグは身体を捻《ひね》って回避し、魔法で糸に火をつけて反撃する。途端《とたん》に糸が燃え上がり、ロックスパイダーの口内まで焼いた。

「ぎゅるるぁ～っ‼」

「よし、終わりだ。【ファイアーランス】！」

苦悶の声を上げるロックスパイダーの焼《や》け爛《ただ》れた口目掛け、ローグは炎の槍を撃《う》ち出す。

炎の槍は見事にロックスパイダーを貫通し、体内から燃やし尽くした。

「よし、このままソナーを使って中腹まで一気に行くっ！」

勢いづいたローグは、【ソナー探知】と【高速移動】を駆使し、一気に中腹まで駆け上っていく。

途中で遭遇したモンスターはもはやローグを足止めする事も出来なかった。

しばらくして、ローグは山の中腹にある坑道の入口に到着した。

入口にはオークが二体見張りについて警戒に当たっている。

「どうやらこの鉱山で間違いないらしいな」

ローグは少し離れた場所から風魔法で右側の一体の頭を落とす。別の一体が仲間の死に動揺している隙に、ローグは【高速移動】で背後に回り、剣で殺した。

しっかりと絶命したのを確認し、死体を魔法の袋に仕舞う。

「よし、見張りは倒した。さて、中はどうなっているのかな……」

《マスター、私がマッピングで坑道内を案内しますので、マスターはソナーで敵の位置を確認しながら進んでください。では、視界を少し失礼します》

ピッという音と共に、ローグの視界の端《はし》に地図が表示された。

「こんな事も出来るのか。ナギサって便利だなぁ……」

《ナビですから。便利じゃなければ使われないでしょう?》

それもそうだと納得し、ローグは坑道に突入する。

時間は深夜だが、坑道内は壁に据《す》え付けられた篝火《かがりび》のおかげで明るかった。ローグは出来るだけ気配を殺しながら坑道内を慎重《しんちょう》に進んでいく。余計な戦闘で力を使い果たさないためだ。
《マスター、この辺りにオークの気配はありません。どうやら坑道の奥に固まっているみたいです。どうしますか？》
「捕まっている人達の場所は分かるか？」
《オークが固まっているさらに奥の部屋にいますね。捕まっている人は十人のようです》
「よし、なら奥の部屋に続く道まで高速移動して、そこでオークの殲滅《せんめつ》に入る。火魔法は素材が採れなくなるから、風魔法でいこう。ナビよろしく」
ローグはナギサの案内に従い、一気に最奥《さいおう》を目指した。人が使う坑道なので、トラップなどは気にする必要はない。
しばらく進んだ曲《ま》がり角で、ナギサがローグを制止した。
《マスター、ストップです！　この先がオーク達の部屋です。どうやらキング、ジェネラル、クイーンが全ているようですね。一番奥に三体控えていますので、纏めて処理してしまいましょう》
ローグは曲がり角から身を乗り出してちらりと中を覗《のぞ》いた。
奥に他とは明らかに異なる、立派な装備に身を包んだ巨大なオークが見える。その三体を中心に、オーク達は酒を飲んで騒いでいた。

「ナギサ、予定通り行くぞ」

《問題ありません。行きましょう》

ローグは部屋の入口から奥の部屋に繋《つな》がる通路まで【高速移動】で一気に駆け抜ける。

「ぎゃぎゃっ⁉」

「ぎゃっ‼」

「があぁぁっ‼」

その際、オークの部屋の中心部で【ウィンドカッター】を放ち、約半数を殺した。

予定通り鉱員が囚《とら》われている部屋への通路に到達したローグは、その場で振り返ってオーク達に叫んだ。

「死にたい奴からかかってこい、オークどもっ！」

挑発されたオークは一斉に飛びかかろうとしたが、奥の部屋に続く通路は狭《せま》く、一体ずつしか入ってこられない。ローグは徐々に通路を後退していき、敵が一列になったところで魔法を放った。

「貫けっ！　【ウィンドランス】ッ‼」

圧縮《あっしゅく》された風の槍は次々とオークの頭を貫通し、吹き飛ばしていった。

「「「ぐがぁっ！」」」

これで通路に入って来ていたオークは一網《いちもう》打尽《だじん》にした。

「よし、後は……」

残りは三体。どうやら巨体を誇るキング、ジェネラル、クイーンにこの通路は狭すぎて、中に入ってこられないようだ。ローグは入口を塞《ふさ》ぐように立つ三体を風で吹き飛ばし、その隙間から広間へと戻った。

「後はお前達だけだ！」

「「「ごがあぁぁぁぁぁぁっ‼」」」

三体はローグ目掛けて一斉に武器を振り下ろす。

地面が割れるほどの衝撃があったが、ローグはそれを【高速移動】でかわし、武器を振り切って無防備になった瞬間を狙《ねら》い、剣でクイーンの首を切り落とした。

「「があぁぁぁぁっ‼」」

クイーンを殺された他の二体は激《はげ》しく怒り狂い、なりふり構わず武器を振り回す。

「冷静さを失ったお前達の負けだ！」

ローグは、【高速移動】でジェネラルの背後に回り込み、頭を剣で貫いた。ジェネラルをも一瞬で殺された事でさすがに動揺したキングは、慌てて洞窟《どうくつ》から逃げ出そうとするが……

「俺に背中を見せてどうするんだ。間抜《まぬ》けめっ！」

ローグは【ウィンドランス】でキングの両足を貫く。

「ぎゃああっ‼」

キングは勢いよく転倒したが、それでも逃げようと地を這《は》いながら出口に向かう。

「往生際《おうじょうぎわ》が悪いな。終わりだ」

ローグはキングの頭にオリハルコンナイフを投擲し、絶命させた。

「ナギサ、敵の反応は？」

《ありません。今ので最後です》

「分かった。オークの死体を回収した後で奥に向かうとするか」

ローグは倒したオークの死体や武器を全て魔法の袋に回収する。その後、鉱員達が捕まっていると思われる部屋に向かった。

「助けに来た。全員無事か？」

鉱員達はローグの姿を見て訝しむ。

「一人……か？　仲間は？」

「いや、俺一人だけど……何か問題が？」

当たり前の事のように言うローグに面食《めんく》らって、鉱員達は顔を見合わせた。

「お前……いや、あなた一人であのオークの群れを⁉　五十近くいたはずだが……！」

「まぁ、無事になんとか倒せたよ。奴ら酒をたらふく飲んでいたみたいだったし。それより、これで全員かな？」

ローグの質問に、鉱員の一人が力なく答える。

「あ、あぁ。何人かは食われた。生きているのは俺達十人だけだ」

「そうか……とんだ災難だったなぁ。街まで歩ける？」

「いや、ほとんど飲まず食わずだったから体力が怪しい……一晩麓の小屋で休めば何とか……」

「分かった。ひとまずここを出よう」

捕まっていた部屋を出た鉱員達は、がらんどうになった広間を見て、ローグに質問する。

「あれだけいたオークの死体が一つもないんだが……」

「あぁ、オーク肉は美味いからなぁ。全部回収してあるよ。そのために一人で――げふんげふん。麓の小屋に着いたら食べてみる？」

「食いたいが……仲間を食ったオークの肉はちょっとなぁ……」

「なら、ワイバーンの肉がまだあるから、それを食べるといい」

「「ワイバーン⁉」」

「あぁ、麓に現れたんだ。いつもは出ないらしいのに」

鉱員達は顔を見合せた後、ローグに確認した。

「確かに、ワイバーンは山頂付近にしかいないはずだ。そんなやつが麓に現れたら、俺たちゃ全滅《ぜんめつ》さ。山頂付近で何かあったのか……ギルドに帰ったら確認しなきゃな……」

雑談《ざつだん》しながら歩いているうちに、無事麓の小屋へと到着した。

到着後、ローグは休憩小屋にある調理場を使い、腹を空《す》かした鉱員達にワイバーンの肉を唐揚《からあ》げにして振る舞った。両親を失ってから一人で暮らしてきた彼は元々ある程度料理が出来たが、今では【調理／レベル：ＭＡＸ】のスキルもあるので、凝《こ》った料理もお手の物だ。

香ばしい唐揚げをたらふく食べた鉱員達は、久しぶりの落ち着ける寝床で貪《むさぼ》るように眠りについた。

彼らが寝付くと、ローグは外で焚《た》き火《び》をしながら見張りをはじめた。

「ナギサ、山頂の話……どう思う？」

《何とも言えませんね。ワイバーンが逃げ出すほどの強さを持った何かが居座《いすわ》っているとしか……ここからだと探知範囲外なので詳しい情報は分かりませんし……》

「そうか、なら一旦保留だな。さて、俺はオーク肉でも食べようかな。在庫は腐るほどあるからな～、食い放題だ」

ローグは焚き火の上に鉄板を敷《し》き、厚《あつ》めにスライスしたオーク肉を載せて焼いた。辺りに香ばしい香りが広がる。

「匂いだけで腹が減るっ！　いただきま～す」

ローグはパクパクと凄い勢いで食べ進め、一ブロックの肉を平らげた。
「ふうっ、美味いなぁ……オーク肉はステーキが一番だな。塩胡椒《しおこしょう》によく合う。でも、肉ばかりでさすがに飽きてきたな。町に帰ったら野菜も買っておくか」
《力をつけるには赤身の肉が一番なのですがね、そればかりでは健康的にオススメ出来ません。野菜とバランス良く食べないと》
まるで母親みたいな言い方をするナギサに苦笑し、ローグはそのまま夜を明かしたのだった。

†

翌朝、ローグは鉱員達を連れて町へ帰り、その足でギルドへと向かった。

「では、ギルドカードをお預かりします。討伐数を確認いたしますので」

受付にカードを渡したローグは、オーク討伐と集落の壊滅《かいめつ》、鉱員達の救出の報告を入れ、さらに山頂に異変があるのではないかと懸念《けねん》を伝えた。

「ちょ、ちょっと待ってください。今ギルド長を……」

あまりに重大な内容だったため、受付の女性が慌てふためく。

ちょうどそこに、二階からギルド長が下りてきた。

「いや、いい。そのまま部屋に通せ。詳しく聞く必要がありそうだ。すまないが、鉱員達も一緒に来てくれ。話が聞きたい」

鉱員達は頷き、ローグと共にギルド長の部屋へと向かった。

「さて、ローグよ。今回はまた無茶をしてくれたな。何故ギルドに報告しなかった」

ギルド長に問い詰《つ》められ、ローグはいかにもな説明ではぐらかす。さすがにこの雰囲気では肉が欲しかったとは言えない。

「まず、攫われそうになっていたザリック商会の娘を助けた際に、山にオークがいる件は報告してあります。その時は鉱員達が捕まっているとは知りませんでした。今日麓の小屋が空《から》だったのを見て、鉱員達が捕まっていると判断しましたが、まだ生きている可能性に賭《か》け、集落に突入した……という具合です。何人かは食われてしまったらしいので……残念でした」

ローグが窮地《きゅうち》と見て、鉱員達も助け船を出す。

「ローグさんがあと何日か遅れていれば、自分達も食われていたかもしれなかったんだ。俺達鉱員は全員、ローグさんに感謝している。命の恩人だ！」

ギルド長はローグ達を見て溜息をついた。

「分かった。今回は緊急性のある事案だという事でお咎《とが》めはなしだ。ローグ、良くやった。それと、麓にワイバーンが出た件については、ギルドで調《しら》べておこう。クエスト発注するなら依頼板に貼るから、それを受けるんだな。それと、鉱員達はしばらく山へ近づかない方がいいだろう。解決の知らせが出るまでは町で待機してくれ。以上だ、下がっていいぞ」

ローグ達は立ち上がり、ギルド長に一礼してから部屋を出た。

廊下に出るとすぐに、鉱員達はローグに向かって話し掛けた。

「ローグさん、改めてありがとうございました。あなたのおかげで俺達は生きて帰ってこられました。何かあったらいつでも力になりますんで、覚えておいてください」

「あぁ、早く鉱山に戻れるといいな。じゃあ、またな」

そこで鉱員達と別れたローグは、カードを取りに受付へと戻る。

「カードを受け取りに来た。もういいか？」

受付の女性はローグにカードを返し、一緒に報酬を渡した。

「まず、オーク討伐、集落の壊滅、お疲れ様でした。今回の件でローグ様のランクがブロンズからシルバーに上がりました。シルバーになるとギルドから直接〝指名依頼〟が出る場合もあるので、ご了承《りょうしょう》ください」

聞き覚えのない言葉に、ローグは彼女に質問する。

「指名依頼ってのはどんな依頼なんだ？　拒否権《きょひけん》はあるのか？」

「依頼内容は様々ですね。各人の技量に合わせて掲示板を通さず依頼するというだけです。

拒否は出来ますが、受ける事でランクアップが早くなる特典もあります」

「なるほど。ありがとう。じゃあ、疲れたから今日は帰るよ」

と、ローグが立ち去ろうとしたところ……受付の女性に腕を掴《つか》まれた。

「お待ちください！　討伐記録にオークキング、オークジェネラル、オーククイーンが載っていましたが、肉はお持ちで？」

ローグは嫌な予感を覚えて口ごもる。

「確かに……持っているが……何か？」

「その肉……ギルドに売っていただけませんか？　そのレベルの肉は希少《きしょう》で、なかなか市場には出回らないのです」

熱っぽく語る受付の女性に、ローグは若干後ずさりする。

「売らないとダメ……なのか？　自分で食べるためにとっておきたいんだけど……」

「そこをなんとかっ！　キングには黒金貨一枚、クイーンには白金貨七枚、ジェネラルには白金貨五枚出しますっ！　滅多に手に入らないんですっ！　何なら一晩私を自由にしていいですからっ！」

「最後のは明らかにおかしいだろう!?　まったく……分かったよ。でも、全部はだめだぞ？　一部だけ俺に残してくれ。残りは売る。それでいいか？」

女性はカウンターから出てきてローグにしがみつく。

「ありがとうございますっ！　今からギルド倉庫に案内いたしますので、そちらでお出しください」

ローグはギルド倉庫に連れて行かれ、そこで三体の死体を出した。それを見て、倉庫内にいた解体員に驚きが広がる。

「こ、これは！　オークキングにクイーン、ジェネラルじゃないか‼　すげえっ！　おいっ！　皆集まれっ！　これを最優先で解体するぞ‼」

「「「おうっ‼」」」

集まった解体員によって、凄い勢いで三体が解体されていく。

三十分もしないうちに作業が終わり、ローグは約束通り金とブロック肉を受け取り、ギルドを後にした。

公爵の屋敷に帰った彼は、オーク集落での一件をアランに報告した。

その日の夕食は当然、オークキングの肉のステーキ。キングの肉は口に入った瞬間、溶《と》けて消えるほどの上質な脂《あぶら》が乗っていて、信じられないくらいに美味だった。

普段から美食に慣れているはずのアランも、この肉の魅力《みりょく》にすっかりやられてしまった様子で、ローグに〝見つけたら是非持ってきてほしい〟と懇願《こんがん》したほどだ。

次は絶対ギルドには売らない……そう決めたローグだった。

†

シルバーランクに上がった数日後、ローグはギルドから招集命令《しょうしゅう》を受けていた。

ランクアップすると度々《たびたび》こういう事があるらしい。面倒事の予感がしたが、ギルドに登録した以上は従わなければならない。

ローグは少し後悔《こうかい》しながらギルドへと向かった。

ギルドに到着した彼は、職員に促されて渋々《しぶしぶ》ギルド長の部屋を訪ねた。

「ローグです。招集命令を受けて来ました」

「おぉ、来たか。こっちに来てくれ」

ローグは室内を見回す。彼以外にも何人か他の冒険者が呼ばれていたようで、室内には見知らぬ三人の男がいた。

ギルド長が口を開く。

「呼び立ててしまってすまない。今回は緊急でな。まずローグ、この間のオークの集落の件を覚えているな？」

「はあ。坑道に居ついていた奴らですよね。それが何か？」

ギルド長はこくんと頷いて、続きを話す。

「その際、麓にワイバーンが現れたと言ったろ？　それを確かめるため、ギルド員を現地に派遣《はけん》した。確かにワイバーンを麓で確認している。しかし、普段山頂付近を縄張《なわば》りにしているやつらが麓に下りてくるのはおかしいと思い、山頂を調べさせた」

他の冒険者達も黙って話を聞いている。

「でだ、調査した結果……最悪の事態が確認された」

冒険者の一人がギルド長に質問する。

「最悪とは穏やかじゃないね。ワイバーンより強いモノが山頂にいるってだけだろう？」

「まあ、その認識で間違いはない。ただし、確認されたのは……アースドラゴンだ……」

ギルド長が発した言葉に、三人の冒険者が驚愕の表情を浮かべる。

「「ば、馬鹿な⁉　こんな場所にアースドラゴン⁉　嘘《うそ》だろ⁉」」

しかし、ローグだけは事態の深刻さを把握《はあく》出来ておらず、他の冒険者に質問した。

「そんなにヤバイ敵なのか？　その……アースドラゴンってやつは？」

「ヤバイなんて次元の話じゃないぞ！　普通のドラゴンでさえ厄介《やっかい》な相手なのに、相手は属性付きのドラゴンだ！　そんな事も知らないのか⁉」

「あいにく、最近冒険者になったばかりでね、詳しくは知らないんだ」

冒険者達は呆れ顔でギルド長に抗議《こうぎ》する。

「ギルド長！　何でこんな奴を呼んだ⁉　正直足手纏《あしでまと》いだ。アースドラゴンと戦うには、城の騎士団に応援を頼むしか道はないぞ⁉　冒険者だけじゃ何人死ぬか分かったもんじゃない！」

ギルド長が机をドンッと叩き、立ち上がる。

「騎士団は今、東の『ギルオネス帝国』からの侵攻《しんこう》に備《そな》えている最中で兵は出せない。今回はどうにか冒険者ギルドで対処してほしいと、国のお達しがあった。なお、討伐に成功した者は国から勲章《くんしょう》が贈られるんだとさ」

それを聞いた冒険者の一人が席を立ち、部屋を出ようとする。ギルド長は慌てて止めた。

「ま、待て！　どこへ行く⁉」

「こんな馬鹿な話があってたまるか。俺達冒険者は国の駒《こま》じゃねぇ！　命を懸《か》けてまでアースドラゴンなんかと戦ってられるか！　俺は降りる」

一人の冒険者の言葉を皮切《かわき》りに、他の者も本音《ほんね》を口にしはじめる。

「俺も……今回は無理だ。命は惜しい」

「なら私もだ。こんな依頼、誰一人受ける奴はいないだろう」

三人の冒険者はギルド長の制止を無視して部屋から出ていった。残ったのはローグ一人だけ。

「どうすればいいのだ……」

頭を抱えるギルド長に、ローグが問い掛ける。

「ギルド長、今出て行った人達は俺より強いんですか？」

「彼らは全員ゴールドランクの冒険者だ。お前よりは遥《はる》かに強いだろう」

「なるほど。じゃあちょっと今の俺のステータスを見てくれませんか？　これで勝ち目がないようなら、俺にも無理かな」

ロークは偽装・隠蔽を解除したステータスを提示した。

名前：ローグ・セルシュ
種族：ヒューマン　　レベル：72
体力：1580／1580　魔力：720／720
▼スキル
【神眼】【習熟度最大化】【ナビゲート】【飛翔】【ソナー探知】
▽戦闘系スキル
【短剣術／レベル：MAX】【大剣術／レベル：MAX】【操槍術／レベル：MAX】
【操斧術／レベル：MAX】【棒術／レベル：MAX】【弓術／レベル：MAX】
【投擲術／レベル：MAX】【咆哮／レベル：MAX】【高速移動／レベル：MAX】
【身体能力強化／レベル：MAX】
▽魔法系スキル

【火属性魔法／レベル：MAX】【風属性魔法／レベル：MAX】
▽特殊《とくしゅ》スキル
【ポイズンブレス】【噛みつき】【吸血】【蜘蛛の糸】
▽耐性スキル
【毒物耐性／レベル：MAX】【衝撃耐性／レベル：MAX】
▽生産系スキル
【剥ぎ取り／レベル：MAX】【鍛冶／レベル：MAX】【調理／レベル：MAX】
【裁縫／レベル：MAX】【細工／レベル：MAX】【木工／レベル：MAX】
【釣り／レベル：MAX】【穴掘り／レベル：MAX】

ギルド長はローグのステータスを見て絶句する。

「お前いつの間にこんな……いや、確か【神眼】で、見たスキルは自分のものに出来るんだったたな⁉」

ギルド長は何かを考えついたらしく、ローグの肩に両手を置いて笑った。

「……地下の訓練場に行くぞ。お前に俺の持つスキルを見せてやる。あと、マジックキャスターとプリーストを呼ぶ。そいつらから魔法スキルを学べ。そしてローグ……お前がアースドラゴンを何とかするんだ……！　もうお前しか頼れる奴がいないっ！　頼むっ‼」

ギルド長は肩に手を置いたまま、頭を下げた。

「頭を上げてください。俺もスキルを貰えるのはありがたい。でも、確実に倒せるかは確約出来ません。それでもいいですか？」

「あ、ああっ！ 向かってくれるだけで十分だ！ お前に倒せないなら、もう国に頼るしかない。時間が惜しい……地下に行くぞ」

ギルド長は職員にマジックキャスターとプリーストを至急《しきゅう》連れて来るようにと言付けた後、ローグを連れて地下の訓練場に向かった。

訓練場は何もないだだっ広い部屋で、魔法の使用にも耐えられるように強力な防御術式が施されている。

「まずは、お前さんが持っていない武器スキルから見せていこう」

さっそくギルド長は、用意された片手剣を握り、演武《えんぶ》を始めた。

スキル【剣術／レベル：MAX】を入手しました。

「ギルド長、オッケーです。次頼みます」

「早いな⁉ よし、次だ」

ギルド長はもう一本片手剣を握り、両手に剣を持って演武を再開する。

スキル【双剣術／レベル：MAX】を入手しました。

「覚えました。次お願いします」

「最後は素手《すで》だ。俺に教えられるのはここまでだ。よく見ておけよ？」

ギルド長は腰を落とし、拳《こぶし》を突き出す。そのままバックブローに繋げ、回し蹴り、ローキック、さらに連続蹴りと、次々技を繰り出した。

スキル【体術／レベル：MAX】を入手しました。

「全て覚えました。ありがとうございます」

「本当に覚えたか？　確認してやるから、見せてみろ」

ローグはギルド長から学んだスキルを順に披露《ひろう》していく。その動きはギルド長より鋭い動きで、錬度《れんど》も申し分ない。

「バケモンだな、若さ故《ゆえ》か？　スピードが違う」

「これに身体強化も上乗《うわの》せ出来ますけど？」

ギルド長は考える。

「今の動きにさらに強化か。イケる……んじゃないか？　ただ、攻撃に特化しすぎたな。プリーストが来たら回復を習うといい」

「回復魔法ですか。魔法スキルは特殊なので、一つ見るだけでその属性なら全て頭に流れてきます。攻撃魔法なら合成も可能です」

と、ローグは右手をかざして唱えた。

「舞え、極炎の嵐【フレアストーム】！」

以前使った【ファイアストーム】より遥かに強力な炎の嵐が訓練場に巻き起こった。

「ぐっ！　くぅぅぅぅっ‼　と、止めろ！　これ以上やったらここの術式が壊《こわ》れるっ！」

ローグが手を握る動作にあわせて、魔法は収束《しゅうそく》していった。

「お前っ、魔法を合成するなんて……何て事を考えやがる！　しかも、あんな威力……建物が崩れたら生き埋《う》めになっちまうだろうが！」

「やりすぎました……」

そこに二人の女性が姿を見せる。ギルド長に呼ばれたマジックキャスターとプリーストだ。

「い、今のは何です⁉　見た事がない魔法でしたっ！」

「凄い威力でしたわね……まだ訓練場が熱いですわ……」

「火と風の合成魔法だとよ。本当にとんでもないぜ……」

呆れ顔で呟くギルド長に、マジックキャスターが首を横に振って応える。

「彼に魔法を教えろと？　むしろ私が教わりたいくらいですよ！」

「実は俺、火と風しかまだ使えないんだ。出来れば他の属性を教えてほしいんだけど……」

マジックキャスターは首を傾《かし》げてローグを見た。

「特化型ですか？　あなたなら火と風で十分強いと思いますよ？」

「いや、アースドラゴンを相手にするから、万全を期しておきたくて」

「……アースドラゴン⁉　土属性ですか……なら風属性が有利なのでは……」

すっかりビビってしまったマジックキャスターに、ギルド長は時間が惜しいと発破《はっぱ》を掛ける。

「いいから、使える属性全部見せてやれ。簡単な初歩魔法でいいんだ。早くしろ」

「は、はいぃ～！　で、では……」

マジックキャスターは順に各属性の魔法を撃ち出していく。


スキル【水属性魔法／レベル：ＭＡＸ】を入手しました。

スキル【氷属性魔法／レベル：ＭＡＸ】を入手しました。

スキル【雷属性魔法／レベル：ＭＡＸ】を入手しました。

スキル【土属性魔法／レベル：MAX】を入手しました。

スキル【闇属性魔法／レベル：MAX】を入手しました。

スキル【光属性魔法／レベル：MAX】を入手しました。

スキル【時空魔法／レベル：MAX】を入手しました。

全ての属性魔法を入手、マスターしたため、スキルを【全属性魔法／レベル：MAX】へと表示を変更いたします。


「ありがとう。大体分かった。感謝する」

ローグが言っている事が理解出来ず、マジックキャスターは首を傾げる。

「え？　何を言って……」

「今度見せてもらえ。多分今撃ったら生き埋め確定だ。戦う前に死んだら元も子もない」

ギルド長は項垂れて言った。

次はプリーストがローグに魔法を見せる番だ。

「私の魔法は【神聖魔法】です。回復と防御壁、能力の底上げ等が主ですね。たとえば【ヒール】」

彼女が手をかざすと、優しい光がローグを包みこんだ。しかし、体力が減っていないためか、効果は感じられなかった。

スキル【神聖魔法／レベル：MAX】を入手しました。

「ん、覚えた。ありがとう。ギルド長、多分これでイケると思います。ついてきますか？」

「行きたいが、俺はギルドから離れるわけにはいかん。後はお前に任せる。どうか、この国の民を守ってくれ……」

ギルド長は改めて、ローグに深く頭を下げた。

「俺もこの国の民ですし、やれるだけやってみますよ。出発は明日で。あ、馬車を出してくれたら助かります」

「分かった、最高の馬車と御者を用意しておくから、明日の朝ギルドに来てくれ」

こうしてローグは大量のスキルと魔法を習得し、アースドラゴンとの戦いに向かう準備を終えたのだった。

†

翌朝、ローグは冒険者ギルドの面々に見送られ、馬車で山の麓へと向かった。

馬車には魔除《まよ》けの効果が付与《ふよ》されており、道中モンスターに襲われる事はない。ローグはぼんやり御者の操車技術を見ていた。

スキル【操馬術《そうばじゅつ》】を入手しました。


「おぉ？ 【操馬術】か。これでいつでも馬車を走らせられるし、馬にも乗れるな」

ローグの独り言に、御者が返事をする。

「何か言いましたかい、お客さん？」

「いや、それより……あとどれくらいで着く？」

「夕方頃には麓の小屋に着く予定ですが……急ぎやしょうか？」

「いや、そのままでいい。少し眠るから、着いたら起こしてくれ」

ローグは馬車に揺られながら仮眠を取りはじめた。馬車は山へ向かって順調に進んでいく。

辺りが赤く染《そ》まる頃、馬車は麓の小屋へと到着した。御者は頼まれた通りローグを起こし、荷台の扉を開ける。ローグは馬車から降りて固まった身体を解《ほぐ》すように背伸びをする。

「ここまでありがとう。後は大丈夫だ。気を付けて町へ戻ってくれ」

「お客さんも無理しちゃダメですぜ？ 頑張《がんば》ってくだせえよっ！」

そう言い残し、御者は馬車と共に町へと戻っていった。ローグは山頂を見上げて呟く。

「アースドラゴンか、どんなやつなんだろうな……」

とりあえず、ローグは中腹にある坑道で夜を明かそうと、夕方の山へと入山した。

山に入ると、当たり前のようにワイバーンやロックアント等が襲い掛かってきたが、ローグはギルド長から習ったスキル【双剣術】で次々と始末して、素材を袋に詰めていく。

「そろそろ中腹だな。暗くなってきたし、無理せず今日はここまでにするか」

ローグは坑道の奥に入り、テントや寝袋などの野営セットを設置する。このテントにも一応魔除けが付与されており、敵に襲われる事はない。

ローグは坑道に再びオークどもが集まっていないかと期待したが、そんなに甘くはなかった。オーク達が酒を飲んでいた広間でワイバーンの肉を焼き、かぶりつく。

「ワイバーンの肉も美味いんだけど……オークキングの肉に比べたらなぁ……」

食事を終えたローグはテントの中に入り、装備の確認をした後、朝まで休息をとった。

†

朝になり、ローグは野営セットを片付けた後、坑道の外へと出た。

「んん～っ。清々《すがすが》しい朝だ。さて、山頂を目指しますか」

ローグは町で買ったミスリルランスを杖代わりにして山頂を目指して歩いていった。

途中、幾度《いくど》かモンスターに襲われるが、アースドラゴンとの決戦に備えて、魔法は使わず温存しておく。さすがに山頂近くなると道は険《けわ》しく、ペースは落ちてきたものの、登山は順調に進み、昼頃には頂上が見えた。

「ようやく山頂が見えたか。ん？　何だ……あれは……まさか、あれが……？」

山頂の開けた場所に、巨大な岩を纏った竜が丸くなって寝ていた。周りにモンスターは一体もおらず、妙な静寂《せいじゃく》が漂《ただよ》っている。

「敵の強さを見られたらな……嘆《なげ》いていても仕方ないか、近くまで行ってみよう。話が通じればいいが……」

ローグはアースドラゴンにゆっくり歩み寄る。

ローグが近づいて行くと、アースドラゴンは片目をパチッと開け、巨体を起こした。その口から発せられたのは、人間の言葉。ナギサの声のように、頭に直接響いてくる感じだ。

《何をしに来た、ニンゲン。ここを我が棲処《すみか》と知って来たのだろうな》

アースドラゴンは言葉と共に威圧の気配を発散した。だが、ローグは気にせずにアースドラゴンに語り掛ける。

「確かに、いると分かって来た。だが、確認したい事がある。聞くか？」

竜の威圧に怯まない人間を久しぶりに見たアースドラゴンは、口角を上げてローグの質問に耳を貸す。

《何だ。とりあえず言ってみろ、ニンゲン》
ローグはアースドラゴンの目をまっすぐ見ながら質問する。
「お前は人間を害する意思はあるのか？　もしあるなら……悪いがこのまま放置するという訳にはいかない。でも、ここで大人しく暮らしたいだけだと――」
《ほぅ……我と戦おうと言うのか、小さきニンゲンよ。凡俗《ぼんぞく》なニンゲンに用はないが、お前には少し興味が湧いた。力を見せてみろ。もし我を唸らせるほどなら、主《あるじ》として認めてやらんでもないぞ》
そう言うと、アースドラゴンは翼を大きく広げ、咆哮を上げる。
《があぁぁぁぁぁぁぁっ!!》
空気や地面が細かく振動し、アースドラゴンの近くにあった岩は粉々《こなごな》に砕《くだ》け散《ち》った。
「ちぃっ！　話を最後まで聞けよ！　こうなったら戦《や》るしかないかっ!!」
ローグはミスリルランスからミスリルソードに切り替え、アースドラゴンと対峙する。
《あっさり死ぬなよ、ニンゲン》
そう呟いたアースドラゴンは空中に浮かび上がった。
「来いっ!!」
ローグは、スキル【身体能力強化】の他に、神聖魔法によって攻撃力と防御力、スピードをさらに強化して敵の攻撃に備える。

《ふむ……自己強化したか。ならば行くぞ‼》

アースドラゴンはその巨体からは考えられないスピードで、空中からローグに突進してきた。

「っ！　食らったらひとたまりもねぇっ‼」

ローグは【高速移動】で突進を躱す。すれ違いざまに剣で斬り付けてみたが、全く刃が立たず、逆に刃こぼれして刀身《とうしん》にひびまで入った。

《回避しながら反撃するか。なかなか楽しませてくれる……》

「ちっ！　硬すぎるだろ‼」

ローグは剣を捨てて魔法攻撃に切り替える。

だがアースドラゴンは魔力の気配を察して先手《せんて》を打ってきた。

《ほう。ならば……これはどうだ？　【アースブレス】！》

アースドラゴンが大きく息を吸いこんだ次の瞬間、その口から大量の岩や砂を含んだブレスがローグに襲い掛かった。

「くっ！　【ウィンド・ウォール】！」

ローグは風の障壁《しょうへき》を張り、ブレスに耐える。

スキル【アースブレス】を入手しました。

「こんな時に新しいスキル……⁉　くっ、耐えきれるかっ⁉」

ローグが張った障壁はアースブレスを何とか相殺《そうさい》した。

《かはは。あれに耐えるか、面白《おもしろ》い……攻撃してみろ、ニンゲン。アースブレスに耐えたご褒美《ほうび》だ》

「ん？　待ってくれるのか？　ありがたい、それなら全力でやらせてもらう‼　このチャンスに出し惜しみをしている余裕なんて、俺にはない！」

ローグは自分が持つ最大の魔法攻撃――【全属性魔法】を発動する。体内の魔力を掌《てのひら》に集中していく。

「全ての属性よ、一つになりて、彼《か》の者を滅《めっ》せ。【ゼロ】！」

全ての属性が混じりあった白い光がローグの手に宿り、辺りを眩い光で満たした。

アースドラゴンが驚愕に目を見開く。

《……‼　あれは……まともに食らったら危険だっ‼　間に合えっ！　【アースバリア】！》

直後――全てを無に還《かえ》す光の奔流《ほんりゅう》が放出された。光は螺旋《らせん》を描《えが》きまっすぐアースドラゴン目掛け襲い掛かる。

アースドラゴンは身体を丸め、土属性のバリアを幾重《いくえ》にも張って耐えようとする。だが、ローグが放った【ゼロ】は容赦なくバリアを貫き、アースドラゴンの身体をも貫通した。

《がっ……！　我の……防御を貫……く……か、お前の勝ちだ……ニンゲン……がふっ……！》

スキル【アースバリア】を入手しました。


アースドラゴンは力なく崩れ落ち、その巨体を地面に横たえた。もはや抵抗の意思はなくなったのか、これ以上何かしてくる気配はない。

安全だと判断したローグは、アースドラゴンに近づき、身体に手を当てながら魔法を唱えた。

「聖なる光【エクストラヒール】」

アースドラゴンの身体が優しい光に包まれ、魔法で貫通された傷口を修復《しゅうふく》していった。

《何を考えている……ニンゲン》

「俺の力を見たかっただけだろ？　お前はそんなに悪い奴じゃなさそうだしな。とりあえず助けた。まだやるなら相手になるが……」

アースドラゴンは回復した身体をむくりと起こし、ローグと向き合う。

《変わった奴だ。こんな奴がたまにいるからニンゲンは面白い……いいだろう……我に

勝ったニンゲン、お主の名は何と言う》

「ローグ・セルシュだ」

《ふむ……我はアースドラゴン、土を司《つかさど》る竜である。これよりローグを我が主とし、付き従うと約束しよう》

その言葉を聞き、ローグは固まった。

「は？　付き従う？　それって……ついて来るって事か⁉」

アースドラゴンはさも当然といった様子で頷く。

《当然だ。久しぶりに我に勝てるニンゲンを見たのだ。主の成長をこの目で見届けたくなった》

「勝手に決めるな！　その身体じゃ目立ちすぎる！　どこにも置いておけないぞ⁉」

アースドラゴンは笑いながら言った。

《なんだ、そんな些事《さじ》か。見ているがよい》

スキル【魔力操作／レベル：ＭＡＸ】を入手しました。

アースドラゴンは魔力を操作し、その身体をどんどん小さくしていく。やがて、ローグの肩に乗れるくらい小さくなった。

《これなら問題ないだろう？　食事は一日三回、よろしく頼むぞ、主殿》
　そう言って、アースドラゴンは、ローグの肩に飛び乗った。
「ちゃっかり飯まで要求するのか……まぁいい、それじゃあ町まで帰りますか」
《何なら、乗せていってやろうか？》
「目立ち過ぎるわ‼　頼むから、町ではそのサイズでいてくれよな⁉」
《むぅ……分かった》
「ところで、この【魔力操作】ってのは何だ？」
　アースドラゴンが質問に答えた。
《体内にある魔力を操作する力だ。圧縮して放てば、魔法の威力は上がるし、無駄な魔力の消費も抑《おさ》えられる。我は主に魔力で身体を構成しているため、体内魔力を圧縮する事で身体の大きさを変えられるのだ。それより腹が減ったぞ、ローグ。飯はまだか？》
「麓の小屋に着いてからな。そういえば、お前は何を食べるんだ、アースドラゴン……長いからアースでいいか。アースは？」
《アース、それが我の名か。安易《あんい》だがまぁ……許す。それと食事だが、肉以外は認めん。焼いても生でもいいから、とにかく……肉だ！》
「肉なら手に入り易《やす》いからいいか。小屋に着いたら晩飯にしようか。特別にオーククイーンの肉をやろう」

オークイーンと聞いたアースは身体を瞬時に大きくし、翼を広げた。口から涎を垂らし、目を輝かせながらローグに言う。

《何をしている！　早く乗れ、ローグ！　麓まで飛ぶぞ！　じゅるるっ》

「はいはい……」

結局、ローグはアースに乗って下山する羽目《はめ》になった。

麓の小屋に着くと、ローグ達はさっそく焼いたオークイーンの肉にかぶりつく。

《「うめぇぇぇぇっ‼」》

口一杯に肉を頬張《ほおば》った一人と一匹の叫びがシンクロした。

「何だコレ⁉　キングには少し劣《おと》るが……この脂の乗り具合、高いわけだわ……クソ……売らなきゃ良かった」

《極上の肉である！　もっと出すがよい！》

アースはお代わりを要求するが、ローグは残念そうに首を横に振る。

「すまん……もうないんだ……後は普通のオークしかないから、我慢《がまん》してくれ……」

渋々オークで我慢したアースは、一体分をペロリと平らげ、早々と眠りについてしまう。

ローグも戦いの疲れからか眠気《ねむけ》を感じ、火の始末をしてから睡眠《すいみん》を取った。

†

朝起きると、ローグの胸の上にアースが丸まって寝ていた。

起こすのも忍《しの》びないと思い、ローグはアースを抱えたまま麓の小屋を後にし、町への帰《き》路《ろ》に就《つ》く。

そのまま【高速移動】を繰り返し、半日でポンメルの町まで戻ってきた。

ローグはまっすぐ冒険者ギルドへと足を運び、受付カウンターで、アースドラゴンの件でギルド長と話をしたいと頼んだ。応対にあたったのは例の酒乱の女性職員である。

「あら、ローグさんじゃないですか！　やっぱり引き返してきたんですか？　さすがにアースドラゴンの討伐なんて、無茶ですよね～」

「いや、倒して連れてきた。ほら、これがアースドラゴンだ」

彼女はローグが抱えていたアースドラゴンをまじまじと見る。

「やだぁ！　可愛《かわい》い～っ！　この子どうしたんですか⁉　まさか、アースドラゴンの子供⁉」

それを聞いたアースはむくっと起きて反論する。

《舐めるな……ニンゲン。今すぐ圧死《あっし》させてやろうか……？》

アースはローグの腕からフワッと浮き上がり、徐々に巨大化していく。

「待て、アース！　それ以上はダメだ、お尋ね者になってしまう。肉が食えなくなるぞ⁉」

ローグが慌てて制止して、アースはようやく巨大化をやめた。

《む、むぅ……仕方ない……命拾いしたなニンゲン。次はないと思え》

受付の女性は床にへタリ込み、あわや失禁《しっきん》寸前になっていた。

周りの冒険者達も我先にギルドから逃げようと腰を浮かせている。

そこに、騒ぎを聞きつけたギルド長が二階から下りてきた。

「何の騒ぎだこりゃあ……ってローグ？　お前っ！　無事だったのか！　で、討伐出来たのか⁉」

「ギ、ギギギギルド長！　ド、ドドド……ドラゴン！　あ、あれっ‼」

女性が浮いているアースを指差して叫んだ。

「は？　何言って……って⁉　アースドラゴン⁉　おいっ、ローグ……まさかお前……！」

あんぐりと口を開けるギルド長に、ローグは場所を変えようと提案する。

「ここじゃ皆落ち着かないから、部屋に行きましょう。アース、付いておいで」

《うむ》

アースは再び小さくなり、ローグの肩に乗って移動する。

ローグはギルド長の部屋に入り、改めて経緯《けいい》の説明を始めた。

「……てこたぁ、アースドラゴンはローグと主従《しゅじゅう》契約したって事か？」

《違うな。主とは認めているが、完全に従っている訳ではない。一応命令は聞くが、気に入らなければ逆《さか》らうぞ》

正真正銘《しょうしんしょうめい》のドラゴンを前にして、ギルド長は冷や汗が止まらない様子。

「そ、そうか。でもまぁ……これで国が滅ぶ危機は去ったわけだな。ひとまず、ご苦労だった、ローグ。今回の件を踏まえ、ギルドはお前をゴールドランクへと上げる事にした。それと、近々王城への召喚《しょうかん》命令が下りるだろうから、そのつもりでいてくれ」

「叙勲《じょくん》とやらですか？　正直興味がないんですけど。それより、早く両親を捜しに行かないと」

ギルド長はローグを諭《さと》す。

「とりあえず受けておけ。叙勲されたら一代限りの騎士爵《きししゃく》が貰える。領地は持てないが、貴族の仲間入りだ。良かったじゃないか」

「今、俺は公爵家の世話になっていて、将来はそこの娘と結婚するみたいな話になっているんですけど。それでも必要ですか？」

ギルド長は唖然《あぜん》とした様子で溜息を吐く。

「……ホント、お前は規格外《きかくがい》だよな。まぁ、庶民《しょみん》よりは騎士爵でも持っていた方が、周りも納得するんじゃないか？　知らんけど。さ、受付にカード出して、報酬を貰ったら家に帰るんだな。無事な姿を見せてやるといい」

「はい。アース、帰ろうか」

《うむ》

ローグは受付にカードを出し、精算手続きを済ませる。

その間、周りの冒険者達は、遠巻きにローグを見て、ヒソヒソと囁きあう。彼らの視線には、畏怖《いふ》や羨望《せんぼう》、尊敬《そんけい》……色々な感情が混じりあっていた。

「お待たせいたしました。今回の緊急クエストの達成で、ローグ様のランクはゴールドとなりました。それと、こちらが報奨金となります」

貨幣が入った袋がカウンターに置かれた。

「いくらだ？」

「黒金貨十枚です。国を救った見返りとしては少ないですが、ギルドではこれが精一杯で……」

今回の依頼でギルドが得るのは感謝のみだ。危険度に報酬は見合っていない気もするが、やむを得ないだろう。金が欲しければ肉を市場に流せばいい。

「あぁ、構わない。じゃあ、これで失礼するよ」

「お疲れ様でしたっ！」

ギルドでの用事を全て片付けたローグは、公爵の屋敷へと歩いていく。

道すがら、見知らぬ子供達がアースを〝可愛い～！〟と言って触りに来た。当然アースは嫌がるが、子供達を追い払うのは忍びない。

ローグはジェネラルの肉を渡す条件でアースを説得し、子供達に触らせてあげた。

アースはくすぐったそうに身をよじるが、子供達の笑顔に囲まれて上機嫌な鼻息を漏らす。

（アースも満更ではなさそうじゃないか……まったく）

群《むら》がっていた子供達は、アースの可愛さを十分堪能《たんのう》した後、それぞれ帰宅していった。


再び歩き出し、ローグはようやく公爵の屋敷へと到着した。一週間も経っていないのに、随分久しぶりに感じる。入口付近では、アランが何やらソワソワした様子で徘徊《はいかい》していた。

「アラン伯父さん、ただ今戻りました」

ローグが帰還の挨拶をすると、アランはパッと顔を輝かせる。

「おぉおおっ‼　ローグッ！　戻ったか、怪我《けが》はないか⁉　よく無事に帰ってきた！　して、アースドラゴンは……」

ローグはアースの両手を抱え、アランに差し出す。

《グルアァァッ！》

「ひっ……‼」

アースがちょっとした悪戯心《いたずらごころ》で放った威嚇《いかく》に驚き、アランは腰を抜かして地面に座り込んでしまう。

「こら、アース、悪戯したらダメだろ。ここの家主なんだからな？　ご飯貰えなくなるぞ？」

《むぅ！　それはイカン。すまぬな、ニンゲン。つい出来心で、許せ》

ローグは座り込んだアランに手を貸し、立たせる。

「すみません、伯父さん。とりあえず、こいつがアースドラゴンです。倒したらついて来てしまいました。どうしたらいいでしょう？」

「お前に従っているという事は、害意はないんだな？　なら問題ない。最強の護衛が出来たと思えばいい。はっはっは。それよりだ、兄からローグを城へ寄越《よこ》してほしいと連絡があった。どうする、ワシも行こうか？」

「はい。さすがに謁見《えっけん》の作法とかはサッパリなので、是非お願い出来ますか？」

「よし。ならば疲れているところすまないが、すぐ向かうとしよう。一応、王命だからな」

アランはローグを正装へと着替えさせ、アースも一緒に馬車に乗せて出発した。

車中ではアランが大急ぎで謁見の作法などをローグに教え込んだ。元々ローグは最低限の作法を身につけていたので、大きな粗相《そそう》はしないだろう。

馬車が城の門へ到着すると、衛兵《えいへい》が近寄ってきた。

「アラン様、お疲れ様です。本日はどのような用件で？」

「アースドラゴンを討伐したローグを連れて参った。陛下に知らせてほしい」

「はっ！　少々お待ちください」

衛兵の一人が走って城の中へと消えていった。残った衛兵が、ローグに質問を投げ掛ける。

「あの、そちらの子竜は……」

「ん？　あぁ、アースドラゴンだ。今は小さくなっているけど、安全は保証するよ」

「は、はぁ……。た、頼みますよ？　もし暴《あば》れられたら国家反逆罪であなたを捕まえなければならなくなるので……」

《ほう……我を捕まえると……？》

アースにぎろりと睨《にら》まれ、衛兵が後ずさりする。

「ひっ……！　ロ、ローグさん⁉」

「こら、アース。頼むから大人しくしていてくれ。一緒にいられなくなるぞ？」

《むぅ……ニンゲンの世界は実にしがらみが多いな。我には窮屈《きゅうくつ》すぎるわ》

そんな雑談をしていると、知らせに向かった衛兵が戻ってきた。

「お、お待たせしました。陛下が謁見の間でお待ちです。アラン様、ローグ様、こち

ら へ」

アランとローグは衛兵に従って城内を歩く。すれ違う人達が皆、アランに会釈《えしゃく》していくのを見て、ローグは自分の伯父は偉かったのだと、改めて実感する。

衛兵はしばらく城内を進み、一際大きく、重厚《じゅうこう》な扉の前で足を止めた。

「こちらが謁見の間です。武器は……持ってないですね。どうぞ、お進みください」

衛兵が扉を開けてくれたので、アランとローグは奥へと進んだ。赤い豪奢《ごうしゃ》な絨毯《じゅうたん》の先に二つの玉座《ぎょくざ》が据えられ、そこに王冠《おうかん》を被《かぶ》った男女が座っている。国王と王妃だろう。

アランは数段高くなっている玉座の手前で止まり、跪《ひざまず》いた。ローグもそれに倣《なら》って頭を下げる。

「よいよい。頭を上げろ、兄弟。それと……そちがローグか。確かに……バランの若い頃によく似ている。さぁ、顔を見せてくれ」

アランとローグは顔を上げた。王が自己紹介を始める。

「ワシがザルツ王国の王であり、お前の父の兄でもある、ロラン・ザルツだ。隣《となり》はエリーゼ・ザルツ。彼女が先王の娘で、王家の血を引く者だ」

王妃も続いて、自己紹介を始めた。

「ふふっ。私がこの国の王妃で、先の紹介にあずかったエリーゼ・ザルツです。ローグさん、この度はアースドラゴンの件を解決していただき、ありがとうございました。その功《こう》績《せき》を称《たた》え、あなたには『覇竜勲章《はりゅうくんしょう》』を与えます。アラン、付けてあげてください」

アランは騎士から勲章を受け取り、ローグの胸へと付けた。

「ふふっ。良く似合っていますよ、ローグ。それは、一代限りですが、この国で騎士爵を名乗る事が出来る証《あかし》でもあります。我が国の剣となり、また盾となってもらえますか……？」

ローグは事前に教わったとおり、右拳を胸に当てて宣誓《せんせい》する。

「私、ローグ・セルシュは、騎士爵としてこの国の剣となり、盾となる事をここに誓います」

そして、頭を下げた。

「まさか弟からこんな素晴らしい子が生まれるなどとはなぁ……羨《うらや》ましいぞ。のう、アラン？」

「はっはっは。ローグは既にうちの娘達が予約済みだ。諦めるんだな、兄上」

宣誓が終わった途端、急に場が砕けた雰囲気になった。

「なんじゃと⁉　貴様っ、もう手をつけておったのか⁉　是非ワシの娘に勧めたかったのに！」

「許せ、兄上。こんな良い縁談《えんだん》はもうないかもしれんからな、どこぞのボンクラにやるよりは、ローグと結婚した方が遥かに幸せになれる！」

「くぅうっ！　上手《うま》くやりおったな、アラン。なぁ、エリーゼよ、ズルいよなぁ……」

　王妃は笑いながら応える。

「相変《あいか》わらず仲がよろしいですね、お二人は。そうですねぇ……確かに良い男性ですが……惚《ほ》れた女性は苦労するでしょうね。良い男すぎますもの。ほほほ」

「む？　むぅ、確かにな。バランを彷彿《ほうふつ》させるそのマスク、女性を惑《まど》わさずにはいられんだろうな。それに加え、アースドラゴンをも凌駕《りょうが》する力……身内で良かったわ……」

　アランが真面目《まじめ》な表情で口を開く。

「なぁ、兄上よ。そのバランの事なのだが、何か分からないか？　いくら調べても、ローグがいた村を盗賊団が襲い、バラン達が攫われたというところまでしか分からんのだ。その盗賊団が既に消滅《しょうめつ》しているせいでな」

　ロランが思い出したかのように、口を開く。

「あぁ……あぁ、伝え忘れていた。バランとフレア、それとカイン・ローランドであったか。国の諜報機関《ちょうほうきかん》に調べさせたぞ。知りたいか……ローグよ」

　ローグは思わず身を乗り出して叫んだ。

「ゆ、行方が分かったのですか!?　そ、それで……父と母、カインは今どこに……っ！」

「ふむ。命の心配はない。どうやら盗賊団に捕まった後、奴隷として売られたバランは、フレアとカインを何とか捜し出し、逃亡したようだ。その際に、バランはもう一人助けており、今はその者にゆかりある地にいる」

「さすが父さんだ……それで、どこなのですか、それは？」

ロランはゆっくりと口を開いた。

「ふぅ……いいか、良く聞け。バラン達は今、世界樹の麓……エルフの国にいる」

エルフの国については、ローグにも聞き覚えがあった。

世界樹を中心とする森林地帯にいくつもの村を造《つく》り、そこに住むエルフという種族がいる。彼らの結束《けっそく》は固く、あまり人間を寄せ付けない風習があるという。ローグはロランに尋ねた。

「危険はないのですね？」

「あぁ。バラン達は仲間を助けたとして、エルフの国で大層歓迎されているらしい。さっそく身柄《みがら》の引き渡しの親書《しんしょ》を送ってみたが、返事はノーだった。どうするローグ、諦めるか？」

「いえ、きっと今はまだ時ではないという事でしょう。無理には行きません。確かに、会いたい気持ちはありますが、そのせいでエルフとの関係を悪化させるわけにはいきません。騎士爵を授かったので、しばらくはこの国のために動こうと思います」

王妃がローグに言った。

「素晴らしい心をお持ちですね、ローグ……アランより先に出会えていれば家族に迎《むか》え入れ……いえ、我がままは言わないでおきましょう。それでは、これからの事はアランを通して指示を出します。よろしく頼みましたよ、ローグさん？」

　ローグは両陛下に了承の返事をし、アランと共に屋敷へと戻ったのだった。

第二章　冒険者修業《しゅぎょう》

国王から覇竜勲章を授かり、同時に騎士爵を拝命《はいめい》したローグは、ついに両親と親友の行方を掴んだ。

さっそくローグは、カインがエルフの国にいて、無事である事を手紙にしたため、ダインに伝えた。

しかし、今日から貴族ですと言われても、すぐに実感が湧くものではない。

ローグはあてもなく町を歩きながら、これから何をするべきか考えていた。

《なぁ、ナギサ。俺はこれからどうしたらいいと思う？　ギルドのランクはゴールド。さらに、一般市民ではなく、貴族の仲間入りをした。正直、これから何をするべきか、思い付かないいんだ。知恵を貸してくれないか？》

ローグの心の声に反応して、ナギサが答える。

《そうですね……ならば、ギルドに行って依頼を探してみてはどうでしょう。鉱山の手伝いなら、スキル【採掘】が手に入りますし、薬草採取でもスキル【採取】が手に入ります。

まぁ、色々依頼をこなせば、ローグは他の人よりは早く強くなるでしょう。それに……困っている人を助けるんじゃないのですか……？》

《そうだった。確かに神の前でそう宣言したな。ありがとう、ナギサ。いつか両親に胸を張って会えるように、今は出来る事をしよう》

両親達の無事を知り、気が抜けていたようだと、ローグは気合《きあい》を入れ直す。

これからの行動指針を人助けと決めた彼は、ひとまず何か依頼がないか確認するために、冒険者ギルドに向かった。

ギルドには今日も多くの冒険者達が詰めかけていて、強そうな者もいれば、まだ冒険者になり立てで、危なっかしいのもいる。

掲示板には様々な種類の依頼書が貼り出されており、目移りしてしまう。

ローグは辺りを見回して、新人っぽい冒険者に声を掛けた。

「すまない、今日は何か依頼を受けるのか？」

いきなり話し掛けられたひよっこ冒険者は驚いて飛《と》び退《の》く。

「あ、あああなたは、えーと、確か……りゅ、竜殺しのローグ！　な、何故僕なんかに声を……！　か、金ですか？　金なんて持っていませんよ！」

「どうしてそうなるんだよ！　しかも、竜は殺してないし。ところで、君は初心者か？」

「た、確かに僕は最近冒険者になったばかりで、まだ薬草採取くらいしか受けた事はありませんが……それが何か？」

幸先良《さいさきよ》く、スキルを覚えるのにちょうどいい対象が見つかった。

「少し採取しているところを見せてくれないか？　モンスターが出たら俺が倒すし、何なら素材も君にやるよ。俺はいきなりゴールドになってしまってね、採取依頼とか全然やってないから、分からないんだ。だめか？」

噂《うわさ》になっているローグに頼まれて、新人冒険者は少し尻込《しりご》みするが、こんなに心強い護衛が無料でついてきてくれるのなら断る理由はない。

「え⁉　一緒に来るんですか？　う〜ん……分かりました。では、僕は採取に専念《せんねん》するので、ローグさんはモンスターをお願いします。今から行きますが、大丈夫です？」

「問題ない、行こうか。あ、君の名前は？」

「あ、失礼しました。僕はラウルです。ランクはブロンズ、よろしくお願いしますっ！」

さっそく二人は近くの森へ行き、依頼対象の薬草採取に取り掛かる。

スキル【採取／レベル：ＭＡＸ】を入手しました。

ローグはラウルの採取風景を観察して、スキルを得た。

目的を達して手持ち無沙汰《ぶさた》になったローグは、辺りのモンスターを倒して時間を潰す。

結局、昼頃には採取を終え、二人はギルドへと戻ってきていた。換金と報告を終え、ラウルはローグに礼を言う。

「こんなに早く仕事が終わったのは初めてです。素材もこんなに貰っちゃって……今までにない稼《かせ》ぎになりました。ローグさん、ありがとうございました」

「いや、こちらこそ勉強になったよ。ありがとう、ラウル。機会があったらまたいつかな」

「はい。ではまたっ！」

ラウルはローグに頭を下げ、ギルドを出ていった。

まだ昼を回ったばかりで時間はたっぷりあるので、ローグは掲示板を見て、もう一件手頃な依頼を探した。

「あるじゃないか、鉱山の手伝い。仕事内容は坑道の拡張《かくちょう》か。しかも、その際に掘り当てた鉱石は自分の物になるだと……これは行くしかないな」

ローグは受付に依頼書を提出し、鉱山の手伝いを受注した。

山までの移動時間が惜しいので、ローグは町の外に出てからアースを巨大化させ、麓の小屋付近まで飛んだ。

「失礼、ギルドで依頼を受けたんだけど、担当者はいるか？」

　小屋に入ってきたローグを見て、鉱員達が驚く。

「ローグさんじゃないですか！　その節はお世話になりましたっ！　今日は何を？　まさか、あの坑道拡張依頼をローグさんが受けてくれたのですか？」

「そのまさかだ。俺には【穴掘り】スキルがあるしな。ちょうどいいと思ってさ。あと、採掘に興味があるんだ。最初に少し見せてくれると嬉しい」

「ローグさんの頼みなら断れませんよ！　あ、これが拡張する坑道の図面でして、この通路を広げていただけますか？」

「分かった。じゃあ、さっそく行こうか。道中の敵は任せてくれ」

　鉱員達は揃って頭を下げ、山の中腹へと向かう。道中何度かモンスターに襲われたが、ローグが難なく撃退《げきたい》した。

　坑道に入ると、鉱員達が今まさに採掘している現場を見学させてくれた。

スキル【採掘／レベル：MAX】を入手しました。

「オッケーだ。じゃあ、俺は拡張してくるから、何かあったら知らせてくれ」

　ローグは【穴掘り】と【採掘】でどんどん坑道を拡張していく。いかにも硬そうな岩盤《がんばん》も、スキルのおかげで簡単に掘れるので、長時間の作業でも疲労は少ない。

【採掘】はスキルレベルで掘れる素材の価値が上がるため、拡張しながらも、レア素材を大量に獲得した。土砂《どしゃ》も後で何かに使えるかもしれないと思い、袋に入れて一応保管しておく。

その後ローグは休憩を挟みながらも、約二日かけて図面通りに広げ終えた。

「よし、とりあえず図面通りになったから、チェックしてくれないか」

ローグが近くにいた鉱員に声を掛けると、まさか作業完了しているとは思わなかったらしく、彼は目を丸くした。

「こんなに早く仕上がるなんて！　さすがゴールドランクは一味違いますね。助かりました」

「いや、俺も素材を大量に確保出来たから。また何かあったらギルドに依頼してくれ」

鉱員達は完成した坑道内を見て回った後、すぐさま採掘を始める。

ローグは作業終了の手形を貰い、鉱員達に別れを告げた。

†

町に戻ったローグは、入手した素材を確認し、ギルドの受付に終了手形を提出した。

今回入手した鉱石
鉄鉱石：100トン　銀鉱石：70トン　金鉱石：50トン　ミスリル原石：30トン
オリハルコン：15トン　アダマンタイト：8トン　ヒヒイロカネ：5トン　土砂：大量

これで無事にクエストは完了だ。報酬を受け取ったローグは受付職員に質問する。

「ここら辺で鉱石の精錬《せいれん》と鍛冶が出来る場所はあるか？」

受付職員は町の地図を広げ、工房のある場所を指差した。

「ギルドの南西にありますよ。地図だと……ここですね。この生産区では、精錬、鍛冶、調合、細工等、色々な生産が出来るようになっています。ギルド員でしたら一日金貨一枚で利用可能です。今紹介状を用意しますので、お待ちください」

数分後、ギルド長の認可印が押された書類を渡された。

「これを使用したい作業場の長に見せて代金を支払えば、いつでも利用可能ですので」

「ありがとう」

職員に礼を言って、ローグはギルドを出た。

ローグはさっそく生産区に向かおうと思ったものの、少し空腹《くうふく》を覚え、先に飲食店で何か食べる事にした。

「すまない、やってるか？」

その飲食店は昼時だというのに、客が一人もいなかった。しかも、テーブルや椅子、壁は傷だらけでやけに荒れている。不潔《ふけつ》というわけではないが、店の中で乱闘騒ぎでもあったかのような有様だ。

「いらっしゃいませ～。どうぞ、空《あ》いてるお席へ……って、全部空《あ》いてますね……カウンターでもいいですか？」

店員の若い女が、自嘲《じちょう》しながらローグに席を促した。

「あ……あぁ。どこでもいいよ」

ローグはカウンターに座り、お任せで料理を注文した。料理を待つ間、ぼんやりとカウンターから料理風景を眺める。女はなかなか手際《てぎわ》良《よ》く調理しているようだ。

「ここは君一人でやっているのか？」

「今はね。ちょっと前に父が腕を怪我しちゃって……と、お待たせ、熱いから気を付けて食べてくださいね」

あっという間に料理を完成させた店員が差し出したのは、肉と野菜を甘辛いタレで炒《いた》めた物だった。気の利《き》いた事に、温かいスープもついている。

ローグは出された料理を口に運ぶ。程よい味付けで、フォークを持つ手が止まらなかった。スープも具材はシンプルながら出汁《だし》が利いていてほっとする味だ。アースも料理の味が気に入ったようで、出された料理に一心不乱《いっしんふらん》でかぶりついていた。

「美味いね。どうしてこれで客が入らないんだ？　もっと入りそうなものだけど……」

「それは……」

と、店員が口を開きかけた時に、入口から複数の男達がドカドカと入ってきた。

「おうおう！　金は用意出来たか⁉　出来ないってんなら、この店の権利書持ってこいや！」

男達は店に入ると、修繕《しゅうぜん》の跡《あと》が残るテーブルや椅子を破壊しはじめた。

「や、やめてよ！　アンタ達がそうやって暴れるから、客が逃げてお金が作れないんじゃない！」

「はっはー！　なら、早く権利書持って来いよ？　次は、誰が傷付くか……なぁ、兄ちゃん？」

男の一人がローグの肩に手を置いた。

「や！　その人は関係な――‼」

店員が口を挟む前に、ローグは手を置いた男の顔に裏拳《うらけん》を叩き込んだ。

「ぶべらっ‼」

「てめぇっ‼」

仲間をやられた他の男達が気色《けしき》ばむ。ローグは立ち上がり、ゆっくりと彼らの方を向いた。

「はぁ……せっかく美味い料理を楽しんでいたのに……お前ら糞《くそ》どものせいで台無《だいな》しだ。どうせ借金も無理矢理背負《せお》わせたか、無茶な利息とってるんだろ？」

そう吐き捨てたローグに、男達のリーダーらしき人物が食って掛かる。

「何も知らんくせに、知った風な口を利くなよ、若造。俺達が誰か分かって言ってんのか？」

「あぁ？　お前らゴキブリの名前なんか知るかよ」

それを聞いた男達は、額に青筋《あおすじ》を浮かべて腰の武器を抜く。

「ほっほ……ゴキブリ……言ったな？　……おい、殺《や》れ」

「「ヒャッハー‼　死ねやオラァッ‼」」

激昂《げきこう》した男達が一斉にローグに飛びかかった。

「きゃあああっ‼」

店員は頭を抱えてカウンターの下にしゃがみ込む。

束《つか》の間、ガンッとかバキッという音と男の苦悶の声が聞こえた後、店内は水を打ったように静かになった。店員は恐る恐るカウンターから頭を出し、辺りを窺う。

「ぶっ！　な、何アレっ⁉　くふっ……！」

目の前には不思議な光景が広がっていた。ローグに襲い掛かった下《した》っ端《ぱ》の男達は、全員床に頭をめり込ませ、尻を上げた状態で気絶していた。

一人取り残されたリーダーの男は、捨てゼリフと共に逃げようとするが——

「ひ、ひぃぃっ！　き、貴様っ、俺達『ケルベロス』に手を出して、タダで済むと思うなよっ⁉」

——あっけなくローグに捕まった。

《マスター、『ケルベロス』といえば、最近勢力を広げている闇組織で、恐喝《きょうかつ》や人身売買、強盗など、あらゆる非合法活動に手を染めています》

ナギサの説明を聞き、ローグの表情が一層険しくなる。

「アジトに案内しろ。お前ら……今日で解散だ。助かると思うなよ？」

「ひぃやぁぁっ！　案内しますっ！　だから命だけは……！」

呆然とする店員を残し、ローグはめり込んだ男達をロープで縛《しば》り、引きずって店を出た。

ローグに小突《こづ》かれながら男が案内したのは、スラムだった。

そこで一番大きな建物の前で、彼は足を止める。

「こ、ここです。もういいでしょ？　放して……」

「いいわけあるか、生かしておいてもロクな事しなさそうだしな。アース？　あの建物、潰していいぞ」

《うむ。あの店に迷惑《めいわく》をかける奴らは皆殺しだ》

アースは巨大化し、建物の上空へ舞い上がると、アースブレスで建物を破壊した。

「ド、ドドド、ドラゴン～!? まさか!? アンタ……〝覇竜《はりゅう》のローグ〟!? 終わった……」

男は絶望《ぜつぼう》のあまり腰を抜かす。

「終わったな。嘆くなら最初から悪い事をやらなきゃいいんだ。それすら分からないお前達は生かす価値もない。アース」

ローグが目配せすると、引きずってきた男達もろとも、アースが爪で引き裂いて肉塊《にくかい》にした。

「動いたらまた腹減ったな。アース、戻るか」

《うむ。肉だ、肉を所望《しょもう》するっ！》

「はいはい、好きなだけ食えよ」

ローグは男達の死体をその場で焼却《しょうきゃく》した後、店へと戻った。

中に入ると、さっきの店員の女と、腕に包帯を巻いた男が一人いた。

「あっ！ 戻ってきたっ！ 無事だったんですね、良かった……」

「アンナ、彼が……？」

男に小声で問われて、アンナと呼ばれた店員の女が頷く。

「うん、連れてかれた……？　いや？　連れてったお客さん」

腕に包帯を巻いた男がローグに近づき、頭を下げた。

「とんだ迷惑を掛けちまったみたいで、すまねえ！　俺はこの店の主で、バーグって者だ。それで、奴らは……」

「俺とこのアースドラゴンで壊滅させた。借金もなくなったし、襲われる心配もない。ところで……腕を怪我しているみたいだけど、ちょっと状態を見せてくれないか？」

バーグは首を傾げながらも包帯をほどき、怪我をした腕をローグに見せた。

骨が折れているらしく、腕はパンパンに腫《は》れている。

「……酷《ひど》いな。聖なる光よ、傷を癒《いや》したまえ【ハイ・ヒール】！」

バーグの腕が癒しの光に包まれ、みるみる折れた骨が修復されていく。

「こ、こりゃあ……すげぇ……」

「え!?　お父さん、腕が……！」

腕は一瞬で元に戻り、動かせるようになっていた。

「あぁ、完治《かんち》しとる……この兄ちゃんすげぇぞ!?　アンタ……名は？」

ローグは自己紹介をする。

「冒険者のローグ・セルシュ。ランクはゴールド。こいつはアースドラゴンで、名はアースだ」

　店主もローグの名に聞き覚えがあるらしく、驚きをにじませる。

「アンタが……あの覇竜のローグ……いや、世話になった！　アンタがいなけりゃ、この店はなくなっていたかもしれねぇ。あの組織が潰れて他にも助かった奴は大勢いるだろう。この件をギルドに報告したらどうだ？　タダ働きじゃやってられないだろう？」

「いや、美味い料理が食えるなら構わないよ。とりあえず何か食わせてくれないか。アースにもな？」

　店主はニカッと笑って腕捲《うでまく》りをした。

「いいだろう、お礼代わりに好きなだけ食っていってくれ！　今日は金はいらねぇ」

「じゃ、お言葉に甘えるとしようかな」

　骨折が治《なお》り、久々に腕を振るえるとあって、店主のバーグは自慢の料理を次々とテーブルに並べていく。公爵家で出されるような上等な料理ではなかったが、肉に魚、野菜など、王都ポンメルで手に入る食材の味を活《い》かした、家庭的で心温まる料理の数々に、ローグ達は大満足した。

「どれも美味かったよ。また来るから」

　たらふく食べたローグは、そう言って店を後にした。

　その後ろ姿を見送りながら、店主が呟く。

「良い人だったなぁ……あんな人がお前を貰ってくれたら安心なんだがなぁ……」

「お、お父さん！　もうっ……！　私なんかじゃ、無理だよ……」

アンナは顔を真《ま》っ赤《か》にしてバーグの背中を叩き、少し寂《さび》しげな声で独り言を漏らした。

「男はな、胃袋さえ捕まえりゃあ大概《たいがい》落ちるもんよ。今後、ローグさんが来たらお前に任せるから、頑張ってみろ！」

「うえっ⁉　あっ……うん……お父さん、料理教えて！」

「がはは、お前も惚れたか！　よ～し、俺の全てを仕込んでやる、頑張れよ、アンナ！」

「うんっ！」

こうしてまた一人、ローグに惚れた女が増えたが——ローグはそれをまだ知らない。

†

食事を終えたローグは、一度ギルドに戻って、スラムの闇組織ケルベロスを——物理的な意味でも——潰したと、報告に来ていた。

ギルド長はすぐにギルド員をアジトの跡地《あとち》に向かわせ、証拠集めに取り掛かったが、ローグのやり方に愚痴《ぐち》をこぼす。

「ローグ、潰すのは構わんが、次からは悪事の証拠を持ってきてほしい……まあ、今回は最近話題に挙《あ》がっていた組織だったからいいが、そうでないと次からは報酬を出さないぞ？」

「あぁ……正直、お金は余ってるので、気が回りませんでした。とりあえず、今回の報酬は床を壊したお詫《わ》びにバーグって人の料理屋に渡してくれませんか？」

「構わんが、一筆書いていけよ。しかし、お前……一人で闇ギルド潰すとか、無茶しやがるな。奴らはまだ新規の組織だったから大丈夫だと思うが、デカイ組織だとお前、命狙われるぞ？　あの手の連中は身内の方に手を出さないとも限らんから、気を付けるんだな」

「なるほど。そういう弊害《へいがい》もあるんですね。次やる時は全て壊滅させるようにします」

見当違いな返事をよこすローグに、ギルド長が溜息をつく。

「全然分かってねぇな……まぁ、いいや。そういえばお前、鍛冶はどうした？」

「……今から行きます。しかし、食事しただけでこんな事になるなんて思ってもいませんでしたよ。この町はまだまだ問題がありそうですね」

「ま、デカい町だからな……」

ギルド長はそう苦笑して、言葉を濁《にご》した。

ローグはギルドを出て、改めて生産区に向かった。生産区というだけあって、各種金属の精錬から、武器や防具の製作、薬品の調合に、果ては〝魔導具〟まで、さまざまな工房が立ち並ぶ。

ローグはまだ持っていないスキルを得るために、作業場が目につくそばから断りを入れて、見学して回った。


スキル【精錬／レベル：ＭＡＸ】を入手しました。

スキル【調合／レベル：ＭＡＸ】を入手しました。

スキル【武器の知識／レベル：ＭＡＸ】を入手しました。

スキル【防具の知識／レベル：ＭＡＸ】を入手しました。

スキル【属性付与／レベル：ＭＡＸ】を入手しました。

スキル【魔導具製造／レベル：ＭＡＸ】を入手しました。

生産系スキルが一定数に達したため、スキル【生産の達人／レベル：ＭＡＸ】へと統合されました。


「ここで得られるスキルはこんなものかな。さて、さっそく鉱石の精錬に入るとするか」

ローグは精錬所の長に金貨一枚を支払い、鉱山で集めた鉱石を片《かた》っ端《ぱし》から精錬していった。

不純物《ふじゅんぶつ》が取り除《のぞ》かれるため、大分量が減るようだが、精錬した結果……

鉄のインゴット、銀のインゴット、金のインゴット、ミスリルのインゴット、オリハルコン塊《かい》、アダマンタイト塊、ヒヒイロカネ塊を相当量入手する事が出来た。

ローグはそれを袋に入れ、別の工房に向かう。

次に彼が足を運んだのは鍛冶場だった。

「アースとの戦いで大分傷《いた》んだからな……この機に装備を一新しておこう。普通のミスリル装備だとアースの時みたいに苦労するかもしれないから、属性付与しようかな」

ローグはまずミスリルソードを作り、それに各属性を付与していった。これらは敵の属性に合わせて使う予定だ。そして、普段使い用にオリハルコンで各種の武器や防具を作った。

「とりあえず……こんな感じかな……」

最高レベルのスキルのおかげで、装備類はあっという間に完成した。

ローグは作った装備を身体に合わせて、不具合がないか確認する。

「うん、良い感じに出来たな」

そんなローグの様子を見て、鍛冶場内の職人や冒険者が小声で囁きあう。

「なぁ……アイツが使ったのって、オリハルコンだよな……」

「ああ。まるで鉄でも扱うかのように作ってたよな……それに、作業スピードも尋常《じんじょう》じゃない」

「まるでドワーフ並みだぜ……俺もあの人に装備作ってもらおうかな……」

皆、自分の作業も忘れてローグの技術についての話で持ちきりだ。

ここでローグは、装備を一新したついでにステータスの確認もする事にした。

「ステータスオープン」

名前：ローグ・セルシュ

種族：ヒューマン　レベル：97

体力：1940／1940　魔力：980／980

▼スキル

【神眼】【習熟度最大化】【ナビゲート】【飛翔】【ソナー探知】

▽戦闘系スキル

【短剣術／レベル：MAX】【剣術／レベル：MAX】【双剣術／レベル：MAX】

【大剣術／レベル：MAX】【操槍術／レベル：MAX】【操斧術／レベル：MAX】

【棒術／レベル：MAX】【弓術／レベル：MAX】【投擲術／レベル：MAX】

【体術／レベル：MAX】【咆哮／レベル：MAX】【高速移動／レベル：MAX】

【身体能力強化／レベル：MAX】

▽魔法系スキル

【全属性魔法／レベル：MAX】【神聖魔法／レベル：MAX】【魔力操作／レベル：MAX】
▽特殊スキル
【ポイズンブレス】【アースブレス】【噛みつき】【吸血】【蜘蛛の糸】【アースバリア】
▽耐性スキル
【毒物耐性／レベル：MAX】【衝撃耐性／レベル：MAX】
▽生産系スキル
【剥ぎ取り／レベル：MAX】【属性付与／レベル：MAX】【釣り／レベル：MAX】
【穴掘り／レベル：MAX】【採取／レベル：MAX】【採掘／レベル：MAX】
【生産の達人／レベル：MAX】

日も暮れ始めてきたので、ローグは鍛冶場を後にした。

屋敷に帰ったローグは、アランに闇組織の一件を話し、報復《ほうふく》があるかもしれないと伝えた。

「ほぉ、最近何かと問題になっていた闇組織を潰したか。なに、ワシらの心配は無用じゃよ。こんな事もあろうかと、ローグが勲章を授かってから屋敷の護衛を増やしたからな。気にせず、悪い奴はどんどん退治してやるといい」

「すみません。迷惑を掛けないように屋敷を出るべきかと考えていたんですが……」

ローグが頭を下げると、アランは血相を変えて引き留める。

「それはならん！　屋敷を出たら、いつ兄達に攫われるか分かったもんじゃない！　頼むからここにいてくれ！」

国王達に攫われるというのが、ローグには今一つ分からなかったが、家主の言葉には大人しく従う事にした。

「迷惑をかけてすみません……」

「ははは、気にするな。未来の息子よ！　はっはっは！」

その日は久しぶりに全員揃っての夕食となった。

†

次の日、良いクエストを探しに冒険者ギルドを訪れたローグは、ギルド長に呼び出された。

「お前、ちょっと装備出してみろ」

「はい？　何故ですか？」

「いいから、早く出せ」

ローグはギルド長の机の上に昨日作った装備を並べていく。

ギルド長は剣を抜いて刀身を見たり、付与を調べたりして、納得顔で頷いた。

「なるほど……これじゃあ噂にもなるわ。ローグ、昨日生産区で装備作っていただろう？その時、見ていた奴らがいてな、お前に指名依頼を出している」

「内容は？　何人ですか？」

「内容は武器の製作。人数は三人だ。素材は向こうの持ち込みだそうだから、お前は作るだけでいい。すまんが、今から行ってくれるか？」

「まあ、いいですけど……」

若干気乗りしない様子のローグに、ギルド長がたたみ掛ける。

「依頼料の他に、依頼人から一つスキルを貰える……どうだ？」

「それならオーケーです。行ってきますよ」

「おう、終わったらまたギルドに顔出してくれ」

そんなわけで、ローグは今日も生産区に向かった。


鍛冶場に着くと、入口に男が二人、女が一人待っていた。三人とも、職人というよりは、冒険者風の出で立《いた》ちだ。

「冒険者のローグだ。えーと、あなた達が今回の依頼人で合ってる？」

三人は揃って頭を下げる。

「無理言ってすみませんっ！　昨日ローグさんの作っていた武器を見て、俺達も欲しくなってしまいまして……店に売っている武器とは比べ物にならない出来映《できば》えだったもので……つい」

「いいけどさ……今回限りだよ？　鍛冶師が本業じゃないからね。あと、宣伝とかもいらないよ。冒険に支障《ししょう》が出たら困るし。で、何を作ればいいの？」

三人はそれぞれ希望する武器の種類、形や付与をローグに伝えた。

リクエストに従い、ローグは持てる力をフルに使って武器を作り、鍛え上げていく。鍛冶が本業でないとはいえ、やるからには中途半端《ちゅうとはんぱ》な品にはしない。

「出来たぞ。まず……アダマンタイト製ツインソード。リクエスト通り、それぞれ火と水を付与してある。どうぞ」

「うぉおっ！　すげぇ！　手に馴染むっ！　ありがとうっ‼」

一人目の男はかなり満足したようだ。

「次、ミスリルとヒヒイロカネ合金のクロスボウ。矢はサービスしておくよ」

「きゃあっ！　凄いっ！　今まで使ってた弓とまるで違うし……矢まで……ありがとうっ‼」

二人目の女も大喜びだ。

「最後だ。えっと……この玉鋼《たまはがね》から作った片刃剣。刀っていったか？　こういう形は初めて作ったから不安だけど……まぁ、見てみて」

三人目の男はじっと刀身を見る。そして何度か振り、重心を確認する。鞘に入れたと思ったら凄い速さで抜き放つなど、ローグが今までに見た事のない動きをした。

「本当に初めて作ったのか……？　名刀……いや、神刀と言うべきか、これは。いや、助かった……故郷でなければ手に入らないと思っていた。かたじけないっ！」

「故郷？」

「うむ、遥か東にある『神和《しんわ》』という国だ。機会があれば訪れるといい。風光明媚《ふうこうめいび》で温泉が自慢の良い場所だ」

思わぬところで未知の他国の情報が入り、ローグにとってはありがたかった。

「そういえば、ローグ殿はスキルを見たいのだったな？」

そして、武器のお礼にと、三人は自分達のスキルを披露する。

スキル【先見／レベル：MAX】を入手しました。
スキル【忍び足／レベル：MAX】を入手しました。
スキル【鑑定／レベル：MAX】を入手しました。

スキル【罠《わな》感知】を入手しました。
スキル【鍵《かぎ》開け／レベル：MAX】を入手しました。
スキル【宝発見／レベル：MAX】を入手しました。
シーフスキルが一定数に達したため、スキル【盗賊王の心得】に統合されました。

スキル【限界突破《とっぱ》】を入手しました。
スキル【操刀術／レベル：MAX】を入手しました。
スキル【縮地《しゅくち》／レベル：MAX】を入手しました。
上位スキル【縮地】を入手したため、下位スキル【高速移動／レベル：MAX】が消えました。

三人とも、スキル一つと言わず、見せられるだけ見せると言って聞かなかったので、ローグは甘える事にした。武器を作っただけでこんなにスキルが得られるとは、予想外の収穫《しゅうかく》だ。

「良いものを見せてもらった。いつか使えるように精進《しょうじん》するよ。ありがとう」

「いえ、こちらこそ、ありがとうございました」

三人はローグにお礼を言って、新品の武器を抱えながら帰っていった。ローグは鍛冶場に残り、刀使いから貰った余りの玉鋼を使って、自分用に刀をもう一振り作り上げた。

†

作業を終えて鍛冶場を片付けたローグは、言われた通りギルド長の所へと戻った。ギルド長は相変わらず書類仕事に追われて忙しそうだ。

「依頼完了しましたよ？　呼ばれたから来たけど、出直しましょうか？」

「待て待て、すぐ済むから。そこに座って茶でも飲んでいてくれ」

「はぁ……なるべく早くしてくださいよ」

ローグはソファーで紅茶を飲みながら部屋を見回すが……相変わらずの散らかりっぷりだ。

「っし、終わった。すまん、待たせた」

「いや、いいですよ。で、要件は？」

ギルド長は出し抜けにテーブルに地図を広げ、ある場所を指差した。

「実はな……ここに古代迷宮がある。依頼は、潜《もぐ》った冒険者の捜索及び救出だ」

「はぁ？　それはダンジョンに挑んだ冒険者の自己責任でしょう⁉　何でわざわざ捜しに行かなきゃならないんですか？」

「分かってるさ！　だが、その冒険者ってのが面倒でな……隣の『グリーヴァ王国』の第二王女なんだ……」

厄介事の臭いを感じ、ローグは全面的に拒否する。

「ますます嫌ですよ！　そんなのその国が捜すべきですよ。何で隣国《りんごく》の、しかも冒険者ギルドに依頼が来るんですか⁉」

「仕方ないだろう、グリーヴァも兵士を派遣して捜索したが、ほぼ壊滅状態で帰って来たらしいからな。まぁ、グリーヴァは小さい国だ。田舎と言ってもいいくらいのな。兵士の錬度もそんなに高くはない。なぁ、行ってくれないか？　王女を見捨てるのも忍びないだろ？　頼むっ……！」

ローグは散々考えた末、捜索に向かう事を承諾した。

「今回だけですよ……面倒な依頼は勘弁《かんべん》してください。俺はまだ冒険者になり立てなんですから」

「実力があればいいんだよ。これが解決出来たらプラチナだ。とにかく、頑張ってくれよ」

「もうプラチナ？　冒険者って……何なんだろう……」

ローグは疑問に思いながらも、すぐにでも向かってほしいというギルド長に急かされて出発したのだった。

†

どうも一日二日で踏破《とうは》出来る規模《きぼ》の迷宮ではないらしいと聞いたローグは、町で迷宮用のアイテムを大量に買い込んでから、馬車で迷宮へと向かった。

道中、何度かモンスターが出たが、護衛の者達が対処するので、ローグの出番はない。

飽きてきたから戦いに参加しようと申し出ても、大事な身体だからと断られたため、アースを撫《な》でながら景色を眺めているだけの時間が過ぎる。

そうして馬車で揺られること数日、ようやく前方に古い神殿のような建物が見えてきた。

御者が前方を指差して呼び掛ける。

「あれです、ローグさん。あの神殿の地下が迷宮になっています。何階層まであるか分かっていません。しかも、罠も設置されていますので、お気を付けください」

「未踏破《みとうは》ねぇ。お転婆《てんば》王女様はどこまで進んでるやら……」

馬車は神殿の入口に到着すると〝我々は近くにある宿場町で待機しています。終わったら狼煙《のろし》を上げていただけたら迎えに来ます〟と言い残して帰っていった。

「そんなに深いのここ……!?　はぁ……嘆いても仕方ないか。ナギサ、迷宮の道順って分かる？　あと、生存者の場所」

《分かりますよ。ナビですから。視界の端にオートマッピングの地図を出しますね。歩いた場所が分かる仕様です。生存者は……ここからだとまだ分かりません。見えたらお知らせします》

「頼んだ。さて、アース。行こうか」

《うむ。一つ言っておこう……ここの最下層は地下百階だ。そしてそこを……水竜が根城にしておる。頑張れよ？》

「はぁぁ!?　また属性竜!?　勘弁してくれよ……お前達属性竜は何体いるんだ？」

《火、水、風、土、光、闇、雷、氷、聖、邪、無、全の十二体だな。無は、属性はないが、属性攻撃が効かない。全は全属性使ってきて、弱点属性は……ない。全が王で無が王妃みたいなモノだ》

「多すぎる。遭遇しないように気を付けよう……」

がっくり肩を落としながらも、ローグは神殿に足を踏み入れた。

外観《がいかん》から想像出来るとおり、ダンジョンの一階は石造《いしづく》りの神殿風建築でとてもダンジョンとは思えない。ダンジョンとはもっと暗くじめっとしたものだろうというローグの予想に反して、まるで遺跡《いせき》のようだ。一階の通路は整っていて歩きやすい。

ローグは、ナギサが見せるマップを頼りに次々と階層を攻略していく。階層を下ると、ダンジョンは本来の姿を見せはじめた。壁は岩や土の壁に、地面には苔《こけ》の生えた石が転がっている。

また、あちこちに罠の類《たぐい》が仕掛けられているが、これらは【盗賊王の心得】スキルのおかげで簡単に発見・解除出来る。

また、浅い階層のモンスターはそんなに強くはないため、思った以上にサクサク進んだ。

野生のものと違って、迷宮内のモンスターは倒したら死体が残らず、宝箱を落として消える。中身は様々で、モンスターの肉や貴重な薬草類、武器や防具、スキルのスクロール等が出た。

ナギサの説明によると、宝箱にはレア度を表す色がついていて、木↓銀↓金↓青↓赤↓虹の順にレア度が上がり、希少な物が出やすくなるようだ。

「ダンジョン美味いな！　経験値も入るし、見た事ない物がガンガン手に入る。これは、クエストとは関係なしにしばらく潜って稼ぎたいな」

《下層に近付く程よい物が手に入るみたいですよ、マスター》

それを聞いたローグは、勢いづいて、どんどん先へと進んでいった。

十階毎にセーフエリアとでも言うべき、敵も罠もない階層があり、ご丁寧《ていねい》に出口へとつながる魔法陣も用意されている。

ローグはマップに従って最短ルートで休憩・短い仮眠時間を設《もう》け、各階を踏破し続けた。

潜りはじめて五日、彼はついに地下五十階を突破。そして現在、五十三階を探索中だ。

ここまで王女の反応はない。

「随分深くまで来たけど、本当にいるのか、王女は？　レア素材か、レアアイテムかは知らないが、何か目的があるのか？　ここからは結構きつくなりそうだ。無事だと良いが……」

何度目かの休憩を終えたローグが次の階層への階段を下りようとしたまさにその時、ナギサが警告《けいこく》を発した。

《マスター！　見つけました！　王女は五十五階の……マズいです。モンスターに囲まれそうです》

「なにっ⁉　くそっ……急ぐぞっ‼　アース！」

ローグは肩乗りサイズから小型竜サイズになったアースに飛び乗る。アースに罠を強引に突破させて五十三階を一気に抜け、五十五階にいるという王女のもとへ急いだ。

《マスター！　この角を曲がった先の部屋です、急いで！》

「くっ、間に合うかっ‼」

曲がり角の先でローグが見たものは……モンスターに囲まれ、瀕死《ひんし》の傷を受けた少女だった。いかにも仕立ての良い軽鎧の脇腹部分が無残《むざん》に割け、血がにじんでいる。

そんな少女にトドメを刺そうと、スケルトンナイトが剣を振り上げて歩み寄る。

「あ……くぅっ……！　も、もう……ダメッ！　神様っ……！」

「【エクストラヒール】！」

「えっ？　傷が……？」

「ボサっとするな！　まだ敵がいる！」

「はっ！　てぇいっ‼」

少女は何とか持ち直し、自分の剣で目の前のスケルトンに反撃する。自力でここまで来ただけあって、武術の心得はあるらしく、剣を振る姿は様になっている。ローグもアースと二手《ふたて》に分かれ、各個撃破《げきは》していく。数分後、部屋からモンスターはいなくなった。

「はぁ……っ、はぁっ……あ、ありがとう……あの、あなたは……？」

息を切らせながら、少女が頭を下げた。

小柄ながら気の強そうな目つきが特徴《とくちょう》的で、歳はローグと同じか少し下くらいに見える。

「ギルドで君の捜索を頼まれて来た、冒険者のローグだ。グリーヴァ王国の王女で間違いないか？」

「ええ。私はグリーヴァ王国の第二王女、コロン・グリーヴァよ」

「よし、じゃあ地上に帰ろうか」

ローグは踵《きびす》を返してさっさと五十階に戻ろうとするが、コロンはしがみついてそれを止める。

「待って！　まだ、目的の物を手に入れてないの！　死ぬ思いで何とかここまで来たのに……手ぶらで帰るわけにはいかないわっ！」

「目的の物？　何だそれは？　自分の命より大事な物なのか？」

「うっ……母が……病気なのっ……治すには『アンブロシア』という希少な薬を使うしか手がないって、お医者様が言ってた。ここにならあるかと思って……」

コロンは縋《すが》るような目でローグを見る。

《マスター、それは九十階以降の虹箱からしか出ませんよ？》

「うーん、どうやらそれは九十階以降の虹箱からしか出ないそうだ。失礼だけど、君はそこまで潜れるのか？」

王女は絶望のあまり目に涙を浮かべながら答える。

「そんな階層……さすがに無理よ……ぐすっ」

「泣くなよ、俺が取ってきてやるって。でも、君を守りながらそこまで進むのはちょっと苦しい。だから、どこかの転送陣で地上に戻ってもらいたいんだけど、いいか？」

「分かった……じゃあ六十階までの護衛と、アンブロシアの入手をお願い出来るかしら？」

コロンは深く頭を下げた。

「あぁ、大丈夫だ。任せておけ。君は一旦外に出たら狼煙を上げ、迎えの馬車を呼んでくれ。もし俺が一ヵ月以内に戻らなかったら、御者に宿場町での待機期間の延長《えんちょう》を頼みたい。いいか？」

「ええ、そう伝えるわ。一応、こう見えて実は私便利な移動スキルとかあるから。……このダンジョンの中では何故か使えないんだけど。だから、地上に戻った後の事は心配しないで。でも、そんなに時間がかかるものなの？」

「今まで虹箱なんてほとんど出なかったし、狙っている物がピンポイントで出るとは限らないでしょ」

王女はその一言で理解した。彼女もこれまでかなりの数の敵を倒したが、いまだに虹箱どころか、青箱までしか目にしていない。

「なるほど……分かったわ。馬車の件は任せて」

「ああ。じゃあ六十階まで行こう」

ローグは王女を守りながら、アースに敵を撃破させていく。あちこちに仕掛けられているトラップの数々も、アースドラゴンには丸で役に立たなかった。

「赤箱発見。おぉっ、オークキングの肉百キロだ！　アース、六十階に着いたら肉祭だ！」

《おおぅ！　急ぐぞっ！》

トラップ破壊に戦闘にと大活躍するアースを見て、王女はローグに質問した。

「ねえ、あのドラゴンは何なの？」

「ん？　アースドラゴンだ。倒したら仲間になったんだよ。それより急ごう。腹減っただろ？」

ローグの言葉に反応して、王女のお腹が可愛く鳴った。

「うっ……しばらくまともな食事してなくて……」

「それじゃ、どの道、ここまでだったんじゃないか」

「う～、げ、現地調達するつもりだったのよ！」

そんな会話をしながら、ローグ達は六十階のセーフエリアに到着した。

《主、肉だ、肉を出すのだ！》

「アース、まずは小さくなれ。その方がたくさん食べられるだろ」

《う……む、それもそうだ》

ローグはオークキングの肉を半分ほど切り分け、アースに生で出した。肩乗りサイズに縮《ちぢ》んだアースは、ガジカジとかぶりつく。

《うまいっ！　肉はキングに限るっ！》

「よし、あれは放っといて、俺達も飯にしよう。すまないけど、このテーブルと椅子を設置しておいてくれ」

「え、ええ」

ローグは組み立て式のテーブルと椅子を王女に渡し、自分は調理に入った。

土砂を固めて焼いたレンガを積《つ》み上げて簡単なかまどを組み上げて、火をおこす。採掘した土砂に粘土質《ねんどしつ》の土が混ざっていたので、鍛冶場で作っておいたのだ。

「はぁ～、器用ねぇ……」

「ん？　もう終わったのか。なら、今から調理するから、ちょっと待ってて」

ローグはまず鍋《なべ》を取り出し、お湯を沸《わ》かした。それに細かく刻んだ人参《にんじん》、玉葱《たまねぎ》、ベーコンを入れて煮込《にこ》む。ベーコンから旨味《うまみ》と塩気が出るので、味付けはこれで十分。最後に香草を入れて風味付けすれば完成だ。

「はうぅ……良い香り……お腹が……」

「まだだぞ、次はメインのキングステーキだ」

ローグは、鉄板にオーク脂を溶かし、少し厚めにスライスされたオーク肉を塩、胡椒のみでシンプルに味付けをして焼く。

「肉が上質だから、これが一番美味いんだ。焼き加減はレアでもイケるよね？」

「も、もちろん大丈夫よ！　……じゅるっ」

コロンはもう我慢の限界らしかった。ローグは焼き上がった肉を皿に盛《も》り付け、甘く煮込んだ人参とコーンを添《そ》える。そして、野菜スープと柔《やわ》らかいパンもテーブルに並べた。

「さぁ、どうぞ」

「い、いただきますっ！　はぐっあむあむ……美味ぁぁ……」

コロンは満面の笑みで料理を頬張り、しまいには涙を流しはじめる。

「城の料理より美味しいわ……ねえ、ローグ、冒険者辞《や》めて料理長やらない!?」

「やらんわ！　俺には目的があるから、いくら王女様の頼みでも、無理」

「はぅぅ……残念……しっかし……美味しいわぁ……おかわり！」

どうやらまともな食事状態ではなかったらしく、出した分を全て平らげてもコロンの勢いは衰《おとろ》えない。結局追加で焼いた肉も含めてまるまる二人前食べて、ようやく満足したようだ。

「はぁぁ……満腹。ありがとローグ、食事が久しぶりすぎて、止まらなかったわ……」

「久しぶりって……ここまで、何食べてきたの？」

ローグが呆れながら尋ねると、コロンは恥《は》ずかしそうに答える。

「最初は持ち込んだ保存食。でも、途中で尽きちゃって……後は拾った肉を火魔法で焼いて食べてた」

「は？　調味料は？」

「ない。しかも、火力の調整が難しくて大体焦《こ》げる……」

「帰ったら美味いもん食べろよ、コロン……」

「ローグの料理がまた食べたいわ！　だから、絶対戻って、約束よ？」

ちゃっかり図々《ずうずう》しいお願いをねじ込んできたコロンだったが、それも彼女らしいと思い、ローグは微笑む。

「……また作れと？　まぁ、良いが。分かった、約束だ」

「じゃあ、地上で待ってるからね！」

そんな約束を交わし、コロンは転移陣で地上に帰還した。

王女の姿が消えたのを見届け、ローグは荷物を片付けて立ち上がる。

「さて、じゃあ九十階まで一気に進みますかね。アース、行くぞ！」

《うむ。肉を食ったから力が溢《あふ》れとるぞ！》

†

コロンを地上に帰した後、ローグは九十階のセーフエリアを拠点とし、連日九十一から九十九階を往復《おうふく》しながら虹箱を狙った。結構な数の虹箱が出たが、中身はレア魔導具やレア装備、極上食材等が大半。ネクタルやエリクシルといった秘薬類もあったが、目的のアンブロシアは一向に手に入らなかった。

ちなみに……寿命《じゅみょう》を延ばすネクタル、身体の欠損《けっそん》すら治すエリクシル、どんな病気でも完治させてしまうアンブロシア。この三つは三大秘薬と呼ばれている。

今日の探索を終えて九十階のセーフエリアに戻ったローグは、虹箱から拾った魔導具の一つ『カプセルハウス』という簡易《かんい》小屋を使い、その中で休んでいた。

「今日で何日目だっけ……」

《そろそろコロン様と別れてから、二十日……ですかね》
「ここまで落ちないとなると……本当にあるのか怪しくなってきたな……心が折れそうだ……」
《まぁ……確率は0・0001％ですから。気長《きなが》にやるしかないですよ》
ローグはもはや、マップを見なくても、余裕で九十九階までの道順と罠の位置を把握していた。
「そういえば百階まで到達したらどうなるんだ？　ダンジョンって消えるのか？」
《ダンジョンコアを破壊しない限りダンジョンは消えませんよ。仮に最終階層のボスを倒したとしても、このコアを破壊しなければ、ボス含め全ての魔物が延々《えんえん》とリポップし続けます》
「そうなのか。そろそろ狩りも飽きてきたから、先に水竜でも見に行こうかな。アース、水竜ってどんな奴？」
《うむ、水竜は水属性を司る竜であり、水を使った様々な方法で攻撃してくる。たとえば水を頭の周りで固定して溺死《できし》させたり、超圧縮してカッターのように飛ばしてきたり、他にも様々な技を使ってくるのだ。味方には優しいが、敵には容赦のないメスだよ……》
アースの口ぶりからすると、どうやら水竜はとんでもない怪物らしい。
「出来ればスキルとして覚えたいが、魔法でも同じ事は出来そうだしな。今回はサクッと倒すか。水竜には弱点とかないのか？」

《あるぞ。まず、雷属性を嫌う。ちょっとした電撃で大ダメージを与えられる。それと……弱点とは言わないが……奴は酒に弱い。無類《むるい》の酒好きなのだ。珍《めずら》しい酒を見ると、ふらふらと近づいてきおる。それがなければまぁ……強いぞ》

「酒、酒かぁ……ネクタルでもいいのかな。何か酒が出ないか、箱を開けてみるか」

ローグは何か良い酒がないか袋を漁《あさ》ってみた。虹箱以外は未開封のまま袋に突《つ》っ込《こ》んでいたからだ。

「しかし、開けると消える宝箱って不思議だよなぁ……」

気にしても仕方がないので、バンバン開けた。その結果は……

「なぁ……これ……全部飲ませたら勝てるんじゃね？」

様々な種類の酒類が出てきた。刀使いの故郷である神和産の酒もかなりある。ラベルに神和国産と書かれていたから間違いないだろう。酒の他にも色々な珍しい食材や、見た事のない武器等、ローグは何が入っているか分からなくなる量の宝を得た。

「帰ったら整理しよう……要《い》らない物は売るか」

宝箱を全て開け終えるのに三日かかった。この宝箱は実に不思議で、箱は小さいにもかかわらず、大量の武器や防具が入っている事がある。レアな宝箱にグレードが低いアイテムが入っていた場合、その分数が増えるようだ。おかげで魔法の袋に収納するのにもかなり時間が掛かった。

「さて、水竜を見に行きますか」

開封作業を終えたローグは、再び九十階を出発し、今度は百階を目指した。

道中でも遭遇した魔物から宝箱を拾う。虹箱も何個かあったが、そのまま袋に収納した。

既にこの階層にはローグを脅《おびや》かす存在はなく、余裕で百階への階段に到達した。いよいよ最下層だが、階段の造りは今までと変わらない。

ローグは躊躇せずに階段を下りていく。そして、目に飛び込んできたのは……今までとはまるで違う自然の地下洞窟。巨大なドーム状で、中央部に巨大な湖がある。

「これは……？　地底……湖？　凄い透明度《とうめいど》だ。地下水が溜《た》まって出来たのか？　美しい……」

あまりに素晴らしい景色にローグがしばし見とれていると、湖の中から何かが飛び出してきた。

翼を持ち、青い鱗《うろこ》に覆《おお》われた蛇型《へびがた》のフォルムの竜で、体長は人間の三倍以上ありそうだ。竜は湖面に浮かび、品定めするようにローグ達を見る。

そして、アースの姿を認めると声を掛けてきた。

《あら、土竜じゃない。久しぶりね、百年ぶりくらいかしら？》

《お主は相変わらずみたいだな、水竜よ》

久しぶりに会う期間が百年単位とは、長寿な竜ならではである。
《それで？　今日は何をしに私の縄張りまで来たのかしら？》
《うむ。アンブロシアという物を探していてな》
《アンブロシア？　あぁ、これかしら？》
と言うと、水竜は空間に開いた穴から、淡《あわ》い光を放つ小さな瓶《びん》を取り出した。
《それじゃ、それ。すまんが、それを貰えぬか？》
《相変わらずお馬鹿さんねぇ……タダであげるわけないじゃないの。それと……そこのニンゲンは何？　貢《みつ》ぎ物《もの》かしら？》
水竜はローグを見て舌舐《したな》めずりをした。
《今のワシの主じゃよ。勝負して負けたのでな》
《はぁ？　ニンゲンに負けちゃったの、アナタ？　アハハハ、鈍《なま》ってるんじゃないの、土竜？　笑えないわ》
面白い冗談を聞いたとばかりに笑った水竜の目が鋭くギラリと光り、ローグを睨む。
《ふ～ん……まぁまぁヤるようね。私と勝負する？　もし勝ったら、アンブロシアをあげてもいいわよ？》
「受けよう。本当は酒と交換しようかと思っていたんだがな、戦った方が早そうだ」
酒と聞いた水竜がピクッと反応する。

《ち、ちなみに……どんなお酒を持っているのかしら？》
「ネクタルをはじめ、あらゆる国の酒だな。量もたんまりとある」
《ごくり……し、仕方ないわね～。私が勝ったらそれを全て渡しなさい。その条件で構わないわね？》
「いいよ。じゃあ戦いを始めようか、水竜」
《すぐに終わらせて、久しぶりのお酒を飲むっ！》
そう勢いづく水竜を横目に、ローグは自分の周りに酒瓶を並べはじめた。
《ちょ！ これから戦うってのに、何してるのさ!!》
「ん～？ 気にせず攻撃してくれていいよ？ こいつらは一本しか持ってない貴重な酒だけど」
もちろん、一本しかないなどというのは嘘で、在庫はまだまだある。そんな事とは露知《つゆし》らず、水竜は数々の酒瓶に目を見張る。
《あ、アレはっ!! 神和国産の幻の銘酒《めいしゅ》『大蛇《おおおろち》』!! あ、『須佐之男《すさのお》』に『卑弥呼《ひみこ》』まで……じゅるっ……》
「さぁっ、掛かってきやがれ!!」
《む、無理よ……攻撃したら……壊しちゃう……》
「来ないならこちらから攻《せ》めるよ。雷魔法奥義《おうぎ》【トールハンマー】！」

《えっ⁉　やばっ‼　回避っ――無理っ！　速いっ‼　きゃあぁぁぁぁあっ‼》
天井から巨大な円柱状の雷が降り注ぎ、水竜の身体を貫いて、全身を痺《しび》れさせた。
《ひ、卑怯《ひきょう》……も……の……ぉ～》
「戦いは遊びじゃないんだ。卑怯とかそんなのは負けた奴の言い訳だ。勝ちたいなら酒瓶を無視して攻撃すればよかっただろ？」
ローグは平然と言い放ったが、ナギサやアースは水竜への同情を露わにする。
《マスター……そうは言っても、さすがにこれは酷いです……ちゃんと戦ってあげてくださいよ》
《主よ、アレはないわ。見ろ……水竜の奴、泣いてるぞ？》
水竜は地面に丸まって泣いていた。
《ぐすっ……ひくっ……お酒、わたしのお酒～……》
（……あ、こいつダメなタイプだ。さっさと貰う物貰って帰ろう）
そう思ったローグは、ある提案をした。
「水竜、さすがに俺もやりすぎた。だから、この並んでいる酒とアンブロシアを交換で手を打たないか？」
《ぐすっ……お酒、くれるの？》
「交換だって言ってるだろ……」

《分かった……はい、アンブロシア》
ローグは水竜からアンブロシアを受け取り、先ほど並べた酒を渡す。
「じゃあ、俺達は帰るから、ゆっくりと飲んでくれ」
《待ちなさい……》
立ち去ろうとしたローグを水竜が呼び止めた。嫌な予感を覚えながらもローグがゆっくりと後ろを振り向くと、すぐ後ろに小さくなった水竜が浮かんでいた。
《アナタはあんな方法とはいえ、私を倒したわ。だから……私もアナタに付いていく》
「お断りします。じゃ」
ローグは再び立ち去ろうとするが……水竜は彼の身体に巻き付いて引き留める。
《待ってよ～！　アナタまだまだお酒を持っているでしょ？　匂いがするわ‼　お願いだから、私も連れてって～！》
見かねたアースがローグに進言する。
《主よ。まともに戦ったら、水竜はワシより強いぞ？　あの戦いは可哀想《かわいそう》だったから、酒を渡すくらいなら、いっそ連れて行ってやらぬか？》
「しかしなあ、アース……普通の人間が二匹もドラゴンを連れている、っていうのはどうなの？」
溜息混じりのローグの問いに答えたのは、水竜だった。

《何あれ、どこの怪物？……って感じかしら？》
「勝手に会話に入ってくんなよ！　そして何だよ、そのリアルな回答⁉」
《前の主がそう呼ばれてたからね～。確かレオンって名前で……魔族を今の魔界に封印《ふういん》した英雄だったかしら。昔の事すぎて記憶が曖昧だけど……ところで、土竜……アナタ、アースなんて呼ばれてるの？　いいなぁ。ね、主、私にも名前、なまえ～！》
「誰が主だよ！　それと、俺の身体の周りをぐるぐると回るな！　酔うわ⁉」
《主よ、それは水竜の求愛行動だぞ？》
「なっ！　は～なれ～ろ～っ！」
《うへへへ。良いわぁ～若い男の子。連れて行くって言わないと……このまま……》
「ちょ――何する気だよ⁉　分かった、分かったから！　離れろ。あと、名前は〝アクア〟。これでいいだろ⁉」
《安直な名前だけど、気に入ったわ！　これからよろしくね、主。うふふふ》
水竜は喜びながらローグから離れた。
「こんな事になるなら、正々堂々と戦っておけば良かった……」
戦闘では何もスキルを得られなかったので、ローグは水竜にお願いしてその場で色々見せてもらった。

スキル【アクアブレス】を入手しました。
スキル【アクアカッター】を入手しました。
スキル【アクアウォール】を入手しました。
スキル【スチーム・エクスプロージョン】を入手しました。

「うん、危険な技のオンパレードだな。余程の事態にならない限り、使わないようにしよう」

ともあれ、ローグは無事にアンブロシアを入手して、迷宮から帰還したのであった。

†

ローグが九十階の転移陣から帰還し、狼煙を上げていると、コロンがどこからともなく現れ、駆け寄ってきた。

「ローグ！　アンブロシアは手に入った⁉」

「ああ。これだ。一本しかないからな、割るなよ？」

「わ、割らないわよ。良かった……これでお母さんも助かる……はっ、急がなきゃ！　ローグ、私もう行くね？　いつかこのお礼はちゃんとするから！　じゃあ、またねっ！

【転移】っ！」

「――ておい、どこ行くつもりだ!?」

困惑するローグの目の前で、コロンは光に包まれて消えた。


スキル【転移】を入手しました。


「お、おぉ～……あの王女、やるじゃないか！　まさか【転移】が使えたとは……ありがたい。しかし、転移出来るなら、どうしてダンジョンから脱出出来なかったんだ？」

《ダンジョン内は特別な術式でスキルによる転移が禁止されているのです。ともあれ、これで移動はかなり楽になりますよ！　一度訪れた場所なら、どこでも一瞬で飛んで行けます》

「あぁ。さっそく使いたいけど、迎えの馬車がもうすぐ来る予定だからな。しばらく袋を整理して時間を潰すか」

ローグは拾った宝箱を全て開ける事にした。

あれだけ欲しかったアンブロシアが、虹箱から三本も手に入った。

「今更三本も……物欲を感知する何かが働いていたのかね……まぁ、何かに使えるだろ。一応保管しておくか」

全ての宝箱を開けたローグは、魔導具の使用方法を調べはじめる。入手した魔導具は次の通り。

カプセルハウス……平屋一戸建《いっこだ》ての携帯《けいたい》式住居。内部空間を拡張可能。
魔導キッチンセット……魔力で使える調理器具セット。
魔導バス……魔力でお湯が溜まる風呂。
魔導トイレ：排泄《はいせつ》用器具。用を足《た》した後、自動で処理される。
魔導倉庫：中に入れた物を一瞬で冷やす、または凍《こお》らせる事が可能な倉庫。
魔導水晶：別の魔導水晶と繋がって映像会話が出来る。
魔導ベッド：即座に疲れを癒してくれる寝具《しんぐ》。
快眠枕：心地よい眠りに誘《いざな》う枕。悪夢は見ない。
魔導眼鏡：あらゆる言語で書かれた本を読める。
魔導灯：少しの魔力で光が灯《とも》る。オンオフ可。
魔導つるはし：狙った鉱石が出る。
魔導鉱炉：鉱石を精錬出来る炉。
魔導金槌《かなづち》：鍛冶用の槌。常に最高の状態で完成する。
魔導桶《おけ》：無限に水が出てくる桶。

魔導車：魔力で走る車。行き先を指定すると自動で走る。目的地を決めずに手動走行も可能。

「ベッドや枕まであるとは……魔導具って、便利グッズか？　まぁ、あれば嬉しい物ばかりだけど。次は……スキルのスクロールか」
スキルスクロールは、使用するだけで記載されたスキルを覚えられるアイテムだ。
ローグは持っていないスキルのスクロールを片っ端から使っていく。

入手スキル：【操銃術《そうじゅう》／レベル：MAX】【小剣術／レベル：MAX】【忍術／レベル：MAX】【HP自動回復】【MP自動回復】【全状態異常無効】【運上昇／レベル：MAX】【素材自動回収】【全言語理解】【環境適応《かんきょう》】【身体能力倍加】【千里眼《せんりがん》】【獲得経験値倍加】
武技スキルが一定数に達したため、スキルを【武神／レベル：MAX】に統合しました。
スキル【身体能力倍加】を入手したため、身体能力強化を削除《さくじょ》しました。
スキル【全状態異常無効】を入手したため、耐性スキルから一部削除しました。

「やりすぎたな。人間ではあり得ないレベルになってきたんじゃないか……？」

アクアが前の主を持ち上げる。
《英雄レオンはもっと凄かったわよ？　彼は一人で竜達を統《す》べ、魔族に対抗していたんだから。それに比べたら、まだまだね》
「その英雄とやらは本当に人間なのか？　まぁ、死んだ今となっては分からないけどな」
魔導具とスキルの整理を終えたローグは、馬車が来るまでカプセルハウスで休む事にした。
「カプセルハウスの中に他の魔導具を設置したらどうなるんだろ……ん？　このパネルに書いてある〝空間拡張レベル〟ってのは何だ？　ナギサ、分かるか？」
《今は失われた技術ですが、魔力で空間を広げる事が可能なようですね。外からの見た目は変わりませんが、中は魔力次第でいくらでも自由に拡張出来そうです》
さすが古代迷宮だけあって、手に入る道具もとんでもなく貴重な物だった。
ローグはさっそくカプセルハウスを拡張してみる。
「えっと、キッチン、リビング、風呂、トイレ、寝室、土竜の部屋、水竜の部屋、でいいかな」
《ほう、我らにも部屋を貰えるのか。ありがたい》
《私は主と同じ部屋が良いわ～》
「身の危険を感じるからだめだ」

ローグは拡張パネルに手を置き、魔力を流す。みるみるうちに空間が広がり、新しい部屋が出来た。各部屋に手に入れた魔導具を設置していく。念のため一旦外に出て、カプセルハウスを仕舞い、再度展開して中の様子を見る。
すると、魔導具はそのまま残っており、拡張した空間も維持されていた。
「便利な魔導具だよなぁ……これさえあれば、どこでも暮らせそうだよ。なんで古代文明は滅んだんだろう」
《過ぎた力は争《あらそ》いを生むのです。古代人は便利さを求めた末に奪い合い、互いに殺し合いました。マスターが持つ魔導具は、そのほんの一握《ひとにぎ》りでしかありませんが、今の人達には未知の物ばかりです。扱いには注意した方が良いでしょう》
「分かった、人前ではあまり使わないようにしよう。さて、迎えは明日か、今日はもう休もうか」
《うむ。迷宮の中では落ち着かなかったからな。久々にゆっくりするといい。我らも休むとしよう》
ローグ達はそれぞれの部屋に入り、ゆっくりと疲れを癒した。

†

翌日早朝、カプセルハウスを仕舞ったローグは、迎えの馬車を待っていた。

朝食を取っていると、一台の馬車がこちらに向かって来た。

「お待たせしました、ローグさん！　って、あれ？　王女様は……」

「あぁ、目的の物を入手したら国に【転移】で帰ったよ」

「はぁ……まぁ、無事ならいいですが。では、依頼達成という事で、ポンメルまで帰りましょうか」

「あぁ、よろしく頼むよ」

ローグ達は馬車へと乗り込んだ。

ローグも【転移】で帰る事が出来るのだが、御者達の仕事を奪うわけにはいかない。

御者は乗り込んできたアクアを見て、遠慮がちにローグに尋ねる。

「あの……私の気のせいでなければ……竜、増えてません？」

「ん？　あぁ、最下層にいた水竜だよ。酒さえ渡しておけば問題ないから、気にしなくていいよ」

「は？　はぁ……分かりました。では、出発しますね」

馬車はゆっくりと走りはじめた。そんな馬車の中で、竜達は拾った酒を堪能していた。

《うんまぁぁぁっ！　何これ何これぇっ！　神和国産はやっぱり一味違うわねぇ》

《確かに……水が良いからかの。キレが違うし、上品な味わいだわい》

「そうだ、ツマミに昨夜仕込んだワイバーンの唐揚げと、焼いたフォレストボアの腸詰《ちょうづ》めにチーズも出そうか」
《や～ん、主、愛してる～》
《うむ、肉は至高《しこう》だ！　美味いっ！》
御者は、羨ましそうに竜達の宴会をチラチラと見ていたが、さすがに職務を放り出して酒を飲むわけにはいかない。恐らく彼は、町に着いたら酒場へと直行するだろう。

そして馬車に揺られる事数日。久々にポンメルの町へ着いたローグ達は、ギルドに直行した。

「久しぶりでちょっと懐《なつ》かしいな。じゃあ、中へ入るか」

ローグは二匹の竜を伴《ともな》い、ギルドへと入った。

また新たな竜を連れ帰った彼を見て、他の冒険者達は壁際《かべぎわ》まで待避《たいひ》して道を空《あ》ける。

「そんなに避けなくてもいいじゃないか……っと、依頼から戻った。ギルド長はいる？」

「はい、帰ったら部屋まで通すように伺っています。どうぞ」

「あぁ。ありがとう。アース、アクア行こう」

受付職員の許可を得たローグは、ギルド長の部屋に向かった。

扉をノックして中に入ると、ギルド長が笑顔で迎えた。

「おぉ！　ローグか！　で、依頼は？」

「終わりました。王女は一足先に【転移】で国に帰ったから、心配ありません」

「そうかぁ、肩の荷が下りたぜ。それで、迷宮はどうだった？　お前の事だから半分くらいは踏破したんだろう？」

　ローグは少しばかり申し訳無さそうに口を開く。

「アンブロシアを拾うために延々九十階層付近を回っていましたね。最終的には地下百階まで行って、そこにいた水竜を仲間にしました」

　ギルド長は持っていたペンを落とし、口をポカーンと開ける。

「はっ!?　お前、あそこは未踏の迷宮なんだぞ!?　それを踏破したってのか!?」

「はい。でも、コアは破壊していませんから、まだ迷宮は存在していますよ。で、コイツが最下層にいた水竜です」

　ローグに紹介されたアクアは、わざとギルド長の鼻《はな》っ面《つら》を掠《かす》めるように飛ぶ。

《なぁに、このニンゲン？　食べてもいいのかしら？》

「ぐっ！　ローグッ！　そいつ本当に大丈夫なんだろうな!?」

「アクア、それくらいにしておけ。あんまりからかうなよ」

《ふふふ。は～い》

　ギルド長は椅子に座り込んだ。

「はぁ……寿命が縮んだわ……まぁ、いいわ。とりあえず国に報告しなきゃな……はぁ、面倒くさ……ローグ、もう帰って大丈夫だぞ。忘れずに受付でカード更新していけよ。今日からプラチナランクだ。正直、もうゴッドでもいい気がするが、複数の国の承認が必要なんでな。まぁ、しばらくはプラチナで我慢してくれ」

「プラチナでも十分です。ゴッドなんかになったらさらに面倒事が増えるだろうし。じゃあ、俺は帰ります」

帰り際《ぎわ》受付に寄ってカードの更新を済ませたローグは、約一ヵ月ぶりに公爵の屋敷へと戻ったのだった。


ローグ帰還の報が既に伝わっていたのか、屋敷の玄関前では三人の娘達がウロウロしていた。

「ただいま。今帰ったよ。こんな所でどうしたんだ？」

「「「ローグさん！」」」

三人はローグの顔を見るなり、抱きついてきた。

「……ちょ、おいおい」

フローラ、リーゼ、マリアが代わる代わるに喜びの言葉を口にする。

「無事に戻られて何よりです！」

「いつ戻られるか心配で……」

「ちゃんと帰ってきてくれたのねっ！」

三人がしがみついて離れないので、ローグはしばらく優しく頭を撫でてあげた。

そこにアランがやって来た。

「おおっ！　ローグ、無事に戻ったか！　ははは、さすがだ。で、王女は無事だったのか？」

「ええ、国に帰りましたよ」

「そうか、冒険の話が聞きたい。さぁ、中でゆっくり聞かせてくれ」

アランの言葉を受け、三姉妹はローグの腕を引いて、屋敷の中へと連れて行く。

その後、ローグは食事をしながら、迷宮で何があったのか水竜の事も含め詳しく説明した。とはいえ、ナギサの忠告に従って、迷宮産の魔導具の話はしないでおいた。

「二匹目の竜か……ローグはもう父バランを超《こ》えているかもしれぬな」

感慨深そうに語るアランに、ローグは微笑んで応える。

「それもこれも、両親を助けたいがためですけどね」

「愛故に……か。若いのに苦労が絶《た》えんな」

「今は両親の無事も判明しましたし、日々を楽しんでいますよ」

「早く会えるといいな」

「ですね」

こうして、ローグの迷宮攻略は幕を閉じたのであった。

†

迷宮から戻って数日、ローグは屋敷でのんびりと過ごして疲れを癒していた。そんなある日の午後、アランが正装一式を持ってローグの部屋を訪ねて来た。

「もう分かるじゃろう、ローグ。城へ行くぞ。呼び出しが来ておる。どうやら、隣国から使者も来ているらしい。なるべく急ぎらしいぞ？」

「また城ですか。ちょっと多すぎませんか、俺はただの冒険者なのに……」

「はっはっは。やった事が普通の冒険者とは別次元じゃからの。仕方あるまいて。さ、準備して向かうぞ」

ローグは渡された正装に着替え、再び城へと赴《おもむ》いた。

衛兵に通された謁見の間では、以前と同じように王と王妃が並んで座っていた。

「来たか、ローグ。話は聞いたぞ？　何でも、水竜まで味方にしたとか。実に大儀《たいぎ》であった」

「当然の務《つと》めを果たしたまでです」

ローグは王の労《ねぎら》いに、頭を下げて応えた。

「ところで、そなたに少し頼みがあるのじゃが……」

「はい、何でしょうか？　自分に可能な事でしたら」

「うむ。そなた、迷宮でたんまり武器類を集めたらしいではないか。それを国に売ってはくれまいか？　我が国とギルオネス帝国との戦争は激化《げきか》する一方での。武器や防具の消耗《しょうもう》が激しく、生産が追い付かんのじゃ。頼むっ！　町に流すより少し割増で買うぞ？」

「別に持っていても使わないので、構いませんよ。どこに出しますか？」

「うむ。騎士団の武器庫がある。そこに出してくれればいい。のちほど案内させよう。それともう一つ。水竜をも味方に付けたローグには、国から『双竜勲章』を贈ろうと思う。さらに……隣国の王女を救った件と武具の貢献《こうけん》を加味し、貴君に男爵《だんしゃく》位を授ける。これにより、新たに【セルシュ領】を国から与える。場所は……グリーヴァ王国との国境付近じゃ。小さな村しかないが、森に囲まれた穏やかな地域じゃ。異論はないな？」

（男爵？　貴族になるの、俺？　しかもセルシュ領って……領地持ちか!?）

あまりに突然の事で、ローグは話についていけなかった。彼は断れないかやんわりと聞いてみた。

「王様！　私はまだ若輩《じゃくはい》の身、領地運営など任されても……それに、領主になったら冒険者が続けられなくなりそうで心配です」

「はっは。構わん、領地はアランの娘三人が上手くやってくれるさ。お主ら、婚約《こんやく》しとるのじゃろ？　この際だ、身を固めてしまうといい。それにの、ローグ。お主に与えた領の近くには山一つ越えた先に、エルフの国があるのじゃぞ？　何かあった場合、動き易《やす》かろう？」

それを聞いたローグは即答した。

「賜《たまわ》りました。私ローグは、双竜勲章を受けると共に、男爵の位《くらい》を拝受《はいじゅ》します。しかし、まだアラン様の娘が一人、成人していないため、結婚は二年後とさせていただきます。それまでは婚約という形で、セルシュ領へと招きたいと思います」

「うむ。アラン、それでいいかの？」

王はアランに聞いた。

「貰ってくれるなら問題ありませんぞ。ローグ、娘達には経営の勉強を小さい頃からさせておるからの。必ず役に立つはずじゃ。よろしく頼んだぞ？」

「はっ、我が命に代えてもお守りします」

ローグは胸に手を当て、頭を下げた。

「うむ、上手く纏まったようで何よりじゃ。して、別件なのじゃが……」

ローグ達のやり取りを見て満足げに頷いたロラン王は、別の話題を切り出した。

「まだ、何か……？」

「うむ、グリーヴァ王国から使者が来ておっての、少しローグに話を聞いてほしいのだ。よいかの？」

「ええ、構いませんよ」

王が側近《そっきん》に声を掛けて呼びに行かせると、なかなか凛々《りり》しい佇《たたず》まいの女騎士が謁見の間へと入ってきた。

「初めまして、セルシュ男爵様。私はコロン様付きの騎士でミラと申します。この度はコロン様を救っていただき、ありがとうございました」

騎士はローグの目の前で頭を下げた。

「いえ、依頼でしたので。お気になさらず……」

「いえいえ、セルシュ男爵様がいらっしゃらなければ、コロン様は今頃命を落としていたでしょう。それと、女王様も……」

どうやら、アンブロシアが効いて助かったらしい。

「我が国のために希少なアンブロシアまでいただいてしまい、この恩をどうやって返せばいいか……なので、女王が直接会って話をしたいそうです。お忙しいとは思いますが、一度グリーヴァ王国まで足を運んでいただけないでしょうか？」

「コロンには礼はいいって言ったんだけどなぁ。女王に頼まれたら無下に断る訳にはいかないでしょう。分かりました、伺います」

ミラはその言葉を聞き、安堵《あんど》の息を漏らした。

「あ、ありがとうございますっ！　良かった……では、すぐにでも行きますか？　転移しますので、一瞬で着きます」

「いや、少し時間をくれませんか。そうですね……昼に城の入口でどうでしょう？」

「分かりました。では昼に。お待ちしております」

そう言って、ミラは退室した。王はローグに言った。

「すぐに行っても構わんぞ？」

「武具の件をお忘れですか？　先にそちらをと……」

「はっ⁉　おいっ、誰か！　彼を騎士団の倉庫まで連れて行ってくれ。ローグ、金はアランの娘達に持たせて、領に行かせるでな。すまんが少し待ってくれ」

「構いませんよ。今すぐ必要なわけではないので。それでは、失礼します」

謁見の間を辞《じ》したローグは、兵士に連れられて騎士団の倉庫に向かった。

「ローグさん、こちらにお願いします」

案内の兵の指示に従って、ローグは袋から次々武器を出していった。

一ヵ月にわたって篭もっていたおかげでローグ自身が把握しきれないほどの量がある。

それを見て、倉庫に待機していた騎士団長と副団長が小声で囁き合う。

「おいおい……ありゃあ……オリハルコン製じゃねぇか……」

「俺達が普段使ってるミスリルより上物《じょうもの》っすよ……すげぇや……」

やがて、武具が倉庫から溢れ出してきた。

「ろ、ローグさん、ストップ！　もう入りません！」

「ん？　まだまだあるんですが……」

「団長……どうします？」

「一時的に訓練場に置いてもらおう……はぁ……どうやって数えるんだ、コレ……」

溜息をつく騎士団長を見て、ローグが質問する。

「誰か魔法の袋を持ってないんですか？　あれなら中に何本あるかすぐに分かりますよ？」

「はっ⁉　……副団長っ！　王から至急魔法の袋を借りてきてくれ！　武具の件と言えば伝わるはずだ！」

「は、はいっ！」

魔法の袋が到着してからは早かった。騎士達はローグが出した物を手分けして詰めていく。

「武器、防具合わせて総数……約五万個とはな……上質な武具がこれだけあれば防衛も楽になるだろう。助かる、ローグ殿！」

「俺が持っていても使いませんしね。そうだ、団長さんには特別にこの剣をあげましょう」

ロークは魔法の袋から他の剣とは明らかに異なる赤い刃の剣を取り出した。

「『魔剣火炎嵐舞《まけんかえんらんぶ》』です。一振りするだけで辺りに火の嵐が巻き起こります。振る速さで火の量が変わるらしいので、味方を巻き込まないように使ってくださいね？」

「こ、こんな物を私に⁉　いいのか⁉」

「ええ、自分用にもっと良い武器がありますので。では、失礼しますね」

そう言って颯爽《さっそう》と去っていくロークの背を見て、副団長がぽつりとこぼす。

「団長、魔剣とか……国宝級っすよ？　どうすんすか？　売ったら一生遊んで暮らせる金が貰えますよ？」

「売るわけないだろ⁉　あの人に殺されるわ！　てか、これ一本で戦局が変わるよな……ローク殿はこれよりさらに強い武器を持ってるとか言ってたぞ……あの人には逆らわないようにしよう……いいな、お前ら」

「「「はいっ‼」」」

この日、変な形で騎士団は団結したのだった。

一方、騎士団と別れたロークは、城の入口へと向かった。入口に着くと、ミラが既に待っていた。

「すみません。待ちましたか？」

「い、いえ。今来たところです」

まるでデートの待ち合わせのような会話をする二人だった。ミラは顔を赤くしながら切り出す。

「ローグ様、あなたは我が国にとってかけがえのない恩人。あなたに下手《したて》に出られてしまうと、私としてはちょっと……どうかそのような態度はおやめください」

「そ、そうか……まあ、コロンとも成《な》り行きで気楽な感じで話しているから、いいか……」

すると、ミラが急にローグの身体に腕を回してきた。

「あのー、何を？」

「はっ⁉ その……私はまだ【転移】に慣れていないので、なるべく身体を密着させる必要があるのです。間違っても離れないでくださいね？ どこか知らない場所に飛ぶかもしれませんから……」

「む、それは怖いな……こうか？ ていうか、なんか顔赤いけど……」

「は、ははははいっ！ 大丈夫です！」

ローグがぎゅっと抱き締めると、ミラはますます顔を真っ赤にしながら【転移】を開始した。

「で、では飛びますよ？ 【転移】っ‼」

二人は光に包まれてその場から消えた。

†

ミラと別れたローグは、別の女騎士に連れられてグリーヴァ城の一室に待機していた。

グリーヴァ王国はかなり小さな国らしく、ザルツ王国よりも城は狭く、家具類も素朴《そぼく》な物だったが、こちらの方がローグには落ち着くように思えた。

一通り室内を見回した後、ローグは連れてきてくれた女騎士に話し掛ける。

「そういえば、この国の騎士は全員【転移】が使えるのか？　ミラやコロンまで使ってたし、正直驚いたんだが」

「いえ、使えるのはごく僅かですよ？　むしろ、こういった任務《にんむ》が、【転移】持ちの重要な仕事の一つでもあります」

「へぇ～。それで、俺はこれからどうしたらいい？」

女騎士はこれからの予定の説明を始めた。

「まず、これから女王の部屋で面会をしていただきます。まだ病み上《やあ》がりのため、居室で気軽に面会したいとの事ですので、ご容赦ください」

「あぁ、構わないよ」

「ありがとうございます。面会が終わった後、ささやかですが、王女様達と昼食会を予定しております。是非、我が国の料理をご堪能ください」

「へぇ？　それは楽しみだな。料理は好きだからな、興味深い」

「小さな国ですが、農産物は自慢出来ると自負《じふ》しております。昼食会の終了後、ローグ様には我が国の暮らしぶりを見て回っていただく予定です。……といっても城下町とザルツ王国へつながる国境付近にある小さな村の二箇所《にかしょ》だけですが」

「俺も小さな村の出だから、偏見《へんけん》なんてありませんよ。むしろ、何を作っているのか興味深い」

　女騎士は意外そうな顔をした後、軽く微笑んだ。

「ローグ様はどこかの貴族のご子息かと思っていましたが……なるほど。ふふっ、親しみ易さを感じたのはそのためですか」

「あなたも村の出ですか？」

「はい。西にある小さな漁村の出です」

「漁村かぁ、海は見た事ないからなぁ。是非一度見てみたいな」

「うふふ。何もないですよ？」

「いいんだよ、なくても。ただ、見てみたいだけだし」

　そんな談笑《だんしょう》を交わしていると、ミラが部屋に迎えに来た。

「ローグ様、面会の準備が整いました。どうぞこちらへ」

ローグは女騎士と別れ、ミラと女王の部屋へと向かった。

ミラは扉をノックして女王の返事を確認した後、ローグを伴って入室した。

「コロン王女様の救出、並びにアンブロシアを入手してくださった、ザルツ王国のローグ・セルシュ男爵をお連れいたしました」

「ご苦労様です。ミラ、下がって結構ですよ。ローグさんも、楽になさってください」

ミラが扉の前に下がったのに合わせて、ローグが頭を上げると、天蓋《てんがい》付きのベッドの端に美しい女性が腰掛けているのが目に入った。

薄手《うすで》の部屋着と肩掛けに身を包み、長い髪をバレッタでまとめた楽な格好ながら、見るからに高貴《こうき》な雰囲気を漂《ただよ》わせていた。ローグが想像していたよりもずっと若々しく見えるが、同時に慈愛に満ちた母性を感じさせる、不思議な女性だ。

女王はローグを見ながら、口を開いた。

「このような格好で申し訳ありません。まだ長時間起きているのが辛《つら》くて……」

「い、いえ！　どうかお気になさらず」

「ありがとうございます。さて、私がこのグリーヴァ王国で女王を務めております、バレンシア・グリーヴァです。この度は娘と私のためにお手を煩《わずら》わせてしまい、申し訳ありませんでした」

「いえいえ、たまたま依頼を受けたまでです。それに、迷宮では貴重な物もたくさん手に入れられたので」

「いえ、あなたが受けてくれなかったら、今頃私達はこの世にいなかったでしょう。あなたはそれだけの事をしてくれたのです」

ローグは真っすぐ見つめられて、少し照《て》れ臭くなった。

「お力になれたようで何よりです」

「ところで、ローグさんは我が国の隣に領地を賜ったとか？」

「え、ええ。よくご存知ですね。つい先程拝領《はいりょう》したばかりで、まだ実際には見ていませんが、穏やかで良い場所らしいです」

バレンシアはふふっと笑った。

「確かに、自然は豊かですね。それで、もしよろしければ我が国と交易をいたしませんか？　ローグさんとなら、関税なしでの取引に応じますよ？」

「関税なし⁉　よろしいのですか？」

ローグは政治や経済に通じているわけではないが、それが魅力的な申し出であるとすぐに分かった。

「あなたに受けた恩を思えば少ないくらいですよ。それと、交易の窓口および監査役《かんさやく》として、コロンとミラをそちらで預かっていただきたいと思っています」

「じょ、女王様⁉　初耳ですよそれ！」

ミラが扉の前で叫んだ。

「ふふふ、今思い付いたので。それで……よろしいかしら？　ローグ男爵さん？」

「まぁ、二人が納得して来てくれるなら構いませんよ。まだ家すら見ていませんが」

「決まりですね、ミラ？　コロンを呼んできてちょうだい？」

「は、はいっ！　ただ今っ！」

ミラはコロンを呼びに部屋を出ていった。

その間も、バレンシアはローグにさらに突っ込んだ質問をしてくる。

「突然失礼ですが、ローグさんは結婚の予定などありますでしょうか？」

「いきなりですね……まぁ、予定という意味ではあります。世話になっている公爵家の三人の娘と婚約している状態ですね。末《すえ》がまだ成人していないので、二年後に結婚する予定ですよ」

「あら、既に婚約者がいらっしゃったのね……これから増やす予定はありますか？　もし良ければ……うちのコロンを貰ってくれないかしら？　これは、女王ではなく、コロンの母としてのお願いよ。あの娘ったら、帰ってきてからあなたの話ばかりなのですもの、うふふ」

「ちょっと！　お母さん⁉　何言っちゃってるの⁉」

ちょうどその時、顔を真っ赤にしたコロンが勢いよく部屋に入ってきた。その後ろにはミラの姿もある。

「よっ、久しぶりだな、コロン。元気にしてたか？」

「う、うん。まぁ、変わりなく過ごしていたわ。あなたは……男爵になったんですって？　随分出世したのね」

「まぁな、迷宮から帰ったらいきなりね。特に望んだわけじゃないのに……」

「欲がないわねぇ……領地も貰ったんでしょ？」

ここで、バレンシアが会話に入ってくる。

「ええ、今まさにその話をしていたところよ。でね……」

それから女王は、領地の場所と、交易の話、そのために、コロンとミラを出向させる旨《むね》を伝えた。

「ちゃ、ちゃんと役目があるんじゃないの！　いきなり結婚とか言うから、驚いたじゃない！」

「ほほほ。でも、あなたにその気があるなら、私は止めませんよ？　いい人じゃない、彼。そうねぇ、あなたにその気がないなら私が狙おうかしら。ふふふ」

冗談めかして微笑む女王の子供っぽい一面を見て、ローグは好ましく思った。そんな母親の言葉を本気で受け取り、コロンが窘《たしな》める。

「お、お母さん、変な事言わないで‼」

（コロンと結婚ねぇ……正直、可愛いとは思うし、こういう元気な娘《こ》は一緒にいても肩肘《かたひじ》張らなくていいというか、何か気を許せるんだよな。ちょっと落ち着きがないとも言えるけど、それも愛嬌《あいきょう》か……）

思わず真剣に考えてしまうローグを見て、女王が小首を傾げる。

「あら、黙ってしまって、どうしたのかしら？　ローグさん？　ふふふ」

「いや、あ、何でも……」

「あら、あらあら？　まさか……ローグさんもコロンが気になるの？」

コロンが頬を赤くし、ローグをじぃ～っと見ながら問い詰める。

「ローグ……え？　嘘でしょ？　まさ本気で？」

「ちょっ、待て待て！　驚いていただけだ！　だいたい、俺達は迷宮で会っただけなんだし、結婚とかそういうのは、もっとお互いをよく知ってからの方がいいだろ？」

「け、結婚……そ、そうよね？　まずはお互いの事をちゃんと知ってからよね。うんうん……」

何故か満更でもない表情を浮かべるコロン。危ないところを助けられた事による〝吊《つ》り橋効果〟の影響も否《いな》めないが、どうやら彼女は本気でローグに惚れているようだ。

「ふふ、それじゃ、この役目は丁度《ちょうど》いい機会かもしれないわね。コロン、彼とじっくり話

し合いなさいな」

「うう～っ……」

「あらあら、コロンったら……照れちゃって……ふふふ」

女王にからかわれ、コロンは顔を真っ赤にしてその場に崩れ落ちた。ローグもまた場の雰囲気に呑まれかけるが、なんとか堪《こら》え、女王に宣言をした。

「まぁ、コロンを貰うかどうかは別としまして、グリーヴァとはこれからも仲良くしていきたいと思っています。もちろん、俺個人の意見とザルツ王国の意向は別ですけど、万が一にも戦争にならないように力を尽くします」

ようやく真面目な話に戻り、バレンシアが姿勢を正《ただ》して応じる。

「グリーヴァとザルツが争う可能性はゼロではありませんが、まずないでしょう。ザルツは今、ギルオネス帝国と交戦中ですし。我が国はザルツ王国に食料の輸出もしていますしね」

「そうですか。まぁ……困った事があったら頼ってください。力になりますよ」

「ありがとうございます。ふぅ……はしゃぎすぎたかしら。コロン、ミラ？　少し休みますから……ローグさんと食事をしていらっしゃいな。他の娘達も誘ってね？」

「はい、お母さん。ゆっくり休んでね。ローグ、行きましょ？」

ローグは退室する前に、女王の手を握る。そして、体力強化の魔法【フィジカルアップ】を施した。

「お疲れのようなので、軽いおまじないです。では、また」

そう言い残して、ローグはコロン達に連れられて部屋を出ていった。

一方、部屋に残ったバレンシアは……

「あら……何だか急に活力が漲《みなぎ》ってきましたわ……あの人……コロンには少々勿体ないくらいに良い男ね。ザルツ王国のエリーゼに、ローグをグリーヴァに貰えないか交渉《こうしょう》してみようかしら……それに、国民にも彼の功績を知らせないと！　いつコロンが嫁《とつ》いでも問題がないようにしておくのが、母親としての務めよね」

ローグが使った魔法の効果もあり、女王は精力的に活動を始めるのであった。

†

第一王女ノーラ、第三王女アイシアを交えての昼食会をつつがなく終えたローグは、コロンとミラに城下町を案内してもらっていた。

ポンメルと比べると規模は小さく、全体的に建物も低いが、町行く人々の活気は負けていない。大通りでは、農夫や漁師がその日の収穫物を露店《ろてん》に広げ、威勢《いせい》の良い呼び声を上げている。

王族や貴族であってもコロンやミラは、すれ違う人に挨拶されると気さくに応えた。

「良い雰囲気の町だな。皆幸せそうだ」

ローグの呟きを聞き、コロンが少し得意げに応える。

「田舎だけどね。でも、料理は美味しかったでしょ？」

「あぁ、素材の美味さを上手に引き出した、素晴らしい料理だった。素材が新鮮《しんせん》でなければ、あそこまで美味くはならないだろう。それより、本当に今日は泊まっていっていいのか？」

コロンは頷いて、ローグにこれからの予定を告げる。

「ええ。どうせ、私達もあなたの領地に行く予定なんだし。国境ならすぐだから、急がず明日の朝に三人で向かった方がいいわよ。一度行っておけば、私達も転移出来るようになって便利だし。それに、ローグは城から【転移】で来たから、この辺りの地理なんて分からないでしょ？」

「……まぁ、そうだな。領地に行く前に一度ザルッに帰るつもりでいたが……そうか、こっちからの方が近いんだもんな。分かった、世話になるよ」

コロンはニッコリ笑ってローグに言った。

「じゃあ夜はもっと美味しい料理を出すから、楽しみにしていてね！　今日水揚《みずあ》げされた新鮮な魚の料理よ、美味しいんだから!?」

「川魚はよく食べたけど、海の魚は馴染みがないんだ。楽しみだな」

コロンが自信満々に言うだけの事はあって、夕食に出た魚は絶品《ぜっぴん》だった。

中でもローグが気に入ったのはシンプルな塩焼き。適度に脂が乗り、身がほくほくしていて手が止まらなかった。こんな食事が毎日食べられるなら、この国に永住するのも悪くないと、ローグは本気で考えたほどだった。

†

「ねぇ、ローグ。あなた昨日、お母さんに何かしたの？」

次の日の朝は、そんなコロンの一言から始まった。

朝食の席で顔を合わせたコロンが、ローグに不審の目を向けてきたのだ。

「何かって……何だ？」

「あれよ、昼食に行く前に、お母さんの手を握って何か呟いたでしょ？　あれからお母さん、凄く元気なのよ。今朝《けさ》は少し眠そうだったけど、いつもより早く起きていたわ」

ローグは女王に魔法を使った事を説明した。

「ああ、あれか。体力が戻ってないと聞いたから、魔法で体力を向上させたんだ。動けるようになればじきに本来の体力も戻るだろう」

コロンが感心した様子でローグの顔を覗き込む。

「へぇ～……あなた、色んな魔法が使えるのね。他にも何か使えるの？」

「まあ、色々？」

「はい？　ていうかあなた、迷宮で剣も使ってたわよね!?　魔法使いなのに、剣も使うの？」

「武器も一通り使えるぞ？」

「……あなた、何者なの？」

「ただの冒険者だよ。人より物覚えがいいだけのな」

「はぁ……おかしな人ね。あ、そうだ。お母さんに出発の報告をしてから、あなたの領地に向かうから。それでいい？」

「ん？　あぁ。俺はいつでもいいよ」

承諾を得ると、コロンはミラとローグを連れて女王の部屋に入る。

「お母さん、おはよっ！　これからローグを領地に案内してくるねっ！」

「朝から元気ねぇ……おはよう、コロン。それにローグさん」

「おはようございます。出立《しゅったつ》の挨拶に参りました」

「そう……もう行ってしまうのですね。少し寂しいわ……」

「別れを惜しんでいただけるとは、ありがたいです。何かあれば、【転移】ですぐに来ますので、ご心配なく」

ところが、何気《なにげ》なく発したローグの言葉を聞いて、何故かバレンシアは少し驚いた様子を見せた。

「【転移】……ですか。【転移】は我が国にしか修得《しゅうとく》方法は伝わっておりません。失礼ですが……どこで学びました？」

（しまった……軽率《けいそつ》だったか。機密《きみつ》事項だったらマズい事になるかもしれないな）

ローグは下手《へた》に誤魔化《ごまか》さず、自分の能力を説明した方が良さそうだと考え、女王とコロン、ミラに自分の秘密を全て話した。

「……これが俺の能力です。出来れば他言無用《たごんむよう》でお願いします」

「【神眼】……そんなスキルを持っていたなんて……ローグさんは神に選ばれた方だったのですね……凄いわっ！」

「なるほどねぇ……あなたが何故あんなに強いか、ようやく納得したわ……でも、私としては神と対面しているって事が驚きよ」

バレンシアとコロンはローグを責《せ》めるわけではなく、むしろ理由を聞いて納得した様子だ。

「そんなわけです。ただ、この力を悪用すると天罰が下るらしいので、好き放題出来るわけじゃありません。まぁ、犯罪に手を染めなければ大丈夫だとは思いますが」

コロン達三人は顔を見合わせて、決して他言しないとローグに誓った。

「じゃあ、お母さん。ローグの領地に行ってくるから、ちゃんと休んでてね?」

「はいはい、あ、ローグさん。向こうに着いたら、交易の話を考えておいてくださいね?」

バレンシアは微笑みながらローグに別れを告げる。

「分かりました。なるべく早くまとめます。では……お世話になりました」

ローグもまた笑みを返し、城を後にしたのだった。


城を出たローグ達三人は、まずミラが転移可能なザルツ王国との国境近くの村まで移動した。

「……はい、着きました。向こう側がザルツ王国ですね」

転移役を務めたミラが、あっけらかんと宣言した。

「呆気ないなあ。もうちょっとこう……少し歩きながら景色でも楽しませてくれればいいのに。ここまでの道に何か名所とかないの?」

「……何もないから飛んで来たんじゃない。森と街道、草原だけよ。疲れるだけじゃない」

「あ、はい……すみません」

コロンのもっともな話に、ローグは頷くしかなかった。

「さて、どこに町があるのか……とりあえず、街道に沿って歩いてみるか」

「そうですね、おそらく街道沿いにあると思いますが、私達もこちら側は全く知らないので」

それから三人は、人里目指して街道に沿って歩きはじめた。

昼を少し過ぎた頃に、ようやく町らしき物が見えた。

「お、あれじゃないか？　行ってみよう」

喜び勇んで町へと駆けていき、ローグは最初に見つけた男に声を掛ける。

「すまない、ここは何て町だ？」

「ウルカだ。近々セルシュ男爵って方が治める事になっている。領内では唯一の町だな。まぁ、その男爵様はまだ来ちゃいないんだが。このところずっと領主不在だったからな、これからどうなるのかねぇ……」

「そうか。あと、領主の屋敷ってのはあるのか？」

「ん？　ああ、あるっちゃあ、あるが……まぁ、見たら分かるさ。ここから北にちょっと行った先の坂を上ると見える、少し大きめの屋敷……が領主の館《やかた》だ」

「ありがとう。さて、行きますか。何やら嫌な予感しかしないが」

男に言われたとおりの道を進むと、大きな屋敷が見えてきた。しかし……

「廃墟《はいきょ》じゃん……」

「「廃墟……ですね」」

ローグとコロン、ミラの声が重《かさ》なった。

屋敷は酷く朽《く》ち果《は》てていて、壁は剥がれ落ち、屋根も穴が空《あ》いている。庭の草は伸び放題。門や柵《さく》は鉄の部分が持ち去られてしまい、門の体《てい》を成していない。

「国王め……せめて住むところくらい何とかしておけよ……」

「じ、じゃあローグ、私達は帰るわ。後は頑張ってね。急がなくていいから、またね」

コロンとミラは【転移】でサッと帰ってしまった。

「冷たいなぁ……まぁ、王女をここに泊めるわけにはいかないもんな。さて、まずは大工から探しに行きますか。それと、ポンメルで工具の買い出しと資材の確保だな」

さっそくローグはウルカの住人に声を掛け、大工を探す。

小さな町なので、目当ての人物はすぐに見つかった。

人口は多くないが、他の町からは遠いので、簡単な家の修繕などはなるべく自分達で解決するのだそうだ。とはいえ、民家の修理ならともかく、廃墟と化した屋敷を元通りに出来る人材はいない。

ローグは大工にスキルを見せてもらい、自分で作業することにした。

スキル【大工／レベル：ＭＡＸ】を入手しました。

その後、ローグは一度ポンメルへと転移し、修復に必要な資材を片っ端から集めた。

いっそ廃墟を潰してカプセルハウスを置いたほうが快適ではあるが、外観が小さな小屋では領主の威厳も何もあったものではない。だから残念ながらこの案は却下《きゃっか》だ。

ポンメルで資材を揃えたローグは、屋敷に戻った。

まずは屋根や外壁《がいへき》の修理からはじめる。

鉱山で採掘した時に集めた土砂に、火山灰や骨材を混ぜ合わせてコンクリート状の物を作り、傷んだ壁を全て張り替えた。屋根も古い物を外《はず》し、粘土質の土を高温で焼き固めた瓦《かわら》を並べる。

伸び放題になっている庭の草木は、風魔法で刈《か》り飛ばした後、魔法で土を圧縮して整地した。鉄柵《てっさく》は工房で作って来た物を嵌《は》めるだけ。

一人で家一軒改築《かいちく》しようとするのだから、いくらスキルがあっても時間は掛かる。

ローグは庭にカプセルハウスを設置し、そこで休みながら日々改築に勤《いそ》しんだ。

ちなみに、カプセルハウスは収納中でも中で普通に生活が出来る。ただし外には出られないという制限がかかるが。アース達はあまり人と関わりたくないようで、最近はカプセルハウスの中で生活している。

外観をある程度整え終えたところで、ローグは初めて屋敷の中に足を踏み入れた。

「きったねぇ！　何だこれ⁉　埃《ほこり》と蜘蛛の巣だらけじゃねえか⁉　う～わ～……床が白いわ……」

ローグは埃にむせながら窓を全部開け、アクアを呼んだ。

「アクア、この屋敷の中、全部流してくれ」

《え～！　イヤよ‼　ばっちぃ～！》

「頼むよ、神和国産『鬼斬《おにぎ》り』やるからさ～」

ローグが切り札《ふだ》を出すと、アクアは即座に了承した。

《はい、喜んで～。全部流せばいいのよね？　【アクアストーム】！》

スキル【アクアストーム】を入手しました。

屋敷の中が水流で満たされ、洗濯機《せんたくき》状態になっている。開放された窓から大量のゴミと共に、黒く濁《にご》った水が流れ出す。
「アクアー！　水が綺麗になるまで続けてくれー！」
《高いわよー！》
「終わったら好きなだけくれてやるよー！　早く終わったら飲み放題だぞー！」

ローグがけしかけて、水の勢いが増した。しまいには、窓じゃない所からも水が出はじめる。

「あそこは脆《もろ》くなってんのか？ 補修《ほしゅう》が必要だな。はぁ……一から作った方が早かったかもなぁ」

乱暴な水洗いを終えたローグは、新たに発見した破損《はそん》箇所を修理すると、次は屋内《おくない》の乾《かん》燥《そう》に取り掛かった。

生活魔法の【ドライ】を駆使し、屋敷内全体を乾《かわ》かしていく。

元からあった家具類は全て廃棄《はいき》し、さらに床板と内壁も全て張り替える。壁は白の石膏《せっこう》で塗《ぬ》り固め、床は防腐《ぼうふ》処理を施した板を並べた上に、ふかふかの絨毯を敷いた。

ローグは各部屋を順番に回っていき、内装を整える。調理場にあった物も全て破棄し、代わりに迷宮で入手した魔導具を並べた。魔力があれば使える分、薪代《まきだい》がかからず、お手軽だ。

ローグが厳選《げんせん》した調理器具、自作の包丁セットを並べると、キッチンは見違えるように綺麗になった。

「何か……料理屋の厨房《ちゅうぼう》みたいな感じになってしまったが、食は大事だからな。うん」

その後も、ローグはトイレを魔導具に変えたり、浴室を広く改築したりと、忙しかった。

家具は後で買い足すとして、空室《くうしつ》には絨毯と明かりのみ設置しておく。

そうして、全ての改装作業を終えたのは、一週間が過ぎた頃であった。

「で、出来たぁ……！　完成だっ！」

ローグが完成した屋敷を見て感慨《かんがい》に浸《ひた》っていると、何人かの住人が屋敷を見に来ていた。

「おぉ、兄さん、完成したのかい⁉　すげぇなぁ……一人で廃墟を改築するたぁ……」

「あぁ、大変だったよ……まぁ、中はまだ空《から》っぽだけどね。あ、言い忘れてた。俺がこの領地を預かる事になったローグ・セルシュだ。よろしく」

「「ア、アンタが領主様だったのかい⁉　ははー‼」」

その場に居合わせた住人達が一斉に頭を下げた。

「そんなに畏《かしこ》まらなくてもいいよ、前がどうだったか知らないけど、今まで通りで頼むよ。堅苦《にがて》しいのは苦手なんだ。和《なご》やかにいこう。それと、俺が領主になる前に町を纏めていた人はいるかな？　改めて、挨拶をしたい」

「は、はぁ。それなら、町長のところに案内しますよ？　今から行きますか？」

「あぁ、向かうついでに、この町の事も教えてくれ。人数とか、産業とかをさ」

「え～と、住人は全部で二千人くらいかな。町には宿屋、武器防具屋、雑貨屋、教会、酒場、冒険者ギルドと薬剤師ギルド、魔導具ギルドなんかがありますね。近くにダンジョンがあるので、辺境《へんきょう》だが結構冒険者達が来るんですよ。産業は、山から岩塩、森から木材が採れます。後は畑で小麦や野菜を育てていて、それと牧場ではミルクと養鶏《ようけい》かな」

「屋敷はボロかったけど……意外としっかり機能しているみたいだな。やる事ないんじゃないか、俺。町長が優秀なのか」

あれこれ町について聞いているうちに、一行は町長の屋敷に到着した。

「ここが町長の家です。じゃあ、あっしらはこれで」

「ありがとよ。今度酒場で飲もう。一杯奢るよ」

「ははっ、ありがてぇ。んじゃな、領主様っ！」

案内してくれた人達は帰っていった。

「さて、町長はどんな人物なんだろうねぇ」

こうしてローグは、今まで領主不在の町を纏めてくれていた町長宅に入っていったのだった。

第三章　領地開拓

屋敷の改築をひとまず終えたローグは、町長宅の玄関前にいた。

「は～い、少々お待ちください。今、行きます」

扉をノックすると、女性の声で返事があった。

「お待たせしてすみません。ちょっと立て込んでいたもので……あら、あなたは……見ない顔ですね？」

中から現れたのは、背中まであるストレートロングの黒髪で、眼鏡の良く似合う女性だった。清潔《せいけつ》そうな白いシャツにグレイのタイトな膝上のスカートを纏っていて、年齢は……二十歳くらいだろうか。

「私は新たにこの領地の領主に任命された、ローグ・セルシュと申します。あなたがこの町の長《おさ》でしょうか？」

ローグが名乗ると、女性は少し警戒の面持《おもも》ちで応える。

「……はい。私が今町長をしているクレア・バランタインです。先月までは父が町を治めていましたが、病死しました。母は幼い頃に亡《な》くなっています。それで、新たな領主様との事ですが、あなたの役割は何ですか？」

クレアはあからさまにローグを観察していた。

「役割と言われても、つい先日までは一般人だったもので、正直何も分かりません。一応、領地の管理、運営、改善が役割だと認識しています。運営に関しては、数日したらハレシュナ公爵家から三人、その道に通じた娘達が来る予定です。管理についてはこのままクレアさんにお任せしますから、改善については何か要望があったら私に言ってください。出来るだけ解決しますので」

ローグの答えを聞き、クレアはようやく警戒を解いた。

「ふぅ……あなたはどうやら良い方《かた》みたいですね。今までここに来た領主はどうしようもないクズばかりだったので。さっそくなんだけど、ローグさんって呼んでも大丈夫かしら？　私の事はクレアでいいわ。長い付き合いになりそうだし、堅苦しいとお互い疲れるでしょ？」

「……分かった、クレア。こんな感じ？」

クレアはニッコリと笑って答えた。

「オッケーよ、ふふっ。じゃ、さっそくなんだけど、今この町にはあまりお金がないの。いきなり増税ってのは、なしでお願いね？　町の住民も皆ギリギリで生活してるのよ。国に税を治めて、その残りで何とか日々生活してるから」

「ん？　あぁ。毎年納めてる税金はいくらなの？」

「……私の書斎《しょさい》に行きましょう。資料があるから、それを見てちょうだい」

ローグはクレアに連れられて書斎へと向かった。

渡された資料に目を通しながら、ローグが質問する。

「税金は住民全員から集めているのか？」

「いえ、成人からしか税は集めていないわ。成人一人につき、年に大金貨一枚。個人の年収は人によりけりだけど、大体白金貨二枚くらいかな。町が国に納めるのは虹金貨一枚と黒金貨五枚ね。町の収入が増えれば、その分個人の税を減額出来るわ」

「なるほど……逆に何も収入がない町だと税金が厳しくなるから、人が少なくなっていくのか。町自体の収入は？」

「残念ながら、近場に良い取引先がなくて、岩塩や木材は宝の持ち腐《ぐさ》れ状態ね。当然、稼ぎもほとんどないわ。今は自分達で作って、消費しているだけなの」

「なるほど……グリーヴァ王国と取引する気はあるか？　関税なしで優先して取引してくれるそうなんだけど」

クレアはローグに掴みかからんばかりの勢いで話に食いつく。

「それ、本当にっ!?　岩塩や木材も関税なしで買い取ってもらえるの!?」

「ちょっと落ち着いてくれ……！　すぐに向こうのお偉いさんを連れてくるからさ」

「へ？　誰を連れてくる気⁉」

ローグはクレアの返事も聞かずに【転移】でバレンシアの居室へと飛んだ。

女王は机で何かの書類に目を通している最中のようだ。

「あら？　ローグさん？　どうされました？」

突然の訪問にもかかわらずバレンシアは驚きもせずに、にこやかにローグを迎えた。

「突然すみません。交易の件で話があるので、一緒に来てくれませんか」

「あらあら、ローグさんならいつでも歓迎よ。交易の話をするのは構いませんが……えっ？　ローグさん⁉」

ローグはバレンシアの手を取り、再びクレアの書斎へと飛んだ。

「もぉ……強引なんですから……あら？　ここは？」

女王の顔を見るなり、クレアが真っ青《まさお》な顔で土下座《どげざ》した。

「まさか……グリーヴァの、じょ、女王様⁉　わわ、私はウルカの町の長、クレア・バランタインと申しますっ！　この度はこのような場所にお越しいただき……」

「別にいいのですよ？　他ならぬローグさんの頼みですもの。ふふっ。で、交易の件ですね？」

「ええ、買っていただきたい品がいくつかありまして、条件を確認させてほしいんですよ」

ローグは頷いて、視線でクレアを示した。女王は柔らかな笑みを浮かべ、クレアに質問する。

「どんな品がありますの？」

「は、はいっ！　北にある山で採取される岩塩と、木材です」

「ん～、木材は間に合っているから……岩塩なら買うわ。グリーヴァは主に海水から塩を作っているけど、岩塩があれば料理の幅《はば》が広がりそうだし。一キロあたり金貨一枚でどうかしら？　限度額は……年に黒金貨五枚で良いかしら？」

「か、買ってもらえるなら大丈夫です！　ありがとうございますっ！」

「今度娘と護衛をこちらの領主館に住まわせるから、他にも何か買ってほしいものがあったら、彼女達に言ってちょうだいね？」

「へ？　あ、はいっ！　ありがとうございました！」

隣国との初めての取引は、慌ただしく終わった。

「いきなりですみませんでした。今度何かで埋め合わせしますよ」

「あら、それは楽しみね？　ふふっ。では戻りましょうか。ご機嫌よう、クレアさん」

「は、はい！」

ローグはバレンシアの手を取り、再び寝室へと転移した。

「ただいま……って、何ぼ～っとしてるんだ？」

ローグが町長宅に戻ると、クレアは放心状態で立ち尽くしていた。

「へ？　お、おかえりなさい……あなたね……隣国の女王をいきなり連れて来るなんて……何者？」

「あぁ、女王と第二王女の命を助けた事があるだけさ」

クレアはソファーに腰を下ろし、お茶を啜《すす》った。

「これで黒金貨五枚分の収入が見込めるから、国に納める税は虹金貨一枚。一人金貨七枚くらいまで徴収額《ちょうしゅうがく》を減らしてもお釣りが出るわ。それで町の整備《せいび》をして……」

クレアは羊皮紙《ようひし》に何か描き込みながら計算しはじめた。その様子から、なかなか優秀な仕事ぶりが窺える。細々した実務は、彼女に任せて大丈夫だろう。

「クレア、俺の仕事は大体こんな感じでいいのか？」

「そうね、外交と……後は町の人から何か要望があったらそれを纏めて持って行くから、精査《せいさ》して対応してちょうだい」

「なるほど……これくらいなら冒険に支障はなさそうだな。時々姿を消すと思うけど、週に一回は帰るようにするから、何かあれば頼ってくれ。あとこれ……」

ローグはテーブルに虹金貨を十枚置いた。

「………!?」

「好きに使ってくれ。迷宮に入るとすぐに貯《た》まるから気にしなくていいよ。武器を売った金も入る予定だし。ああ、あと領主館をもう少し広げてもいいかな？　鍛冶のための作業場を造りたいんだよね」

クレアは心ここにあらずといった様子で、虹金貨を握り締めながら、ただこくんと頷いた。

「じゃあ、何かあったら知らせに来てくれ。またな」

クレアは時々怪しく笑いながら、ぶつぶつと何かを呟きながら考えている。

「これだけあれば……しばらく……徴税《ちょうぜい》なしでも……家の……引っ越し……ぶつぶつ……」

傍目《はため》には大層不気味なクレアを残して、ローグは館へと帰っていった。

†

領主館の拡張の同意は得たので、すぐに作業に取り掛かる。

まず屋敷の裏手の塀《へい》を取り払い、敷地《しきち》を元の二倍くらいの広さまで拡張。地面を更地《さらち》にし、大工スキルを駆使して鍛冶場と精練場《せいれんじょう》、加工場と倉庫と、次々建設していく。全て完成させるまで三日掛かった。

「出来た……これで家にいながら鍛冶や加工が出来るな。さて、ん？」

作業を終えた頃、屋敷の門の前に人影が見えた。ローグが汗を拭《ぬぐ》いながら門に近づいていくと、向こうも彼に気付いたようで、ぺこりと頭を下げる。

「あ、ローグさん！　今日からこちらにお世話になるわ」

そこにいたのは、先日会った町長ことクレアその人であった。

見ると、背中と両腕に大きな荷物を抱えている。

「クレア？　お世話になるって……どうしたの？　家は？」

「売りに出してるわ。やはり、領主と連携《れんけい》を密にするためには、近くにいた方が良いかと思って。ローグさんが冒険に出ても、ここに住んでいれば、色々と対応しやすいでしょ？迷惑だった？」

「いや、その方が俺としても助かるけど……いいの？　未婚の女性が男の家に転がり込むなんて。もっと身持ちの固い女性かと思っていたよ」

「あら、ローグさんは私に何かする気？」

「別にそういうつもりはないけどさ……ま、どうせ部屋は余ってるし。クレアがいいなら、空《あ》いてる好きな部屋を使ってくれて構わないよ」

「ええ、よろしくね、ローグさん」

クレアは二階の端の部屋を選んだ。衣類等はクレアが自分で持ち込み、家具や机はローグが魔法の袋から取り出し、部屋に並べた。

「結構広くて良いわね。あと、このベッド……凄く寝やすそう」

「迷宮で拾った魔導具だよ。全ての部屋に設置してある」

クレアは興味深そうにベッドを手で押して硬さを確認する。

「へぇ～……魔導具もあるのね……他の部屋も案内してもらっていいかしら？」

「あぁ。じゃあ、ついてきて」

ローグはクレアをキッチンや風呂、トイレ、食堂やリビングなどに案内する。彼女は見た事がない魔導具に興味津々《きょうみしんしん》らしく、何か見つける度に詳しく使い方を聞いてきた。

「魔導具って凄いわね！　皆にも広めたいけど……数はそれほどないのよね？」

「まぁね……これは迷宮でしか手に入らないし、作るには凄く手間が掛かる。ドワーフでもいればな」

「ドワーフかぁ……今度町の人に何か知らないか聞いてみるわ」

「あぁ、よろしく頼む。作れるようになったら魔導具店でも出店しようか。新たな財源《ざいげん》にもなりそうだ」

「それは良いわね！　あぁ、町が栄《さか》える未来が見えるわぁ」

クレアがウルカの繁栄《はんえい》を夢想《むそう》してトリップ状態になっているところに、玄関をノックする音が響いた。また誰かがやって来たらしい。

「今日は随分来客が多いな」

ローグがクレアを連れて玄関に向かうと、三人の女性の姿があった。

公爵家の三姉妹だ。先陣を切ってフローラが口を開く。

「お久しぶりです、ローグさん。フローラ、リーゼ、マリア、ただ今到着しました。あ、これは父が国王から預かった武具の代金だそうです」

中には虹金貨が十枚入っていた。

「武具は在庫処分のつもりだったたし、こんなにいらなかったんだけどなぁ……でもまぁ、よく来てくれた。歓迎するよ。荷物は？」

「はい、こちらの魔法の袋に」

「分かった、屋敷を案内するよ。あと……この人は、町長のクレア。今日から屋敷に住み込みで、実務を担当してもらう」

「初めまして、クレア様。私はローグ様の婚約者で、ハレシュナ公爵家のフローラと申します。こちらは妹のリーゼ、マリアです。これからよろしくお願いいたします」

「はい。私はこの町の長を務めている、クレア・バランタインと申します。よろしくお願いします」

一通り挨拶が終わろうかというまさにその時、大量の荷物を持った人物が更に二人転移してきた。

「あれは……コロンとミラか。やれやれ、今日は来客が多いな……」

玄関で話し込んでいるローグを見つけ、コロンが手を振って駆け寄ってくる。

「あ、ローグー！　来たわよ？　あの廃墟が随分綺麗になったじゃないの？　凄いわねえ……」

「荒れ具合を見てすぐにいなくなったよなぁ、コロン」

ローグに責められて、コロンが肩を竦《すく》める。

「あ、あはは。ごめんごめん」

そこにフローラが声を掛けてきた。

「あの、ローグさん。こちらのお二人は……？」

「あぁ、グリーヴァ王国の第二王女コロンと、騎士のミラだ。グリーヴァ王国との交易の担当者として、屋敷に住まわせる事になっている」

その後、再度全員で挨拶を交わし、皆を部屋に案内した。フローラ達の部屋はクレアの向かい側で、コロン達はクレアの隣から二部屋だ。

「中も綺麗ねぇ……相当大変だったんじゃない？」

以前の屋敷の惨状《さんじょう》を知るコロンが感心したように呟いた。

「あぁ、幽霊《ゆうれい》も裸足《はだし》で逃げ出すほど汚かったよ……水竜に綺麗に洗い流してもらって、壁や床は全て作り直した。ベッドやトイレ、風呂、キッチンは迷宮産の魔導具だ」

「へぇ～……私がいた階より奥で出たのよね？」

「あぁ。アンブロシアを当てるのに九十階層辺りで狩りまくってたからな。その副産物だ」

「……相変わらず凄いわねぇ……あ、そうだ。お母さんがあなたによろしくってさ。それからこれ、私達の生活費だそうよ」

中には白金貨が五枚入っていた。平民の年収の倍以上ある。

「娘にどんな暮らしをさせる気だよ、あの人……とりあえず、それはコロンが持っていてくれ」

†

一気に人数が増えて屋敷は賑《にぎ》やかになったが、そうなると、身の回りの世話をする執事やメイドが必要になってくる。何しろ、クレアとミラはともかく他の四人は王族に貴族の娘とあって、日頃から世話係に囲まれた生活を送ってきたのだ。四人とも気にしなくていいとは言うものの、不自由な暮らしをさせてはアランやバレンシアに申し訳が立たない。

ローグはさっそくアランの屋敷に転移して、執事とメイドを派遣してもらえないか頼んだ。

すると、ちょうど三姉妹の世話にあたっていた者達の手が空《あ》いているとの事で、快《こころよ》く手配してくれた。さらに、ローグはもう一箇所、別の場所にも転移する。

彼が訪れたのは、以前、ケルベロスを名乗るチンピラと揉《も》め事になっていた、ポンメルの料理屋だ。

店員のアンナがローグの顔を見て、喜びを露わにする。

「いらっしゃい……って、ローグさん！　いえ、ローグ男爵様、お久しぶりです！」

「ローグさんのままでいいよ、アンナ。親父さんはいるかい？」

「は、はいっ！　お待ちください。お父さ～ん！」

アンナが呼ぶと、奥から店主のバーグが顔を出した。彼はローグを見た途端、笑みを浮かべる。

「おお、男爵さん。闇ギルドの件以来だな。今日は食事かい？　がははっ」

「いや、コックを探しに来たんだ。実は俺、グリーヴァ王国との国境付近に領地を貰って、屋敷を構えたんだ。そこで、美味い食事を提供してくれる人を探しているんだけど、誰か良い料理人を知らないか？」

バーグはアンナを見て、ニヤリと笑う。

「それなら、うちのアンナを連れていくといい。そりゃもう、みっちりと仕込んだからな。

もう少しで【調理】スキルもMAXだぜ？　どうだ？」

「それは凄いな！　でも、店は大丈夫なのか？　それとアンナの意思は？」

「だ、大丈夫です！　もともと狭い店ですし、お父さんの怪我が治ったら、どこかで働こうと思ってたんです。ぜひ連れていってくださいっ！」

バーグはアンナを手招きで呼び寄せて耳打ちする。

「これはチャンスだぞ、アンナ。しっかり胃袋掴んできやがれ。こんな事もあろうかと、お前には様々な料理を仕込んだんだ」

「分かってるよ、お父さん。無駄にしないように、頑張るっ！」

「がははっ、次は来るときは孫も連れて来いよ」

「もうっ！　すぐそっちの話をするんだから！」

話を終えたバーグは、親しげにローグの肩を叩いた。

「娘をよろしく頼むぜ、ローグさん。何ならそのまま貰ってくれていいからよ？　はっはっは」

「バーグさん、それはどういう意味で言ってるのかな？　まったく……とりあえず行こうか、アンナ」

「はいっ！　不束者《ふつつかもの》ですが、末永くよろしくお願いします」

ローグが手を差し出すと、アンナは殊勝《しゅしょう》な様子で頭を下げた。

「――って、結婚の挨拶か⁉　まぁ、よろしく。じゃあまた来ます、バーグさん。【転移】！」

ローグとアンナが消えた空間を眺めながら、バーグが呟く。

「頑張れや、アンナ。さて、今日も忙しくなりそうだ」

店主は腕捲りをして、今日もまた美味しい料理を作るのであった。

†

さっそくアンナを連れて戻ったローグだったが、彼女が荷物を何も持ってこなかった事に気付いた。

「すまない、気が利かなかったな。すっかり忘れていたよ」

「いえ、どうせ大した物は持っていませんし、こちらの町でも売っていると思うので……」

「あぁ、なるほど。じゃあ、今から買いに行こうか」

「ローグさんの仕事は大丈夫なんですか？」

「今はまだそんなに仕事はないからね。さぁ、行こうか」

と、ローグはアンナの手を取って、歩き出す。

「ロ、ローグさん？　手、手⁉」

「あ、ごめん。転移の時の癖《くせ》でつい……」

「い、いえ、むしろご褒美というか……ごにょごにょ……」

「？　とりあえず、町を案内するよ」

二人はまるでデートでもしているかのように、町を歩いた。

アンナに必要な物は全てローグが購入した。着の身着のままで連れてきてしまったのだから当然だ。荷物は魔法の袋に入れ、いくつかの店をはしごする。

「あの、ローグさん。こんなに買っていただいていいのでしょうか？」

「あぁ。都合も聞かずに連れてきてしまったし、これから働いて貰うんだから、このくらい当然だよ。何か他に欲しい物はない？　何でもいいよ？」

「あの……じゃあ、服とか見たいな……」

「オーケー、行こうか。こっちだ」

ローグは町にある衣料品店へと向かった。衣服を扱う店は町に一軒しかないが、老若男《ろうにゃくなん》女《にょ》全ての衣料品を揃えているので、なかなか規模が大きい。

「凄く大きな店ですね～。あ、この服可愛い」

さっそく店員の女性が話し掛けてきた。

「よろしければ試着も可能ですよ？　本日はデートですか？　ふふふ」

「デ、デデデ、デートなんて、そんな……！」

店員の言葉に顔を赤らめるアンナを横目に、ローグは話を進めていく。

「すまないけど、彼女に似合いそうな服を見繕《みつくろ》ってくれないか？　この町で暮らすのにどのくらい服が必要か分からないから、とりあえず一式持ってきてくれ。全部買うよ」

「あら、良い彼氏さんですね。羨ましいわぁ。分かりました、お客様、こちらへどうぞ」

店員とアンナは奥の試着室へと移動した。

「とりあえず、今着ている服しかないとの事ですので、下着類から始めましょうか」

「は、はい」

店員はアンナをカーテンの向こうに連れて行き、棚《たな》から商品を次々運んでいった。

「お待たせいたしました。こんなのはいかがです？」

と、店員はカーテンを開いたが……

「き、きゃ……!?」

アンナは今まさに下着を脱ごうとしていたところだった。ローグは慌てて目を閉じる。

「あらあら……わ、私しばらく他の服を探して参りますので～！」

店員は慌ててカーテンを閉めると、一目散《いちもくさん》に走り去った。

取り残された二人は、カーテン越しに気まずい会話を続ける。

「すまない、アンナ」

「見ました……よね？」

「あ、あぁ。悪気はなかった」

「もう……お嫁《よめ》に行けません……ぐすっ……」

「泣くなよ……悪かったよ。もし貰い手がなかったら、俺が責任取るからさ……」

（え……⁉　本当に⁉　やった！　やったわ、お父さん！）

試着室の中でもぞもぞ動いている様子のアンナに、ローグが首を傾げる。

「ど、どうした？」

「え？　あ、な、なんでもないです。……じ、事故なので、今回は許しますっ。お詫びに今度何か言う事を一つ聞いてくださいね」

「分かった、約束だ」

そこに店員が大量に服を抱えて戻ってきた。

「先程はすみませんでした……お詫びと言ってては何ですが、全て三割引きとさせていただきますので……」

「今回は見逃すけど、次はないからな？」

ローグに釘《くぎ》を刺され、店員が平伏《へいふく》する。

「は、はぃぃぃぃっ！」

その後、店員が持ってきた服からアンナに似合いそうなものを選び、全て購入した。

「あ、ありがとうございました～」

三割引きとはいえ、なかなかの数を買ったので、店側もホクホクだ。

「はぁ……妙に疲れたな。次はポンメルかグリーヴァで買おう」

ローグはぐったりしていたが、アンナは逆にご機嫌だった。

「あ、さっきの願い事、決まりました」

「もう？　で、どんなお願いだ？」

「えっと……たまにでいいので……またこうやって二人でお買い物に出掛けたいかなって」

「なんだ、そんな事で良いのか。それならお安い御用《ごよう》だ。いつでも声を掛けてくれ」

「あ……は、はいっ」

アンナは笑顔でローグの腕に抱きつくのであった。

†

買い物を終えて屋敷に戻ったローグは、アンナの部屋に家具を設置し、改めて皆に紹介した。

アンナの部屋は厨房に近い方が便利だろうと考え、一階に決まった。

……その日の夜。

フローラが音頭《おんど》を取って、メイドなどを除いた屋敷の女性陣が一部屋に集まり、話し合いの場が持たれた。集まったのは、フローラ、リーゼ、マリアの三姉妹に、コロン、ミラのグリーヴァ組、町長のクレアに、アンナを含めた七人。

「第一回、淑女《しゅくじょ》協定の話し合いを行います。まずは、ここにいる全員、ローグさんの事が好きで、結婚したいと考えている……という事でよろしいですか？」

フローラの質問に、クレアが手を挙げて答える。

「ちょっと待って？　私は違うわよ？　仕事で必要だからここに住んでいるだけよ。まぁ、嫌いではないけど、結婚は考えていないわ」

「なるほど、分かりました。他にはいらっしゃいませんか？」

ミラが手を挙げた。

「わ、私も違います。私はコロン様の護衛として来ているので。結婚とか、そんな大それた事は考えてはいません。うん……」

「あら、そうでしたの？　ローグさんに惚れていると思ったんですが……まぁ、いいでしょう。他にはいらっしゃいませんか？」

残りは誰も手を挙げなかった。

「分かりました。結婚を考えているのは、私、リーゼ、マリア、コロン様、アンナさんの五人ですか。私と妹達は既に婚約しておりますが、他に約束がある方はいますか？」

アンナが小さく手を挙げた。

「今日、彼が他に貰い手がいなかったら貰ってくれるって……他に良い人なんていないし、受けようと思います」

続けて、コロンが視線を逸《そ》らしながらブツブツ呟く。

「わ、私はお母さんが勝手に……で、でもローグがどうしてもって言うなら、別に構わないわ」

「なるほど。では、候補者《こうほしゃ》はこの五名で確定ですね。次に、私達の中でのルールを決めましょうか」

フローラの提案に、他の四人の候補者が首を傾げる。

「「「「ルール？」」」」

「はい。優しいローグさんの事です。一度でも肌を重ねれば、そのまま責任を取って結婚しようと言い出しかねません。なので……抜け駆けを避けるためにも、こちらから誘うのは禁止とさせていただきます。よろしいでしょうか？」

コロンが挙手《きょしゅ》して質問を口にする。

「ルールを破った場合はどうなるの？」

「……そうですねぇ。結婚を決めるのはローグ様ですが、ルールを破った者は自主的に正《せい》妻《さい》の座を降りるという事でどうでしょう？」

「「「「……意義なし」」」」

満場一致《まんじょういっち》で可決した。

「では第一回の会議はこれで。次は正妻について話し合いましょうか。お疲れ様でした」

正妻の座を巡《めぐ》る女達の戦いが始まった事を、この時のローグは知る由《よし》もなかった。

†

最初の会合が開かれて以来、連日連夜、婚約者達による会合が繰り返され、最低限のルールが定まったようだ。

・正妻はローグに決めてもらう。
・ローグが新たな嫁候補を増やしても、極力《きょくりょく》認める。
・あからさまな誘惑は禁止。自分からは求めない。
・足の引っ張り合いはせず、皆でローグの力になる。
・これらに違反《いはん》した者は、ローグに指名されたとしても、正妻を辞退《じたい》する。

この話は、興味本位で会合を覗いていたアクアによって、ローグにも伝わっていた。

「何て恐ろしい会合を開いていたんだ……」

《それだけ愛されてるって事じゃないの～？　色男さん、くふふ》

「お前らは気楽でいいよなぁ。さて、今日はウルカの冒険者ギルドに行ってみるか。この町の統治は彼女達に任せるとして、俺は魔導具を量産出来る職人がいないか探す。せめて、トイレと風呂くらいは普及《ふきゅう》させて、衛生面を改善したいよな」

　この世界ではあまり風呂が普及しておらず、湯に浸したタオルで身体を拭《ふ》くか、井戸水を汲んで頭を洗う程度の事しかしていない。貴族は風呂を持っているが、平民には高嶺《たかね》の花《はな》なのだ。さらに、トイレは穴を掘って木で蓋《ふた》をしただけの簡易な物が一般的であり、臭いも酷かった。夏には虫が湧き、とても清潔とは言えない。

　ローグはまず一般家庭にも衛生面においては貴族と同水準の生活をさせようと考えた。衛生面が向上すれば、疫病《えきびょう》等も減るので、最優先で取り組むべき課題だ。

「計画のためにも、この魔導具を再現出来る職人を増やさないとな。何か情報があればいいけど」

　町の冒険者ギルドへと到着したローグは、扉を潜《くぐ》って受付の職員に声を掛けた。

「すまない。ちょっと知りたい事があるんだけど、誰に聞けばいい？」

「はあ……ランクは？」

　他の仕事で忙しいらしく、受付の女性は片手間に応対した。ローグはこの町の領主だが、皆の前で演説したり挨拶回りをしたりしたわけではないので、顔を知らないのも無理はない。

「一応プラチナランク冒険者で、この町の領主をしている、ローグという者だ」

「プ、プラチナ⁉　り、領主⁉　す、すぐにギルド長の部屋にご案内いたします！」

　受付職員は慌てて姿勢を正《ただ》すと、ローグを二階に案内した。

「マ、マスター！　領主様がお見えです！」

「領主が？　開いてるぞ、入って来い」

「は、失礼します」

　受付職員に続いて中へ入ったローグは、ギルド長の顔を見て驚いた。

「あれ？　確か……首都ポンメルのギルマス？　何故ここにいるんです？」

　ポンメルのギルド長と瓜二つだったのだ。ギルド長はローグを見て笑う。

「がっはっは。やっぱりな、似てるだろ？　いやぁ、失礼した。俺はポンメルのギルド長の双子の弟だ。お前さんの話は散々兄貴から聞かされたよ」

「ちょっと驚きましたよ。これからはこちらで世話になるので、よろしく頼みます。で、さっそく聞きたい事があるんですが……」

「おう、何が聞きたい？　知ってる事なら教えるぜ？」

ローグは魔法の袋からトイレの魔導具を取り出し、ギルド長に見せた。

「これは何だ？」

「ある迷宮で手に入れた、トイレの魔導具です。用を足した後にボタンを押すと、中身が消えます」

初めて見る魔導具に、ギルド長は首を捻る。

「はぁ？　トイレ？　これが？　ふ〜む……見ただけじゃ分からんな……おいお前、使ってみろ」

受付の女性は顔を赤くして反抗した。

「で、でで、出来るわけないでしょ⁉　セクハラで訴《うった》えますよ⁉」

「誰がここでやれっつったよ⁉　見たくもないわ！　別室行け、別室！」

しばらくすると、女性職員が戻ってきた。

「おう、どうだった？」

ギルド長に聞かれ、職員の女性は渋々ながら答える。

「ちょ……領主様の前でそれを聞きますか⁉　……でも、正直凄い魔導具です。これが広まれば町から排泄物《はいせつぶつ》の臭いが消えるでしょう。また、穴も掘らなくていいし、汲み取りも必要なくなります。子供の転落死などもなくなるはずです」

「それは良い！　で、ローグ。コレをどうする気だ？」

「量産して売り出そうと思ってます。他にもいくつか広めたい魔導具があるんですが、まずは、コレを作れる職人を探しています」

「ほぉ～、普通の鍛冶職人じゃ無理だな。するってぇと、ドワーフか……なら、うってつけのがいるぜ？　ちょっと難儀《なんぎ》な奴らだがな……」

ギルド長は二階の窓から見える山を指差した。

「北の山にある洞窟に、かつて名工と謳《うた》われたドワーフの一族が住んでいる。奴らは自分達が認めた相手としか会話はしねぇ。ま、酒でも持っていけば話くらい聞いてくれるかもしれんが。せいぜい頑張りな」

「洞窟ね。ありがとうございます。量産出来たら知らせるんで、買いに来てください。では、失礼します」

そう言うと、ローグはギルドを出て、アースにまたがり洞窟に向かって飛んでいった。

「……ありゃあ、領主なんて器《うつわ》じゃ納まりきれねぇぞ。懇意《こんい》にしておいて損《そん》はねぇな。よし、アイツ向きの仕事を片っ端から準備しろ！　普通の冒険者に無理そうな国の依頼は全部アイツにくれてやれ！　このギルドからゴッドランクを出してやるぜ！　がっはっは」

「ゴッドランク……ですか！　分かりましたっ！　依頼書を漁《あさ》ってきます！」

ローグが去った後、こんな会話がされたのだった。

†

辺りが赤く染まりはじめた頃、ローグは山の洞窟へと到着した。

洞窟からは明らかに酒の臭いが漂ってきている。

「うっ……酒くせぇ～……まぁ、いるにはいるのか。さて、どうなるやら」

ローグは覚悟を決めて洞窟の中へと足を踏み入れる。

奥へ進むと、開けた場所が見えてきた。明かりがついていて、人の気配もある。

「アレか？」

ローグは奥に向かおうとしたが、立派な髭《ひげ》を生やした男二人が道を塞いだ。

「止まれ、人間！　ここは我らドワーフの地。このまま先へ進む事は罷《まか》りならん！　早々に立ち去れぃ！」

斧を構えてローグに対峙するドワーフの二人。

「待て、争いに来たわけじゃないんだ。出来ればそちらの代表者と話がしたい。どうにか会わせてはもらえないだろうか」

「ならん。帰れ。我らは人と馴《な》れ合う気はない！」

ローグはギルド長の助言に従って袋から酒瓶を取り出した。

「仕方ないなぁ～……せっかく手土産《てみやげ》にと神和国産の酒を持ってきたのになぁ～……残

念だ」

二人はその言葉に反応し、ごくっと喉《のど》を鳴らした。

「わ、我らも鬼ではない。が、少しそれを見せてもらえんか……の？」

「ん？　いや、会えないんなら見せても仕方ないだろ？　これにワイバーンの唐揚げなんかあわせたら、酒飲みには堪《たま》らないだろうなあ……いや、残念だ」

ローグはこれ見よがしに魔法の袋から唐揚げを取り出し、小さなグラスになみなみと酒を注ぐ。

「「……ごくっ」」

二人のドワーフはとうとう小声で何か相談しはじめる。どっちが呼びに行くか決めているみたいだ。

「どうしたのかな？　もしかして飲みたいのかな？　代表者を呼んできてくれたら、あげてもいいんだけど？」

「ワシがっ！」

「いや、ワシが！」

このままではいつまでも話が終わりそうにないので、ローグは二人にグラスで一杯ずつ飲ませてから一人を向かわせた。残った一人は上機嫌で酒を呷《あお》り、あっという間にボトルを空《から》にする。

「がはは、美味いのう！　これが神和国産の酒か！　さすが神の国と呼ばれるところよ！　む、もうないのか……」

「まだ手持ちはあるけどね？　そろそろ代表者が来るようだ」

呼びに行ったドワーフが、もう一人のドワーフを連れて帰ってきた。

「ぬぁぁっ！　貴様っ！　全部飲みやがったのか⁉　出せっ、出せ～～っ‼」

「がはは！　滅茶苦茶美味かったぞ～？」

酒を巡ってやり合う二人のドワーフを、代表者と思《おぼ》しきドワーフが一喝《いっかつ》する。

「やめい！　見苦しいぞ‼　客の前だ、しゃんとせんか！」

「「お、おぅ！　すまん、我を忘れていた……」」

肩を落とす二人を下がらせ、代表者がローグに話し掛ける。

「ウチの者が失礼した。さて、今回はどんな要件じゃ？　まさか、酒を見せびらかしに来ただけじゃなかろう」

ローグは持参した魔導具を見せながら話をした。

「実は、迷宮で拾ったこの魔導具を量産出来ないかと思っていて、これを再現出来る職人を探していたんだ。ギルドでドワーフ達の話を聞いてここまで来た。どうかな？　出来そう？」

「ん？　ん～……ほうほう……なるほどの。うむ、客人、奥に来るがいい。他のドワーフ達にも見せてやってくれないか？」

「あぁ。お邪魔《じゃま》するよ」

ローグは代表者に連れられ、奥にあった建物に通された。この洞窟はかなり広く、天井も高い。ドワーフ達はこの穴の中に住居や工房を建設して暮らしているようだ。案内された工房の中では、七人のドワーフが武器や道具を作っていた。職人の一人が手を止めてローグ達を見る。

「あれ？　親方ぁ、客ですかい？　親方に認められる人間は久しぶりだな、鼻垂れローランド以来か？　がはは」

ドワーフが口にしたローランドの名に聞き覚えがあり、ローグは首を捻る。

「鼻垂れ……ローランド？　それって、ラオル村にいるローランドのおっちゃんの事か？」

「あん？　奴を知ってんのか⁉」

「あ、あぁ、知り合いだよ。一応、俺が鍛冶を習ったっていうか、学んだ？　師匠になるのかな」

「ほぉ～……あんちゃんが作ったもん、何かあるか？　見せてみな」

ローグは袋から一振りの刀を取り出した。神和国の男に頼まれた時に作った刀だ。

「こりゃあ……すげぇ……親方レベルか⁉　俺より凄い……確かに、細部の仕上げ方の癖がローランドに似ている。俺はあんちゃんを認めるぞ。ようこそ、ドワーフの地へ」

　ドワーフの男は刀を鞘に納め、ローグに返した。

「こらこら、親方のワシを差し置いて話を進めるでない！　ローグよ、あの魔導具を見せるのじゃ」

　ローグは親方に言われ、魔導トイレを出した。

「なんだこりゃ？　魔導具か？」

「魔導トイレという物だ。用を足した後、ボタンを押すと中身が消える仕組みだ」

　他のドワーフ達もワラワラと集まってきて、魔導トイレの観察を始めた。

「ふむ、古い文献《ぶんけん》で見たが、実在しておったのか。あんちゃん、これをどこで手に入れた？」

「ああ、古代迷宮の宝箱からだ。それより、量産出来そうか？」

「材料さえあればな。作り方はまぁ、見れば分かる。製造に関しちゃプロだからよ？　材料は……転送の魔法を仕込むのにアダマンタイトか……ヒヒイロカネあたりが少し必要だが、まぁ、周りは白磁《はくじ》でもいいか。座る場所は木材だな」

　ドワーフ達の的確な分析に、ローグは舌を巻く。

「さすがだ。俺はヒヒイロカネで作ろうと思っていたんだ」

「あんちゃんなら、自分で作れんじゃないのか？　何で来た？」

「一人だと量産するのに時間が掛かりすぎるからね。手を借りたいんだ。材料と設備はこっちで用意するよ」

何やら職人達が相談しはじめたが、すぐに結論が出たらしく、親方が頷く。

「分かった。ワシらがお主の力になろう。じゃが、一つ条件がある」

「何だ？」

「「「酒を‼」」」

全員が一斉に口にした答えに呆れて、ローグはがくっと項垂れた。

「親方まで酒かよ！　分かった、ほら。これで良いか？」

ローグはテーブルからはみ出すくらいに瓶を並べる。

「うほっ！　銘酒『オーガキラー』じゃ！　ワシはこれが良い！」

「なら、俺はこの『大蛇』かの。初めて見る酒じゃ！」

そう言って各々好きな瓶を手に取って飲みはじめた。ローグはそんな彼らにツマミを提供しつつ、胃袋をがっちりと掴んだ。

「これなら毎日が楽しそうじゃのう。ワシも隠居《いんきょ》生活から復帰《ふっき》じゃ！　皆、明日から忙しくなるぞっ！」

「「「おうっ！」」」

こうしてローグは見事、ドワーフに認められ、生産力を手に入れたのであった。

†

ローグはドワーフ達を連れて【転移】で屋敷へと戻った。

そして、彼らを新たに作った工房へ案内した。

「ほぉ、こりゃまた……一通り揃っておるな。おい、種火を移せ。炉に命を吹き込むんじゃ」

「へいっ、親方！」

親方に言われ、ドワーフが洞窟から運んできた種火を工房の炉に移した。

「あれは何か特別な火なのか？」

「あぁ、我らの崇《あが》める神『ヘパイストス』の火だ。この火は特別でな、鍛冶の質が少しばかり上がるんじゃ」

「へぇ〜。さすがドワーフだな。他に何か必要な物はあるか？」

ドワーフ達は、工房で寝泊まりしたいと希望したので、ローグはまだ使っていなかったカプセルハウスを一つ提供した。ドワーフ達はすぐに自分達用にカスタマイズしはじめる。

「ところで、給金なんだが、いくら払えばいい？」

ローグの質問に、親方が首を横に振る。

「金はいらん。腐るほど稼いだからの。金の代わりに美味い酒と飯さえありゃいいわい」

「本当に酒と飯だけで良いのか？」

「アレがないとワシらはやる気が出んのじゃ！　工具は持参したし、家も貰った。金があっても酒代にしちまうんじゃから、最初から酒の方がいいわい」

「そうか、分かったよ。毎晩酒を持ってこさせよう。それじゃあ、量産の方はよろしく頼んだぞ？」

「おうっ！　さぁ、野郎どもっ！　仕事じゃっ、どんどん作るぞ‼」

「「へいっ！」」

ドワーフ達が作業に取り掛かったので、ローグは邪魔にならないように工房を後にした。

屋敷へと戻ったローグは、クレアの部屋に向かう。

「クレア、いるか？」

ローグがノックすると、すぐに扉が開いた。

「……はぁ～い、何か用？」

彼女の部屋に入って驚いたのが、まずその散らかりよう。机の上には書類が山積《やまづ》みで、一部は崩れて床の上に散らばったままだ。

「なぁ、最初はもっと綺麗に部屋を使っていた気がするんだけど？」

「あぁ、今ちょっと忙しくて……ここ数日、モンスターの動きが活発化しているらしく、被害の報告が山のように上がってくるのよ。被害状況の確認と防壁《ぼうへき》の修理や人の配置、そ

の他色々悩んでて……ね」

「ほう、苦労をかけてしまったな。防壁の修理は後でアースにやらせるよ。で、それはいいとして……その格好は何とかならないのか？」

部屋同様、クレアの服装も乱れていて、ほとんど寝起きのまま――下着同然の姿で仕事をしていたようだ。

「ん～？　別に見たければどうぞ？　見られて困る身体はしていないし」

「まったく……町長がそんなんでどうするんだよ。ところで、一つ確認したいんだが、この町に店を構えるにはどうしたらいい？」

「ん？　店？　それなら私と商業ギルドの認可印が必要ね。まぁ、領主なんだから無認可でやっても文句を言われる筋合《すじあ》いはないけど、商業ギルドとの関係は大事にした方がいいわ。で、どんな店を出すの？」

「魔導具店だ。まずは魔導トイレを町に広めようと思ってな」

「へぇ、それは良いわね！　分かったわ、私の認可印を押した書類を渡すわ……はいこれ。ここに商業ギルドの印を押してもらえば、正規の店として営業出来るわ」

「分かった、ありがとう」

†

「いらっしゃいませ、商業ギルドへようこそ。本日はいかがされましたか？」

ローグが建物に入った瞬間、ギルドの職員が声を掛けた。

「この町に店を出したいんだ。町長からは既に書類を貰っている」

「でしたら、あちらの受付で新規出店の申請書に記入していただき、身分証と町長の書類と一緒に受付に提出してください。ギルド長の審査《しんさ》が通れば、身分証と認可証が渡されます」

「分かった。ありがとう」

ローグは言われた通りに記入し、受付に提出した。

「身分証は、冒険者ギルドのカードで大丈夫？」

「大丈夫ですよ。お預り——プラチナ!?　しかもこの名前、もしかして……新しい領主様ですか!?」

「あぁ。そうだけど、何かマズい？」

「いえっ、あの、お待たせしてすみません。すぐにマスターに届けます」

「急がなくていいよ。じゃあ、あっちで待ってるよ」

ローグが待合所で待っていると、すぐに二階からさっきの職員とは別の女性が駆け下りてきた。

「初めまして、ローグ様。私は秘書のジュエル・ロワールと申します。マスターがお会いしたいそうなので、二階の部屋までお越しいただけますでしょうか？」

「分かった。案内してくれ」

ローグは秘書に連れられて、ギルド長の部屋に入った。

ローグを出迎えたのは、いかにも人のよさそうな笑みを顔に貼り付けた中年の男性。

「あなたが新しい領主様ですか。私はこの商業ギルドの代表、ドルネです。さっそくですが、店を出したいとか？　業種は何を？」

「はい。実は魔導具店をと考えていまして。許可が下りたらまず魔導トイレを街に広めようと思っています」

「魔導具……ですか。今その現物はお持ちですかな？」

「はい、これです」

ローグは実物を見せながらドルネに使い方を説明した。

「ふ～む。それで、ローグ様。これをいくらで売り出すつもりですかな？」

「そういえば値段を決めてなかったな……この町に普及させたいから、利益は出なくていいのですが、相場だといくらくらいになりますか？」

ギルド長は魔導具をじっくり見て鑑定する。

「ふむ……大金貨三枚……いや、五枚といったところですか」

「それだと町の人達が買えません。金貨五枚。この町の人からはこれ以上とりません。ただし、他の町に売る時は先程の値段にしましょう。そもそも、まだ他所《よそ》に売るほど数が確保出来ていませんし」

「そうですか、分かりました。ひとまず店を出す事を認めましょう。他の都市に売る場合は、どこかの商会に卸《おろ》した方が楽ですよ。伝手《つて》はありますかな?」

「一応、ザリック商会とは面識《めんしき》があります」

「ほう、あのザリック商会ですか。ならば心配いりませんね。分かりました。あ、こちらが認可証と身分証です。お返しします。店が出たら私も買いにいきますよ、頑張ってください」

「ありがとうございます。では、失礼します」

ローグは必要な書類を受け取り、商業ギルドを後にした。

ローグがいなくなると、今まで黙っていたジュエルが口を開く。

「マスター、あの方の店……おそらく……」

「ええ、いずれ必ず大繁盛《だいはんじょう》するでしょう。あの魔導トイレは素晴らしい品です……しかし、おそらく彼が持っているネタはあれだけではないはずです。遠からず、この町は劇的《げきてき》に変わりますよ……ふふっ、これで王都のギルドの奴らに売り上げで勝てそうですねぇ」

「ですね……ローグさんには頑張ってもらわないと」

「出来れば敵対はしたくありません。とりあえず君、解雇《クビ》です」

突然の解雇宣言に、ジュエルは困惑を露わにする。

「は？　……何故？」

「ローグ様の店で店員をやるんですよ。まだ店すら決まってないって事は、従業員もいないはずです。だから、潜入《せんにゅう》して、出来れば帳簿《ちょうぼ》をやりなさい。で、売り上げの確認。一割はこのギルドに入るんです、しっかり計算しなさい」

「なるほど、では、私は領主館に行ってまいります。お世話になりました」

秘書は納得した様子でさっさと扉から出ていった。

「ふふふ。やがてこの町は王都を超えるでしょう。あぁ、辺境でも腐らずにいて良かった！　ローグ様、一生ついていきますよ！」

ドルネは堪えきれず、一人部屋の中で声を上げて笑うのだった。

†

申請が通ったので、ローグはさっそく屋敷の隣に店舗《てんぽ》を構える事にした。

店の外観はドワーフ達の力を借り、設計から制作まで三日で完成し、後は内装作業を残すのみ。接客用のカウンター、商品の陳列《ちんれつ》コーナーはもちろん、試用コーナーを兼ねた公衆トイレも設置する予定だ。また、在庫は新たに倉庫を建《た》ててそこに置く。

ロークが什器製作《じゅうきせいさく》に取り掛かったところで、客が訪ねてきた。

「あ、ローグ様……！」

そう言って頭を下げた女性に、ローグは見覚えがあった。

「え〜っと、あなたは確か……商業ギルドの秘書さん？」

「はい。改めて自己紹介させてください。私はジュエル・ロワールと申します。先日まで商業ギルドで秘書を務めていましたが、解雇になりまして……もしよろしければこちらで働かせていただけないかと……」

「解雇《クビ》って、何でまた……優秀そうなのに……」

「い、いえ、マスターとは以前からそりが合わなくて……前々から辞めたいと思っていたので、逆にちょうど良かったです。それに、ローグ様に見せていただいた魔導トイレの性能に、感服《かんぷく》しました！　それであの……こちらで雇っていただく事は可能でしょうか？」

「あ、あぁ。元商業ギルドの方に店を任せられるなんて願ってもないけど……本当にいいの？」

「はい。私はローグ様の下で働きたいのです。何卒《なにとぞ》、よろしくお願いいたします」

「こちらこそよろしく、ジュエル。君には売り上げの計算と帳簿管理をお願いしたい。頼めるかい？」

「畏まりました。それで、営業はいつから？」

ローグは腕組みをして考える。

「まだ内装とか準備中だから……一週間後かな？　ジュエルは家から通いでいいのかな？」

「はい。持ち家がありますので……」

「分かった、なら六日後の朝、ここに来てくれ。仕事内容の説明と、一緒に働く従業員の紹介をするよ」

「分かりました。それではまた六日後に。失礼します」

ジュエルは上機嫌な様子で帰っていった。

「さて……内装作業は一区切りして、少しドワーフ達の様子を見に行くか」

ローグが店舗を造っている間にも、ドワーフ達は魔導トイレをどんどん量産していた。

工房では親方の指示のもと、職人達が慌ただしく駆け回っている。

中に入るのが躊躇《ためら》われ、ローグは入口から声を掛ける。

「今日も精が出るな。開店まで一週間はあるんだから、休まないと倒れるぞ？」

ローグに気付いた親方が首を横に振る。

「そんな暇はねぇ！　おそらくじゃが……こりゃあ爆発的に売れる。この国だけじゃねぇ、隣国の奴らも欲しがるじゃろうよ。たった千個じゃ全然足りん」

「なるほど……そうなってくると、【複製】スキルとかあればいいんだけどなぁ」

「がはは、確かにそうじゃが、それじゃとワシらドワーフの仕事がなくなっちまうわい」

親方の笑い声とほぼ同時に、ローグの頭の中にナギサの声が響いた。

《マスター、スキル【複製】は存在しますよ？　遥か北にある氷の大陸に使い手がおります。行きますか？》

《お、久しぶりだな、ナギサ。でも今はいいや。どうしても必要になったら考えるよ。ありがとう》

《いえいえ。それでは》

「どうかしたか？　ローグ」

親方に聞かれて、ローグは慌てて取り繕《つくろ》う。

「いや、なんでもない。他の国の事までは考えてなかった。教えてくれて助かるよ。でも、休める時は交代でいいから休んでくれ。ほら、酒の差し入れだ」

ローグは迷宮産の酒をありったけテーブルに置いていった。それを見た途端、あれほど忙しそうにしていたドワーフ達の手がピタリと止まった。

「ちくしょうっ！　悪魔だ、悪魔が俺に囁きやがるっ！」

「お、俺もだ！　飲めっ飲めっと囁きやがるっ！　くっ！」

「だ、ダメだっ！　逆らえねぇ……」

フラフラと酒に引き寄せられていく三人を、親方が一喝する。

「お前ら！　ドワーフとして、職人としてそれでいいのかっ⁉　客は待っちゃくれねえんじゃぞ⁉」

　とはいえ、あまりドワーフたちを働かせすぎるのも良くないと思い、ローグが提案する。

「まあ、そんなに無理したって仕方がない。しばらく購入制限をかけよう。一人一個までで、当面大量購入はなし。隣国にはこの町の人達に行き渡ってから──って感じでどうだ？」

「ふむ……それなら、千個あれば十分町の連中には行き渡るか……小さい町じゃからのう。よし、お前ら、少し休憩じゃ」

　親方の許しを得たドワーフ達は、一斉に酒へと飛びついた。

「それよりローグや、お主、魔導具ギルドには行ったのか？」

「魔導具ギルド？　そういえば町の人も言ってたな。でも、なんかあれこれ聞かれて技術を盗まれそうで嫌なんだけど」

「いや、魔導具ギルドはな、他人に盗作《とうさく》されるのを防ぐ目的で行く場所じゃよ。たとえば、他の奴が魔導具ギルドに魔導トイレを持ち込んで、自分が開発したと言ったら、こちらは先に商品登録した奴に売り上げから二割払わなきゃならなくなるのじゃ。ギルドに手数料は取られるが、後々の事を考えると、登録しておいた方がよいな」

「な……んだと？　でも、これは迷宮で拾った物だし……当然、先に誰か登録してるんじゃないか？」

「古代迷宮じゃろ？　こんな代物、普及しているという話は聞かんし、記録は消失しとるんじゃないか？　ま、もし誰かが意図的に消していたとしたら、お主は狙われる事になるかもしれんのう」

「俺が狙われるのは別に構わないけど、身近な人が狙われるのは困るな……分かった。ひとまず魔導具ギルドに行ってみるよ。皆はゆっくり飲んでくれ。あ、ついでにオークロードの肉も置いてくから、好きに食ってよ。じゃあ」

ローグが肉を出すと、ドワーフ達はすぐにナイフで肉をスライスしはじめる。

この様子なら彼らも休んでくれるだろう。


工房を後にしたローグは、屋敷の執務室《しつむしつ》に戻ってクレアに魔導具について質問した。

「あ～、魔導具ギルドね。昔はこの町にもあったけど、今は廃墟になってるわよ？　ここ数年誰も申請しないからって撤退《てったい》したみたい。確かポンメルに移転したんじゃないかな？」

「う～ん、面倒臭いな。とはいえ、どっかの知らない奴を儲《もう》けさせるのも癪《しゃく》だし、ポンメルに行ってくるわ……留守《るす》を頼む」

「いってらっしゃ～い」

ローグはさっそくポンメルへと転移し、町の人に場所を聞きながら魔導具ギルドへと向かった。

魔導具ギルドは重厚な石造りの立派な建物で、周囲とは明らかに雰囲気が違うので、初見でもすぐに見つかった。

「ここか、大丈夫だろうな……？」

ローグがギルドの扉に手をかけ、中に入った瞬間――

奥から大きな爆発音が響いた。

「な、なんだ⁉　どうしたんだっ⁉」

ローグはマントで顔と身体を覆いながら周囲を確認する。建物はよほど頑丈らしくビクともしていないが、中には煙《けむり》が立ちこめて何も見えない。

しばらく入口付近で様子を窺っていると、煙の中から一人の男性が床を這いながら出てきた。

「いやぁ～失敗、失敗……魔力が多すぎたか……次はもう少し減らしてみるかな……おや？」

眼鏡を掛けてローブを着た寝ぐせだらけの暗い茶髪の男性は、まるで慌てた様子もなく、ローグを見て首を傾げる。

「……だ、大丈夫か？」

「ええ、まぁ。よくある事なので。えっと魔導具ギルドに何かご用です？」

「よ、よくある？　いや、ちょっと魔導具を売る店を出したいんで、商品の登録に。今いいか？」

「ええ、大丈夫ですよ……ごほっごほっ……！」

「……【ウィンド】」

咳込《せきこ》む男性を見かねて、ローグは埃と煙を風で流した。

「いや、あはは。すみません。あ、私は魔導具ギルドの長でマギ・クロウェルと言います。今ギルドは私一人で運営しておりまして……」

「ちょっと待て……なら、権利？　とかはどうなっているんだ？」

「あはは。恥ずかしながら管理が行き届いているとは言えない状態ですね。ですが、私が認めた品には魔導具ギルド印を印字する事を許可していますので、それがない物はコピー品か粗悪品《そあくひん》と見分けられます。はい」

「そのギルド印の偽装は？」

「ははは、私が作った印鑑《いんかん》でしか印字出来ないようになっていますよ。複雑《ふくざつ》な模様《もよう》なので、偽装は不可能です」

「なるほどね。市場に流れている魔導具で印字のない物は無許可か粗悪品って事か。今から商品を見てもらうが……過去に登録してあるかもしれない。それでも構わないか？」

「見るだけでしたら。一応、カタログに登録してある全ての魔導具は覚えていますので。それ以外にも僕が趣味《しゅみ》で調べ上げた品も頭に入っていますよ。まぁ、さっきの爆発で分かるように……製作に関してはまだまだですが」

それを聞いたローグは袋から魔導トイレを取り出して床に置いた。すると──

「こ、これは‼　魔導トイレじゃないですか‼　あなた、これをどこで⁉　今は失われた技術ですよ？　素晴らしい……現物を見るのは初めてです……！」

マギは興奮《こうふん》のあまりトイレに頬ずりしはじめる。

「古代迷宮で拾ったんだ。今ドワーフ達の協力を得て量産している。ギルドの認可は下りるか？」

「も、もちろんですとも！　これは今、世界のどこにも売られていません。すぐに印鑑をお出ししましょう。魔力を篭めて押印《おういん》すれば大丈夫ですから」

マギは机の引き出しから印鑑を取り出して、ローグに渡した。

「ありがとう。じゃあ、これで──」

ローグが立ち去ろうとすると、マギが慌てて制止した。

「待った！　いえ、待ってくださいっ！　それをどこで販売するのですか？」

「ん？　俺が領主をやっているセルシュ領のウルカって町だけど……何か？」

マギはしばしの間何やら考えた後、魔法の袋を取り出して、部屋の中にある荷物を片っ端から放り込みはじめた。

「何……してるんだ？」

「え？　もちろん、ウルカに向かう準備ですよ？　あなた……恐らく他にも魔導具……持ってますよね？　すぐに認可が必要になるんじゃないですか？」

「あぁ、まぁ。結構な数があるが。良いのか？」

「マーベラスッ‼　古代の魔導具達を蘇《よみがえ》らせる領主っ！　魔導具ギルドは本拠地《ほんきょち》をウルカに移転します。正直、ポンメルにいても誰にも見向きもされませんし……こんな事ならわざわざウルカから移動してこなきゃ良かった……ささ、荷物も纏まったし、行きましょう？」

「分かったよ、転移するから。慌てなくていいよ。あと……ウルカのギルドは廃墟らしいぞ？」

「……後で考えます」

「行き当たりばったりだなぁ」

ローグは呆れたが、何を言っても無駄だと思い、マギを連れてウルカの屋敷に転移した。

「おお～【転移】……一瞬でウルカに……いつかはこれを魔導具で再現したいですなぁ……」

「そうだな。あ、マギ。お前、ドワーフ達と一緒に住んだらどうだ？　廃墟で暮らすよりマシだろ。俺としても屋敷の隣にギルドを置いてくれたら楽だからな。それに、魔導具の製作過程を見たいんじゃないか？」

ローグが思い付きで口にした提案に、マギが食いつく。

「ナイス！　名案ですね！　私はどこでも寝られますので」

「そりゃ良かった。こっちだ、案内しよう」

ローグはドワーフ達が寝泊まりしているカプセルハウスまで案内した。

「こっ、こここここれっ！　カプセルハウス⁉　何故ここにっ⁉」

「あぁ、これも拾ったんだ。中にはまだまだいっぱいあ——」

言い終わらないうちに、マギは中に駆け込んでいく。

「おほぉぉぉっ！　古代の魔導具のオンパレードじゃないですか⁉　ら、楽園ですか‼」

「そんなに凄いのか？　これ。まぁ、凄く便利だけど」

そこからマギの魔導具話が始まった。

彼は根っからの魔導具マニアらしく、それが高《こう》じてギルドの長になったらしい。しかし、製造技術の大半が失われている事もあり、現在魔導具はすっかり衰退《すいたい》してしまっている。魔導具がなくても、ある程度魔法で代替出来るため、わざわざ手に入りにくい魔導具を使う者はほとんどいない。おかげで、彼のギルドの仕事も半ば形骸化《けいがいか》していた。

なんとかして魔導具の有用性を世間に訴えたいマギは、魔法よりもはるかに便利な古《いにしえ》の魔導具を復活させ、再び世に広める事が夢なのだという。

ローグがギルドを訪れた時の爆発は、魔導コンロを自作しようとして失敗したらしい。

「魔導コンロなら持ってるぞ、ほら」

ローグが実物を見せると、マギはいたく感動し、またしても頬ずりしはじめる。

「こ、これは本物の魔導コンロ⁉　素晴らしい！　ぜひ、ぜひ売ってください！」

「これもそのうち発売するから、その時売ってやるよ」

マギは市販化への協力は惜しまないと息巻いたが、試作品を爆発させるような技術では少々頼りない。

「まあ、技術面はドワーフに任せて、知識を貸してくれ」

その後も散々魔導具の歴史から最近の魔導具の話までも聞かされたローグは、早くもマギを追い出そうか悩みはじめるのだった。

†

それから一週間後。ついに開店の日の朝が来た。

店内には商品の魔導トイレが整然《せいぜん》と陳列され、認可印もしっかり押されている。商業ギルドの元秘書のジュエルだけでなく、フローラ達三姉妹も売り子を手伝うべくスタンバイ済みだ。

ローグはフローラ達を集め、今日の予定について話していた。

「ようやく開店にこぎ着けたわけだけど……初日だし、何の宣伝もしていないから、そんなに人は来ないかもしれない。とにかく、来てくれたお客さんには優しく丁寧に対応してくれ。持って帰るのが難しそうなお客さんがいたら、後日配達するから、家の場所を聞いて引換券を渡しておいて。何かトラブルがあったら、俺が出る。いい？」

「「「はいっ！」」」

三姉妹とも元気に返事をしたものの、フローラは少し緊張気味だ。

「お店で働くなんて、初めてですわ。緊張してきました……」

「フローラお姉様もですか……実は私もです」

次女のリーゼもかなり緊張しているようで、声が震えている。何せ箱入り娘で、客商売の経験などないのだから仕方がない。

しかし、三女のマリアだけは若さ故か飄々《ひょうひょう》としていて、むしろ仕事が楽しみでしかたない様子だ。

「各自持ち場についたか？　よ～し、時間だ。魔導具店セルシュ……開店っ！」

ローグは号令と共に威勢よく入口の扉を開けて……驚いた。

「な、何だ……この人の数はっ⁉」

先頭には冒険者ギルドと商業ギルドのギルド長、さらに各ギルドの職員やこちらに来て知り合った人をはじめ、最後尾が見えないほどの行列が出来ていた。

びっくりするローグを見て、先頭の冒険者ギルドのギルド長がニヤリと笑う。

「よう。ローグ、開店おめでとう！　さっそく買いに来たぜ？」

「ぎ、ギルド長。この人の数は……」

「あん？　俺達冒険者ギルドと商業ギルドで手分けして、町の全家庭に声を掛けたんだよ。便利な魔導具が売り出されるってな。なあ、ドルネ？」

「そうです！　これがあればウルカの町は嫌な臭いとはオサラバ、綺麗な町になるでしょう！」

「み、皆……ありがとう！　じゃあ、混乱しないように、十人ずつ入ってくれ！　一人出たらまた一人と回していくから！」

「「「おうっ！」」」

並んでいるのは百人や二百人ではきかない。千人近くいそうだ。

「俺は接客よりも列の整理にあたった方がいいな」

ローグは客に感謝の言葉を掛けながら列を捌いていく。

店から出てきた人達は笑顔で商品を抱えて帰っていった。一人で持って帰れない女性客は引換券を手にしている。引換券にはローグの魔力を流してあるので【転移】で配達出来る。

ジュエルやフローラ達の接客にも問題はなく、ほとんどの客が最初から買うつもりで店に来ているのもあり、列はスムーズに進んでいく。

結局、全ての客が帰ったのは昼をかなり回った辺りだった。

ローグは店内に入ってジュエルに売上を確認した。

「ジュエル、今日の売上は？」

「はい、ウルカの人が七百人、それぞれ金貨五枚なので合計金貨三千五百枚。他所から来た人が百五十人で、各大金貨三枚、合計大金貨四百五十枚でした」

「えーと、金貨十枚で大金貨だから……大金貨が八百枚……つまり、白金貨八十枚⁉」

「うち、一割は商業ギルドの手数料として支払いますので、七十二枚ですね。でも、まだまだ稼げますよ？　遠からず、町の外から注文が殺到《さっとう》するでしょうし」

「素材は迷宮で確保してくればタダだし、皆に給金を払ってもかなり余る……この金どうしようか……正直、儲からなくてもいいと思っていたんだけど……」

ローグの独り言を聞き、ジュエルが驚いた様子で聞いてきた。

「儲からなくてもいいんですか？」

「あぁ、迷宮に入れば一気に金が増えるしな……商売ではそんなに稼がなくてもいいんだよ」

「ちなみに……総資産はいくらあるのです？」

「ん？　ん～……虹金貨だけで百枚以上あるね。運が良いとダンジョンの虹箱からも手に入るんだよ。まぁ、最深部《さいしんぶ》に限るけどね。貴重な素材や薬も手に入るし……それを換金するとしたら、いくらになるか分からないな、ははは」

「そんな……個人で国家レベルの資産を持っているなんて……」

ローグはアンブロシア目的で迷宮を走り回った結果、世界有数の大資産家となっていたのだ。

この事をギルドに報告するべきか否《いな》か……ジュエルは考えた。そして、商業ギルドには売上のみを報告すると決めた。ローグを向こうに回すとどうなるか、分からない彼女ではない。

「あまり使い道がなくてね。屋敷で働いてる人達に給金を渡す以外に何か使い道あるかな？」

「領主なのですから……町に還元《かんげん》しては？　そうですね、道を石畳《いしだたみ》にするとか、綺麗な公園を造るとか、河川《かせん》工事をして用水路を引くとか……まぁ、公共事業ですね。そこは町長と相談すればよろしいかと。今まで糞尿《ふんにょう》の汲み取り業をやっていた者は魔導トイレの普及で失業状態なので、彼らに新たな仕事を与えるべきかと」

「さすがだな、ジュエル。頼りになるなぁ。分かった、クレアに相談してみるよ。ありがとう」

ローグはジュエルの手を握り、礼を言った。

「ちょ、帳簿をつけますので失礼します。それと、明日以降はそんなに混雑《こんざつ》しないと思いますので、配達をお願いしますっ」

ジュエルは顔を赤くしながらカウンターの裏に走っていった。

「ん？　あぁ、分かった。店は任せるよ。じゃあ、今日はもう店仕舞いにするかな」

ローグは閉店の準備をしながら、フローラ達にも声を掛ける。

「お疲れ様、皆どうだった？」

三人はとても疲れた顔をしていた。

「つ、疲れましたわ……人が凄く多くて……ねえ、リーゼ？」

「本当に……凄い勢いで商品が棚から消えていって……ドワーフさん達も大慌てでしたわ」

「そうか、明日からは落ち着くと思うから、交代で店番をしてくれ」

「でも楽しかったですっ！　働くのは初めてだけど……なんか、いっぱい売れていくのが嬉しかったですっ」

「そうか、マリアは元気だな。頼りにしてるぞ」

ローグはマリアの頭を撫でながらそう言った。

「えへへ～。くすぐったいです」

こうして開店初日は大盛況で幕を閉じたのだった。

†

魔導トイレが軌道《きどう》に乗ったため、ローグはしばらくの間ジュエル達に店を任せて、材料調達とドワーフ達に渡す酒の補充《ほじゅう》を兼ねて、以前アンブロシア探しをしたダンジョンの下層に篭もっていた。一度セーフエリアにある転送魔法陣に触れると、入口の転送魔法陣から自在に目的の階層へと転移出来る。これで浅い階層は無視し、九十階層で稼げるのだ。

そうして一週間後、ウルカに戻ってきたローグは、次なる魔導具をマギとドワーフ達に披露していた。

「次はこれだ！　見てくれ」

そう言って、ローグは魔導バスを取り出し、床に置いた。

「ふむ、これは……風呂か？」

「こ、これ、魔導バスじゃないですか！　凄い……初めて本物見た……！」

マギはドワーフの親方を押しのけて、目を輝かせながら解説を始める。

「これには水を出す魔法とそれを温める火の魔法を組み合わせたユニットが内蔵《ないぞう》されてい

ます。そして、このダイヤルで火力が変化し、温度調節が可能です」

「ふむ、これなら温度管理が楽じゃのう。湯桶《ゆおけ》は安価な物でも、このユニットを設置すればどこでも風呂に出来そうじゃな」

「そうです！　そこが凄いところなのです。旅先の町に風呂がなくても、身体を洗えますし、冬でも温かいお湯が使える。お風呂以外でも色んな意味で万能なんですよ」

マギの解説を聞いて、ローグは目から鱗が落ちた。

「確かに。俺は最初に風呂の形で見たから、見た目に囚われていた。浴槽《よくそう》と切り離して考えれば、もっと便利な魔導具だな。魔導ボイラーとでも名前を変えようか。マギ、大丈夫そうか？」

「はい、登録はされていません。大丈夫です！」

「分かった。ならば、親方達はそれで量産に取り掛かってくれ。俺はクレアに浴槽を作る業者を手配させる」

「うむ、ユニットの構造は簡単そうじゃな。問題は小型化と、温度調整の精度《せいど》じゃ。使った人が火傷《やけど》したら大問題じゃから、細心の注意を払いたい」

「分かった、全て任せるよ。それと、これを特別給金として与えよう」

ローグは袋から〝ある物〟を取り出し、テーブルに置いた。

一見するとただの酒樽《さかだる》のようにも見えるが……マギが腰を抜かす。

「ちょ！　こ、こここれっ、これぇっ！　魔導サーバーじゃないですか‼　飲みたい物を入れたら、後は無限に出てくるって、伝説の魔導具ですよ⁉」

「「「なんじゃとぉぉぉぉぉっ‼」」」

ドワーフ達が揃って驚きの声を上げた。

「あぁ。素材調達のために迷宮に行ったら、これを拾ったんだ。さすがにこんな物を売ったら酒場とかに影響が出るから売るつもりはないけど、ここで使う分には構わないだろう？」

「砂漠《さばく》にこれがあれば、国を買えますよ。それくらい産業バランスを壊しかねない魔導具です。農業国には大打撃を与えられますし……もし盗まれでもしたら……」

マギの説明が終わる前に、ドワーフ達はサーバーの固定作業を完了させていた。

更に彼らはノズルを新たに取り付け、レバーを引くだけで酒が出るように改造していく。

しかも、正しい外し方をしないと爆発する仕掛まで施している。

「お前ら……いくらなんでも手が速すぎだろ⁉　ノズルなんていつ作ったんだよ⁉」

「ドワーフを舐めるな！　酒のためなら神をも超えてやるわい！」

「何なんだ……ドワーフって」

呆れるローグを横目に、ドワーフ達はさっそく樽《たる》にエールを入れて飲みはじめた。

「かぁぁあっ！　うめぇっ！」

　ローグも一口だけ口に含んでみた。

「確かに美味いが……冷やしたらもっと美味いんじゃないか？　ノズルか樽に冷却ユニットとか付けると良いんじゃないか？」

「「それだ‼」」

　ドワーフ達は神速で冷却ユニットを作り上げ、樽の底に設置した。ドワーフ達はすぐさまジョッキを取り出して試飲《しいん》する。

「かぁぁぁぁっ‼　キンッキンに冷えとるわい……！」

「こりゃあうめぇぇぇぇっ！　良い仕事したっ！」

「冷えたエールのうめぇ事ったらねぇな⁉　いくらでもいけるぜ‼」

　彼らの手の早さに、マギも驚いていた。

「こんな一瞬で魔導具を改造するなんて……」

「ドワーフじゃからな」

「んだんだ。ドワーフじゃからの。さあ、お前さんも飲め飲め！」

　マギはそのままドワーフに捕まり、酒宴《しゅえん》に付き合わされる羽目になった。

「ドワーフって……ドワーフって……」

　そんなマギを見捨てて、ローグはクレアの部屋に向かった。

「クレア、少し良いか？」

「ん～、何？　魔導具の売上なら、もうジュエルさんから報告上がってるわよ？」

「いや、実は次に売り出す魔導具について協力してほしい事があって」

「？　私に出来る事？」

「あぁ、実はな……」

ローグは魔導ボイラーについて、クレアに説明した。

「へぇ～。それがあれば一般人や冒険者も、いつでも風呂に入れるようになるのね。で、浴槽を作って家に取り付ける業者を探していると？」

「あぁ。魔導具は安価にするつもりだ。だから町の業者を使って金を回したいと考えたんだけど……どうかな？」

「うん、いいわ。町の大工達にあたりをつけておくわ。もう少ししたら大量に注文が入るってね」

「助かる。それと、これを」

ローグはテーブルに虹金貨が百枚入った袋を置いた。

「何、この袋……」

クレアは中を見て腰を抜かした。

「に、虹金貨がいっぱい!?　ど、どうしたのコレ!?」

「また迷宮で拾ってきた。俺が持ってても使い道がないからさ、町を開発するのに役立ててくれ。まずは道を石畳にしてほしいかな。土埃が舞うのを抑えられるし」

「な、何枚あるのこれ」

「百枚だ、足りないか？」

「十分すぎるわよ⁉　城でも作る気⁉　はぁ……まぁ、くれるって言うなら貰うけど、寄付って形にしておくわ。変な噂が立ってもあれだし」

「分かった、町のために使ってくれ。良い町にしような。じゃあ、おやすみ」

「えぇ。おやすみなさい」

　ローグは金貨を置いてさっさと退室してしまった。

「虹金貨百枚ねぇ……きっと、まだまだ持っているんでしょうね……はぁ……まったく。明日から業者の手配をしないと……お金に困らなくて良くなったけど……屋敷の外に出る事が増えて大変だわ……はぁ……寝よ寝よ……」

†

　翌日、ローグはグリーヴァ王国のバレンシア女王のもとを訪れていた。

「あら、ローグさん。お久しぶりね、娘達は元気にしてるかしら？」

「えぇ、今は屋敷で交易関係の書類仕事に追われているみたいです」

「あらあら。その様子じゃ、まだ手をだしていないのね？」

「何言ってるんですか……そもそも、最近忙しくて」

「聞いたわよ、魔導トイレですって？　私の国にも欲しいなぁ……」

「量産後なら。コロンに発注してくれれば、交易品として取引に応じますよ」

「ありがとう、助かるわぁ〜」

「元々、グリーヴァ国にも広める予定だったので、そちらから言い出してくれて嬉しいです」

「どこの国もトイレ事情は大変なのよ。それより、お礼は何が良いかしら？」

ローグは考えた。

「そうですね……急いではいませんが、出来ればエルフの国に行きたいですね。俺の旅の目的は何とかエルフの国に入る事だったので……隣の国ですし、何か伝手はありませんか？」

それを聞いたバレンシアは、机の引き出しを開けて何かを探しはじめた。

「エルフの国ねえ……あった！　あったわ、ローグ！」

「何がです？」

「エルフの国へ入国するのに必要な割符《わりふ》よ」

ローグはバレンシアに詰め寄った。

「そ、その割符があれば、エルフの国に入れるんですか⁉」

バレンシアはローグに割符について話し出した。

「ええ、そうよ。私の国は食料が豊富でしょう？　だから、エルフもたまにこの国に来て交易をしていくの。その時親交の証としてこれを渡されたのよね。使いますか？」

「それは、俺が持っていても効果があるのですか？」

「大丈夫だとは思うけど……心配なら、私の国の使者って事にすればいいわ。それと、手紙も書いておくから、待っててちょうだい」

彼は自分と娘の命を救ってくれた恩人だ。エルフは人との交流はあまり好まないが、彼なら決して問題は起こさないだろうと信頼した。

バレンシアは机に向かい、筆を走らせる。最後に封蝋《ふうろう》を押し、割符と共にローグに手渡した。

「はい、これで大丈夫」

ローグはバレンシアに深々と頭を下げ、最上級の感謝を示す。

「ありがとう……ありがとうございます！」

こうして、ローグは思わぬところから両親達の所へと繋がる切符を手に入れたのだった。

第四章　再会と新たな門出《かどで》

　グリーヴァ王国から戻ったローグは、さっそく屋敷にいる全員を集めて、これからエルフの国へと向かうという旨を話した。

「昨日、グリーヴァ王国の女王から、エルフの国へと入国出来る割符をいただいた。突然で申し訳ないが、チャンスを得た以上、両親と親友の救出を何よりも優先したい。それは俺が冒険者になった目的でもあるんだ。わがままだとは思うけど、どうかエルフの国へと向かう事を許してほしい」

　ローグは集まった者達に向かって頭を下げた。それを見て、フローラが静かに首を横に振る。

「どうか謝らないでください。ご事情は父から聞いています。かの国に入る手段を見つけたら、ローグさんは何をおいてもエルフの国へ向かうだろうと……」

　そこに事情を知らないコロンが割って入る。

「両親と親友？　エルフの国にいるの？　何故？」

ローグは改めて自分が村を出た理由を説明した。幼少期のローグの境遇を聞き、コロンは驚きを露わにする。ミラとアンナに至っては涙を流していた。

「ロ、ローグ殿にそんな過去が……！　なんて壮絶《そうぜつ》な過去なのだっ！」

「ううっ……可哀そうなローグさんっ……！　それに比べたら私なんて……」

号泣《ごうきゅう》する二人に釣られてコロンも少し目を赤くしながら呟く。

「そんな事情があったのね……。ローグって強いし、何不自由なく育ってきてたとばかり思ってたわ……」

「別に、子供の頃から強かったわけじゃないよ。この強さは偶然森で出会った神様からの借り物の力だと、俺は思っている。あの出来事がなければ、俺は両親を捜そうとはしなかっただろうし、冒険者にもなっていなかったと思うんだ。俺がコロンを救えたのも、ここまで来られたのも、全ては神様のおかげかもしれないな」

「そ、それでも私は、ローグに感謝してるし……と、とにかく分かったわ。私達はローグがエルフの国へ向かうのを止めはしない。でも……必ず戻って来て。ローグの居場所はこなんだからね？」

コロンにいつになく真剣な眼差《まなざ》しを向けられ、ローグは思わずドキリとする。

「ああ、目的を果たしたら必ずここに戻るよ。俺はもうただの村人じゃない。国にこの土地を任された領主なんだ。わがままはこれで最後にする。両親達と再会した後は、領民の暮らしを豊かにする事に力を注ぐと約束するよ。だから……待っててくれるかな？」

その問いに、コロンやフローラ達が無言で頷く。

ローグの心からの願いに、反対する者は誰もいなかった。

「では……後を頼むよ。正直、いつ戻れるかは分からない。クレア、留守の間は皆と協力して町を守ってくれ」

クレアは自信満々に応える。

「あなたが来る前は私が町を回してたのよ？　そんなの今更よ、い・ま・さ・ら！　でも……魔導具の件もあるし、町の整備についても相談したいから……」

クレアはそこで一呼吸置き、続ける。

「なるべく早く帰って来てよ？　あなた以外の領主なんて願い下げだし」

そう告げたクレアの顔は今まで見た事ないくらいに真っ赤で、ローグはそのギャップに思わず噴《ふ》き出してしまった。

「な、何よ!?」

「いや？　いつもサバサバしているのに、珍しいと思ってさ。熱でもあるの？」

「は……はぁ!?」

しどろもどろになるクレアを見て、ローグは笑いを堪えながら応える。

「大丈夫、心配しなくても早く帰るよ。待っていてくれる人がいるんだから」

翌朝、ローグは皆に見送られながら、アースとアクアを連れてエルフの国へと旅立った。

†

ローグが出発した直後、屋敷ではフローラが例の会合を再度開いていた。

「では、第十回淑女協定を開催《かいさい》します。今回はクレアさんが議題です」

フローラは妙な圧を纏いながらクレアに迫《せま》る。

一方、いきなり名指しされたクレアはかなり動揺していた。

「え？　ええ……!?　わ、私!?　な、何？」

フローラの目が据わっている。

「昨日のあのやり取り……あれでもまだあなたはローグさんを好きではないと言い張るのですか？」

この指摘には、他の参加者達もうんうんと頷いていた。クレアは必死に取り繕う。

「わ、私は嫌いなんて一言も！　ただ、結婚は考えていないだけで……」

「本当ですか？　今ならばまだ間に合いますよ？」

フローラの言葉に一瞬迷った様子を見せたものの、クレアはすぐに冷静さを取り戻し、こう答えた。

「彼の事は尊敬しているだけよ。今までに派遣された領主は仕事もせず、どうやって自分の財を増やそうか考えるクズばかりだったの。今回もどうせそんな領主が来るだろうとばかり思っていたら……見た事ないくらい優秀な、それも本当に民のために動く領主が来たじゃない？　だから……これは愛情とかではなくて、信頼……なのかな？　このまま彼が居なくなったらって考えると、悪寒《おかん》が走るのよ。また昔に逆戻りするんじゃないかって。ただそれだけ。私は、父から受け継《つ》いだこの土地を守りたい。それには彼が必要不可《ふか》欠《けつ》……本当にただそれだけなのよ」

クレアは心底この地を愛していた。父との思い出がたくさん詰まったこの地をなんとしても守り通したい、その一心で動いているのだ。これにはさすがのフローラも何も言えなかった。彼女も貴族の娘であり、領民を守る責任は十分理解している。

「分かってもらえた？」

「はい。邪推《じゃすい》してしまい、申し訳ありませんでした。どうにもあのやり取りが親密《しんみつ》そうに思えて……少し嫉妬《しっと》してしまいました」

申し訳なさそうにそう告げるフローラにクレアは応える。

「私と彼はビジネスパートナー。そう思ってもらえると助かるかな。私だって女だもの、あなた達が本気で彼の事を好《す》いているのは分かっているつもりよ？　邪魔はしないわ」

「クレアさん……」

ここで、いつもの調子を取り戻したクレアが、人差し指をピンと立てて反撃に出る。

「ただし！　あなた達がこの町に不利益をもたらすような事があれば……私は全力であなた達を彼から排除《はいじょ》しますからね？　それだけは覚えておいてほしいかな」

「ふふっ、はい。肝《きも》に銘《めい》じておきます」

そんな激しいやり取りの後、和解した彼女達はローグについて語り合った。

鬼の居ぬ間に……ではないが、加熱したガールズトークは止まらずに、夜遅くまで続くのであった。

†

「……っくしゅ！　っくしゅ！」

突然くしゃみを連発しはじめたローグを心配し、ナギサが声を掛けてきた。

《マスター、風邪《かぜ》ですか？　【状態異常無効】も病《やまい》には効きませんからね？》

ローグは鼻を啜りながら応える。

「ずずっ……いや、誰か噂話でもしてるんだろ。それより、道は合ってる？」

ローグは全速力で草原を駆けていた。その速度は馬車を軽く凌駕しており、既にウルカの町からは大分離れていた。

《はい、合ってますよ。もうすぐ山に入ります。そこを越えた先の森にエルフの住む国がありますね》

「分かった、ならこのまま進もうか」

道中現れたモンスターなどは、アースやアクアが瞬殺《しゅんさつ》するので、普通はありえない早さで山の入口へと到達した。出発から数時間しか経っていない。

山の入口に到着したローグはナギサに山の状況をたずねた。

「ナギサ、この山の敵はどんな奴らだ？」

《魔物は大した事ありません。それより、あちこちに人の反応があります。おそらく、野盗や山賊の類《たぐい》が根城にしているのでしょう。結構な数がいますよ》

「……賊が敵か。どうしようもない奴らだな。アースとアクアを出すか」

ローグは竜達に話し掛けた。

《む？　どうした、ローグ？》

《これからお酒飲もうとしてたのに、何よ〜？》

「さあ、狩りの時間だ。この山にいる賊を好きに狩っていいぞ。奴らは犯罪者だ。遠慮は必要ない」

真面目に返すアースと、怠《なま》けるアクア。しかし、ローグの指示を受けた竜達はその獰猛《どうもう》な本性《ほんしょう》を露わにした。

《くははは、ならば我は山の東側を、水竜は西側だ。どちらが多く狩れるか勝負をしようではないか！》

血気盛《けっきさか》んなアースが勝負を持ちかけ、アクアもまた興奮した面持ちでこれに応じる。

《面白いわねぇ……それ。負けたら酒、出しなさいよ？　じゃあ……スタート！》

そう言った瞬間、アクアは山の西側へと飛んで行った。

《ぬうっ！　水竜、貴様っ！　フライングだっ!!》

いち早く飛び出したアクアに少し遅れて、アースも羽ばたき、東側へと向かう。

二頭の竜が凄まじい速度でそれぞれ山の両側へと向かって飛んでいった数分後……ナギサがローグに言った。

《マスター……山から人の反応がどんどん消えていっています。容赦ないですね》

それを聞き、ローグはクスリと笑みを浮かべる。

「竜が暴れたんだ、災害に遭ったとでも思って諦めてもらおう。まあ、野盗や山賊なんて生かしておいてもロクな事しなさそうだし、いいんじゃない？　さて、俺はまっすぐ進もうかな」

幼い頃に盗賊に全てを奪われた彼は、この手の悪人に慈悲《じひ》をかける気は一切なかった。

ローグは一人、山へと続く道を突き進んでいく。

†

突如《とつじょ》飛来した二頭の竜により、外に出ている仲間を次々と壊滅状態に追い込まれた盗賊団の見張りは、大急ぎでアジトに戻って団長へと報告しようとしていた。

「だ、団長っ！　大変ですっ！」

見張りが駆け込んだ部屋の奥では、団長と呼ばれた人物が何者かを拷問《ごうもん》に掛けている最中だった。

拷問を受けているのは女性で、緑色の髪に長い耳……一目でエルフと分かる見た目をしている。体中があざだらけだが、彼女の瞳は力強く、光を失ってはいない。

奥には別の小部屋があり、幼いエルフ達が檻《おり》に入れられていた。

愉悦《ゆえつ》の時間を邪魔された団長は、舌打ちしながら返事をする。

「何事だ⁉　入ってくるなと言っただろうが！」

「それが、いきなり二頭の竜が現れっ……ぐはっ‼」

ところが、報告を最後まで言い終える事なく、見張りの男が血を吐いて倒れた。

その背後から現れたのは……短剣を手にしたローグ。

「道案内ご苦労さん。そこで死んでてくれ」

彼は絶命した見張りなど見向きもせず、団長と呼ばれた人物と対面する。

「あぁん？　何だ、お前は？　俺達に逆らって……ぶほっ⁉」

威嚇する団長の言葉を最後まで聞かず、ローグは男の腹に足刀蹴《そくとうげ》りをお見舞いする。

団長はいとも容易《たやす》く吹き飛び、部屋の壁にめり込んだ。

「くだらない御託《ごたく》は聞き飽きてるんだよ。どうしてお前ら悪人は皆同じようなセリフばかり言うんだ？　どこかにマニュアルでもあるのか？」

「ぐっ……ごほっ……！　て、てめ……！」

口から血を流しながらも、団長は必死で抗《あらが》おうとする。

「ついでだから聞くが、お前達の目的は何だ？　こんな山中にアジトを作って何をやっている？」

「だ、誰が言うかよ……っ！　ぎゃあああっ！」

お決まりのセリフに嫌気《いやけ》がさしたローグは、男の左大腿部《ひだりだいたいぶ》にも短剣を投擲して黙らせる。

そこで拷問を受けていたエルフの女性が山賊達の目的を話した。

「や、奴らは我々エルフを捕まえ、愛玩奴隷《あいがんどれい》として売り払うつもりのようだ……私は運悪く捕まったあの娘達を助けるために来たが……逆に捕まってこのザマだっ……くっ……ごほっ！」

苦悶に喘《あえ》ぎながら語る女エルフを見かねて、ローグは回復魔法を唱える。

「【エクストラヒール】」

直後、温かな光が部屋を満たし、女エルフが受けていた傷は瞬時に消えた。

ローグは彼女を縛っていた縄《なわ》をほどいて解放する。

「た、助かった！　しかし……凄いな……あの傷が全て一瞬で癒《い》えるなんて……」

彼女は縛られていた跡を擦《さす》りながらローグに感謝を告げたが、すぐに仲間の事を思い出し、身動きが取れない団長に問《と》い質《ただ》す。

「はっ！　貴様ぁっ！　前に捕まえたエルフ達はどこに売ったんだっ!!」

「へ、知るかよ……っ！　ぎゃあああっ！」

ローグが投げた短剣が、団長の右前腕部を掠《かす》った。

「あ〜……そろそろ狙いが外れそうだなぁ。間違って心臓に刺さったらごめんな？」

痛みと失血で青くなりながらも、男はまだ虚勢《きょせい》を張る。

「いってぇぇぇぇっ！　お前っ!!　俺らの後ろに誰がいるか分かってんだろうな!?　俺を殺したら、ギルオネス帝国にある闇ギルド『陽炎《かげろう》』が黙っちゃいね——」

「お前ら悪人の事なんか知るかよ」

そこまで聞き、後は用済みだと言わんばかりに、ローグは男の眉間に短剣を投擲し、絶命させた。

「ギルオネス帝国にある闇ギルドね。そいつらが裏で糸を引いているらしいな。どうする？」

ローグは捕らえられていた女性に尋ねた。

「ギルオネス帝国……私達エルフは、女王の許可なく森から離れられないのだ……今はこの娘達を助けて戻る事にする。ところで………あなたはこれからどうするのだ？」

「俺？ 俺は今エルフの国に向かっている最中なんだ。ほら、ちゃんと割符も持ってるよ？」

先程まで悪人に見せていた険しい態度とは打って変わり、柔らかな表情を見せるローグ。

「それはエルフの国がグリーヴァ王国に渡した割符、あなたはグリーヴァ王国の方だったのか？」

女性はローグが出した割符をじっと見た。

「いや、ザルツ王国だよ。グリーヴァ王国とは縁があって、事情を話して譲り受けたんだ」

「事情？ 良かったら聞かせてもらえないか？」

ローグは彼女に、エルフの国にいるという両親と親友を捜している事について話した。

どうやら思い当たる節《ふし》があったらしく、女性ははっと目を見張る。

「そうか！ あなたがローグ殿か！ 話は聞いているよ。君の両親達とは面識があるんだ」

「ほ、本当か⁉ 無事なのか」

掴みかかりそうな勢いで聞くローグに、彼女は複雑な表情で答える。

「まあ、お二人とも元気だ。ただ、逃げてきた時に受けた傷が災《わざわ》いしたのか……父君の片足は……」

「いや……それだけ分かれば十分だ……そうか……そうかぁあっ！　良かった……」

神やロラン王から無事だとは聞いていたが、実際に面識があるというエルフに出会うと、いよいよ実感が湧いてくる。ローグは感極《かんきわ》まって涙をこぼした。しかし、すぐにそれを拭《ぬぐ》い、行動に移る。

「すまない、泣いている場合じゃないな。早く奥にいる子供達を助けてあげないと」

そう言ってローグは檻に近づくと、怯《おび》える子供達に向かい、なるべく優しい声で語り掛ける。

「これからこの檻を壊すよ。危ないから離れていてくれないかな？」

「「「は…はいっ！」」」

捕まっていた三人の子供達は、言われた通り奥まで下がる。それを確認し、ローグは魔法の袋から刀を取り出した。

「はぁぁぁぁっ‼」

気合いの一声と共に、ローグの刀が閃《ひらめ》き――次の瞬間には、檻が細切《こまぎ》れになっていた。

鉄くずとなった檻がガラガラと音を立てて転がる様を、女エルフは呆然と見守る。

「す、凄いっ！　全く見えなかった……」

ローグは刀を収納し、両手を広げ子供達を迎える。

「さぁ、おいで。もう大丈夫だ」

子供達は檻から飛び出し、ローグに抱きつく。

「「「うわぁぁぁん！　ありがとぉぉぉっ！」」」

「ははは、いいさ。助けられて良かった。全員怪我はないみたいだね？」

ローグは子供達の頭を優しく撫でてあげながら、それとなく負傷《ふしょう》していないか確認していく。

「子供のエルフは成人したエルフに比べて高く取引されるみたいなんだ。だから、連中は〝商品〟に傷はつけないよ。ま、私はその価値がないから拷問を受けていたわけだが」

女性は心配いらないと、笑みを見せる。

「そうか、よく耐えたな……すぐに国に戻るのか？」

「ああ、無事に助け出せたから、なるべく早く戻……きゅるるる……」

言い終わる前に、女性のお腹から可愛い音が響いた。

「す、すまん！　は、恥ずかしい……」

恥ずかしさからか顔を真っ赤に染めて縮こまる女性を、子供の一人が庇《かば》う。

「リーファは私達と違ってご飯貰えてなかったみたいで……」

「ははは、それは仕方ないな。じゃあ、エルフの国に行く前に、外に出てご飯にしようか。俺特製の野菜たっぷりのクリーム煮を振る舞うよ。おかわり自由だ」

「「「食べたいっ‼」」」

子供達に交じって、リーファと呼ばれたエルフの女性も叫んでいた。

「何をしている！　早く行くぞ⁉　もう私の中の何かが限界だっ！」

彼女は待ちきれないらしく、一人で外に走って行ってしまった。

ローグも残された子供達を連れて外に向かうが——

「きゃああああああっ‼」

「ちっ！　まだ賊が居たのかっ！」

突然、リーファの悲鳴が聞こえ、ローグは慌てて駆け出す。

彼女はすっかり腰を抜かしており、ローグを見るなりしがみついてきた。

「ロ、ロロロロ、ローグ殿⁉　りゅ、竜だっ！　しかも二頭もっ！　し、死ぬぅっ！」

必死の形相で訴えるリーファが指し示した先には……狩りを終えて戻ってきたアースとアクアがいた。

「なんだ、アースとアクアか。驚かせるなよ」

ローグは笑みを浮かべ、理由を話した。

「大丈夫だよ、リーファ。この竜は俺の仲間なんだ。アース、アクア悪いけど少し小さくなってもらえるかな？　そのままじゃ子供達も怖がる」

《む？　良かろう》

《え～？　お酒くれるんでしょうね？》

アースは素直に要望に応えるが、アクアはここぞとばかりに酒を要求する。

ともあれ、二頭の竜はポンッと小さく縮んだ。

肩乗りサイズになった竜達の姿を見た子供達が、大喜びでアジトから出てくる。

「「可愛い～～っ」」

「に、二頭も竜を従えているなんて……」

リーファもようやく緊張を解いたものの……すぐには立ち上がれなかった。

宣言通り、ローグは魔法の袋から魔導コンロを取り出し、寸胴鍋《ずんどうなべ》で野菜のクリーム煮を作りはじめた。

子供達とアースは、ローグが調理する姿をすぐそばで見守り、今か今かと完成を待ちわびている。

一方、アクアは先に酒盛りを開始し、ご満悦《まんえつ》だ。

しばらくして、じっくり煮込んだローグ特製のクリーム煮が完成した。鍋から良い香りが漂ってくる。

「さぁ、出来たぞ。熱いからゆっくり食べなよ？」

「「「は～い」」」

《うむ、早く食わせるのだ！》

ローグは先に子供達の分を器に盛り、アースには別に肉を追加して渡した。

「あ～！　竜さんのやつだけお肉入ってるですっ！　いいな～」

子供の一人に指摘され、ローグは驚きの声を上げる。

「え!?　エルフって肉食べるの？」

てっきりエルフは野菜しか食べないとばかり思っていたのだ。

「「「食べますよ！」」」

いつの間にか復活していたリーファまで交ざり、ローグにツッコミを入れる。彼女はやれやれといった様子でエルフについての説明を始めた。

「こほん……世間ではエルフは肉を食べないと言われているが、それは間違いだ。そもそも私達は狩猟民族。肉だって野菜だって普通に食べる」

「知らなかった……じゃあ、今から皆にも肉を出すよ。ワイバーンでいいかな？」

「「「お願いしますっ！」」」

ローグは焙《あぶ》ったワイバーンの肉を細切れにして、クリームスープに投入。再度火に掛けた。

香ばしい脂の匂いも加わり、さらにリーファ達の空腹を刺激する。

「は、腹の虫が鳴き止まない……早く……早くっ！」

リーファはもう限界が近いようだ。最初は凛々《りり》しかった彼女も、今ではただの腹ペコキャラと化している。

「よし、そろそろいいかな？　ほら、リーファ。ゆっくり食えよ？」

リーファはローグから大盛りの器を受け取ると、祈りを捧《ささ》げた後、ゆっくりと一口目を口に含んだ。

「う……美味い……！　野菜も肉もほろほろで……完璧だっ！　はぐっ……！　おかわりっ！」

美味さと空腹が相《あい》まって、リーファの食べるスピードが一気に加速する。

「はいはい。まだまだあるから、ゆっくり食べな？」

鍋一杯に作ったクリーム煮は、エルフ達によって一瞬で食い尽くされた。

「ふぅ……美味かった。こんなに美味い料理を食べたのは初めてだ。何から何まで……ローグ殿、改めて礼を言う。本当にありがとう……」

「「ありがと～！」」

皆の満面の笑みを見て、ローグもつられて笑顔になる。

「いいさ、綺麗に食べてもらえて嬉しいよ。もう暗くなってきたし、一休みしてから向かうか？」

「そうだな、少し休みたいな」

「分かった、じゃあこの中で休憩してくれ。賊のアジトじゃ気も休まらないだろ」

と、ローグは目の前にカプセルハウスを出し、扉を開いた。

リーファ達はそれを初めて見るらしく、突然出現した家に目を疑《うたが》っている。

「これは……家か？」

「まぁな。中にあるベッドを使って良いから、ゆっくりしてくれ」

疲れが限界に達していたリーファは一も二もなく頷いた。彼女は盗賊達と同じ人種であるローグに対して、すっかり警戒を解いているらしい。

「あぁ、すまない。ろくに寝てなくて……世話になる」

緊張と不安から解放されたリーファ達は中に入るなりすぐに寝息を立てはじめた。

ローグは念のため、アクアとアースと一緒に外で見張り番だ。

その時間を利用して、竜達の戦果を確認する。

「それで、外にいた賊達はどうした？」

《もちろん全滅させた。我は四十七人狩ったぞ》

アースの言葉を聞き、アクアが勝ち誇る。

《ふふふっ。勝った！　私はピッタリ五十人よっ！》

「大体百人か。結構いたんだな」

ローグが冷静に分析する一方で、勝敗に納得がいかないアースが、アクアに異論を唱える。
《なんじゃと!? 数え間違いじゃないのか！》
《なわけないじゃない！ 素面《しらふ》だったもの。悔しい？ ねえ、悔しい？ あはははっ》
《くそう……たまたまこっち側に居た人数が少なかっただけだ！ 我は負けておらんっ！》
「やれやれ……こいつらは…」
ローグはくだらない口喧嘩を始めた竜達を見て呆れながら、一人食後のコーヒーを飲むのであった。

†

翌朝早く、休んでいたエルフ達がスッキリした顔で外に出てきた。

皆昨日と比べて随分血色が良くなっていて、リーファの足取りもしっかりしている。

「ゆっくり休めたか？」

ローグの問い掛けに、リーファが頷く。

「あぁ、国を出てから久しぶりにゆっくり出来たよ。ありがとう、ローグ殿。一つ相談なのだが、ここからだとどんなに急いでも、エルフの国に着くのは夜遅くになってしまう。

明るいうちに山を下り、麓に着いたらまた休ませてもらって構わないか？」

その申し出をローグは快く受け入れた。

「あぁ、俺は構わないよ。子供達もいるしね。急ぎじゃないし、休みながらゆっくり向かおう。リーファも無理はするなよ？」

ローグの気遣《きづか》いに、リーファは少し顔を赤らめる。

「あ、ありがとう、助かる。ローグ殿は優しいな。……じゃあ、山を下りようか。行こう、皆！」

「「「は～いっ」」」

リーファの案内に従って、ローグ達はのんびりと山を下りはじめた。道中はアースとアクアが先行して魔物を倒し、露払《つゆばら》いをしているので、子供達に危険が及ぶ事はない。

竜達の力を目の当《ま》たりにしたリーファが、呆然と呟く。

「凄いな……ローグ殿はこんな竜を従えているのか」

「まぁね。アクアの時はちょっとズルして勝ったんだけどさ」

その言葉を聞きつけたアクアが反応し、掴んでいた魔物を放り投げて、ローグに詰め寄る。

《そうよ！　人の弱味につけ込んでおいて……そのうち絶対再戦してもらうからねっ⁉》

「覚えていたらな？」

とは言いながらも、ローグは再戦の時は身体に酒瓶を巻き付けておいてやろうか、などと考えていた。

昼の休憩を挟み、しばらく歩き続けたローグ達一行は、山を下りてエルフの国へと続く森へと至っていた。しかし、子供達の足に合わせて歩いているため、普段より時間が掛かっており、もう夕方だ。

「ローグ殿、今日はこの辺で野営してはどうだろうか？ 夜の森は危険だからな。森には迷いの術が掛けられているし、モンスターも出る。正しい道順で行かないと遭難《そうなん》必至だ」

魔物はともかく、未知の土地で迷いの術まで掛けられているとあっては危険極《きわ》まりない。

ローグはつくづくリーファ達の案内があって良かったと胸を撫で下ろした。

「分かった。じゃあ、カプセルハウスを出すから、ここで一泊しよう」

ローグは忠告に従い、カプセルハウスを設置し、山の麓で一泊する事にした。夕食は少し豪華にオークのステーキ肉とバケットにコーンスープというメニューだ。

エルフ達はすっかりローグの料理の虜《とりこ》になったらしく、今日も凄い勢いで食べた。

食事の後は、各人部屋で休む。今日は魔導バスを出して、順番で風呂に入ってもらった。

しばらくして……ローグが部屋で横になっていると、ふいに扉をノックする音が響いた。

「ローグ殿、私だ。中に入ってもいいか？」

ノックしたのはリーファだった。彼女はローグの返事を受け、おずおずと部屋の中へと入ってきた。しかも、身体にはタオルを巻いただけの格好で。

「こんな夜中にどうしたんだ？　眠れないか？」

ローグは何となく彼女の意図を察したが、あえてその格好をスルーした。

「それもあるが……礼をしに……な。ローグ殿には散々世話になった。このまま何も返さなければ、エルフの誇りに傷が付く」

「礼ならエルフの国に連れていってもらえるだけで十分さ」

「そんなわけにはいかない。ローグ殿が居なければあの子達は連れ去られていたし、きっと私も殺されていた……命の対価としては安いかもしれないが……私の身体を貰ってくれ……」

そう言うと、リーファは身体に巻いていたタオルを外した。

窓から差し込む月光を受け、エルフ特有の透《す》き通るような身体が白く輝く。

ローグはその神秘的な美しさに思わず息を呑むが……胸元で固く握ったリーファの手が小刻《こきざ》みに震えているのを見逃しはしなかった。

「無理するなって……」

「無理など……っ！　私の身体じゃ満足出来ないか？　胸がないからか？」

「違うよ、リーファ。そういう事はもっとお互いを知って、好意を抱いてからだろ。だいたい……お礼とか、そんな理由で我慢している人を抱いて嬉しいと思う？」

「――っ⁉　すまない、ローグ殿！　私にはっ！　こんなっ……こんな短絡的《たんらくてき》な方法しか思い浮かばなくてっ……！」

ローグに指摘され、リーファは己を恥じて涙した。

彼女は心のどこかで、人間はエルフの身体を求めるものだと決めつけ――極論《きょくろん》すればローグと賊達を同列に扱おうとしていたのだ。

「で……でも、我慢なんて……そういうわけじゃ……私は……」

「大丈夫、リーファは俺の父さん達がエルフの国で無事に暮らしているって教えてくれただろう？　俺の目的は両親に会う事なんだ。これ以上の礼はないよ。それでも足りないと思うなら……そうだな、いつか俺が困った時に力を貸してほしい。それじゃダメかな？」

ローグに優しく諭され、リーファはようやく自分を取り戻した。

「ローグ殿……あなたはっ……！　分かった……この度の礼として、ローグ殿が困った時に必ず力になると誓おう」

そう応えたリーファの瞳には再び意志の強さが宿っていた。

もう彼女は大丈夫だと確信し、ローグはその誓いを受け入れる。

「ああ。いつか必ずね」

†

一夜明け、すっかりいつもの調子に戻った元気なリーファが、笑顔で朝の挨拶をしてきた。

「おはよう、ローグ殿！」

ローグも挨拶を返す。

「あぁ、おはよう、リーファ。よく眠れたか？　……って、何見てるんだ？」

どういう訳か、リーファはローグの顔をまじまじと見ていた。

「ふふっ、そうじゃない。ローグ殿の顔ってエルフっぽいと思ってね。端整《たんせい》だし、髪も綺麗な銀色。エルフの私が見ても、格好いい」

「そうかな？　男のエルフって見た事ないから分からないんだけど」

そんな感じで話しをしていると、いきなり扉が開け放たれて、子供達が乱入してきた。

「おっはよ～！　お兄さん、朝ご飯まだ～⁉」

「ああ、皆おはよう。すぐ準備するから、食べたら出発だ！」

朝食を済ませた一行は、リーファに先導されて森に入り、エルフの国へと向かっていた。

森の中は背の高い木々が生《お》い茂《しげ》り、見上げてもほとんど空が見えない。朝なのに薄暗く、時間の感覚が分からなくなる。

「随分深い森だな。これは案内がないと絶対に迷うな」

「迷いの術がなかったとしても、空が見えないから、星や太陽の位置も当てにならない。普通の人だと方向が分からなくなるのだ」

……そうして歩く事数時間。木々の向こうに小さな集落らしきものが見えてきた。

「見えました、あそこです。行きましょう！　ローグ殿！」

リーファに続き、入口に近付くと、見張り役と思《おぼ》しき男が一人立っているのが見えた。

男はリーファの姿を見て親しげに話しかけてきた。

「おっ？　お帰り、リーファ。遅かったな。客か、珍しいな？」

しかし、この見張りの男はどうやらエルフではないらしい。耳の形状が明らかに人間のものなのだ。不思議に思ってローグが見つめていると、男の方もローグの顔をまじまじと見て……

「……ん？　人間……？　って、おまえ、まさか……ローグ？　ローグ……セルシュか⁉」

「何故俺の名を……⁉」

突然名前を呼ばれて混乱するが、次第に記憶が蘇り、ローグは彼が誰なのか分かってきた。

少し頼りない顔に癖のある赤髪。幼き日のローグが一番の友達と認めていたカインが成長した姿でそこに立っていた。

「お前、カインか……!?」

「っ！　やっぱりだ！　その銀髪、お前だってすぐに分かったぞ、ローグっ！」

およそ五年ぶりに会ったカインはすっかり大きくなり、父親のダインに少し似てきていた。

「……ローグ！　お前はてっきりもう盗賊達に殺されてたかと思っていたぞ！」

「なんとか……な。ダインのおっちゃんも無事だよ。随分と心配してたぞ？」

「親父が？　そっか……親父も無事だったか……良かった……！」

抱き合って再会を喜ぶ二人に、優しそうな女性が声を掛けてきた。

「まあまあ、カインったら。どうしたの、叫んだりして？　何か良い事でもあったの？」

「ああ、フレアさん……急いで知らせに行こうと思っていたんですよ。驚かないでくださいよ!?」

カインが口にした名前を聞き、ローグは息を呑む。

「え？　フレア……!?　まさか、母……さん？」

そこに立っていたのは、ローグの記憶の中にある母親の姿そのままの女性だった。ふんわりした明るい色の髪に、色白で清楚《せいそ》な顔立ち。優しさの中に厳しさを持ち合わせたその笑顔を見て、ローグは目頭《めがしら》を熱くする。

そして、女性の隣には、杖をついた壮年《そうねん》の男が立っていた。見間違うはずがない……父親のバランだ。記憶にある姿より少し老《お》いていたが、面影《おもかげ》はそのまま。少し強面《こわもて》ながら、頼れる雰囲気を纏う、不思議な男だ。しかし、左の膝から先が失われていた。

「ローグ？ ローグなのっ⁉」

フレアは居ても立っても居られない様子で、持っていた手籠《てかご》を放り出してローグに駆け寄り、抱きついた。

「母……さん」

「そうよ！ フレアよ！ あぁ……ローグ、ローグ！ こんなに大きくなって……ああ……！」

「母さんっ！ 母さんっ‼」

フレアはローグを抱き締めながら、人目も憚らずに泣いた。

ローグもまた、五年ぶりに母の温《ぬく》もりを感じ、嗚咽《おえつ》を漏らす。その様子を見守るバランの目尻にも、光るものがあった。彼は感慨深そうに息子に語りかける。

「一人前の男の顔になったな、ローグ。よく無事だった……さすが、俺の息子だ。……あの時、お前を助けられずに捕まってしまった事が、ずっと心残りだった……本当にすまなかった」

「と、父さん！　うわぁぁぁぁっ‼」

ローグはとうとう堪えきれなくなり、バランの胸に飛び込んだ。

母はそっとローグに寄り添い、カインももらい泣きして肩を震わせていた。

親子は今まで我慢した分まで泣き、再会の喜びを分かち合ったのだった。

†

四人で散々涙を流した後、ようやく落ち着いたローグ達は、村にある両親の暮らす家へと移動した。

「ここが父さん達の住んでる家か……」

ローグは辺りを見回した。小さな木造家屋《かおく》で、決して豪華とは言えないが、きちんと整理されて、掃除も行き届いている。どこかローグが昔住んでいた家を思い出させる。

「適当に座ってくれ。それで、ローグ？　お前、どうやってエルフの国まで来た？」

バランに尋ねられ、ローグは今までにあった出来事を全て話した。森で神と会ってスキルを貰った事、ザルツで男爵の地位を授かり、自分の領地がある事、プラチナランクの冒険者となった事や二匹の竜を倒した事などなど。両親達は黙って全てを聞いた。

「そうか……神がねぇ……それに、ロランとアランか。凄く濃い人生だな。正直、俺は驚いたぞ？」

「濃いのは最近だけだよ。神様から父さん達が生きてるって聞いて必死に頑張ったんだ。この国に入国するための割符はグリーヴァ王国の女王の物だよ」

一方、ローグの方も父親に疑問をぶつける。

「ところで父さん……その脚は……」

「ははは、賊との戦いでしくじってな……なんとか追手《おって》を撒《ま》いて、フレアの故郷に辿り着いたんだが、もう手遅れだったよ。この村一番のプリーストでも再生は出来なかった」

「そうか……って、ん……？　待って、この村が母さんの故郷なわけ？」

「あぁ、お前には黙っていたが、フレアはエルフだったんだ。一緒に捕まっていたもう一人の子供もエルフの子だ」

ここに来て発覚した驚きの事実に、ローグは衝撃を受ける。

しかし、母がエルフならローグはハーフエルフになるが、ステータスの表示では〝ヒューマン〟になっていたはず。彼は気になって自らのステータスを確認する。

名前：ローグ・セルシュ
種族：ハーフエルフ　レベル：225

体力：8900／4450（倍加）　魔力：5800／2900（倍加）

▼スキル

【神眼】【習熟度最大化】【ナビゲート】【飛翔】【転移】【ソナー探知】【限界突破】

【鑑定／レベル：MAX】【盗賊王の心得】【運上昇／レベル：MAX】【全言語理解】【飛行】

【環境適応】【千里眼】【獲得経験値倍加】

▽戦闘系スキル

【武神／レベル：MAX】【縮地レベル：MAX】【先見／レベル：MAX】【身体能力倍加】

【HP自動回復】【MP自動回復】

▽魔法系スキル

【全属性魔法／レベル：MAX】【神聖魔法／レベル：MAX】【魔力操作／レベル：MAX】

▽特殊スキル

【ポイズンブレス】【アースブレス】【アースバリア】【アクアカッター】【アクアブレス】

【アクアストーム】【アクアウォール】【スチーム・エクスプロージョン】【噛みつき】

【吸血】【蜘蛛の糸】

▽耐性スキル
【全状態異常無効】【衝撃耐性／レベル：MAX】
▽生産系スキル
【剥ぎ取り／レベル：MAX】【素材自動回収】【属性付与／レベル：MAX】
【釣り／レベル：MAX】【穴掘り／レベル：MAX】【採取／レベル：MAX】
【採掘／レベル：MAX】【大工／レベル：MAX】【生産の達人／レベル：MAX】

「しゅ、種族が変わってる⁉」

ローグが驚いているのを見て、バランがその理由を説明する。

「俺が直接伝えるまで、どんな【鑑定】でも分からないように特殊な偽装を施していた。エルフと人間の関係性が親密とは言えないのは、お前ももう実感しているだろう。ザルツ王国にいる間は、フレアもお前も種族を隠して生活していたんだ」

確かに、小さな村にエルフが居たら、目立ってしまうし、下手をすれば迫害《はくがい》されかねない。

仕方のない事だったのだと、ローグは納得した。

「その……ここが母さんの生まれ故郷なのは分かったけど、帰る気はないの？」

そのローグの問いに、バランは首を横に振る。

「すまんな、せっかく迎えに来てくれたのに。俺達は……いや、フレアは帰れないんだ」

「どうして？　何か事情でもあるの？」

バランに代わって、フレアが自ら質問に答える。

「実はね、私は女王の縁者で、次期女王候補の一人なの。それで、今の女王がそろそろ天寿《てんじゅ》を全《まっと》うするのよ……だから候補の中から次の女王が決まるまで村から出られないの」

それでエルフの国は頑《かたく》なに母の帰還の要請《ようせい》に応じなかったのだろう。

「他にも候補はいるんだよね？」

「ええ。七つある村からそれぞれ候補を出して、世界樹の声を聞く事が出来る者が次の女王となるのが、代々受け継がれてきた習《なら》わしよ。そしてそれは、現女王が崩御《ほうぎょ》してから引き継がれないの」

「じゃあ、現女王が崩御して、母さんが世界樹の声を聞けなかったら？」

「その時は、晴れて自由の身になるわ」

「なるほど。つまり、現女王が崩御するまで、母さん達は身動きが取れないのか。でも、カインは？」

突然自分の話になり、カインは戸惑いを露わにする。

「ん？　俺？　俺はたまたまバランさんに助けてもらったからここにいるだけで、いつでも帰れるんだけど……外の敵が強くてなぁ。あはは、帰ろうにも、村を出た瞬間に死んじまうよ」

「その心配はいらないよ。実は俺、【転移】が使えるからさ。行った事ある場所ならどこでも一瞬で行けるんだよ。もちろんラオル村にもね」

「ま、マジかよ!? あの、バランさん。俺、帰っても大丈夫かな？」

バランはカインを見て言った。

「もちろんだ。成り行きとはいえ、無理に連れてきてしまってすまなかったな。ダインもさぞお前に会いたいだろう、帰れるなら帰った方が良いさ」

「そんな！ こっちこそ、助けてもらった上に、今まで世話してくれて、ありがとうございましたっ！ いつかこの恩は返します！」

「いいって。ローグ、カインを頼めるか？」

「うん、でもその前に……【エクストラヒール】！」

ローグはバランに最上級の回復魔法をかけた。エクストラヒールは部位欠損まで修復する魔法だ。その効果は過去に負《お》った傷にも及ぶ。

白い魔法の輝きが収まると、失われていたバランの左脚が完全な形に戻っていた。

「【エクストラヒール】!?　お前……そんな高度な回復魔法まで!?　お、足に感覚が……！」

バランは杖無しで立ち上がり、その場で跳び跳ねたりしてみた。

「ん～、筋力が大分落ちてるな。バランスがおかしい。鍛え直さないと」

元気に両足で立つバランの姿を見て、フレアは再び感動の涙を流す。

「ア、アナタ……足がっ。あぁ、ローグ……！　アナタは自慢の息子よ！　私はあなたを誇りに思うわ」

フレアに抱き付かれ、ローグは恥ずかしそうに身をよじる。

「や、やめてくれよ、母さん。分かったから、ほ、ほらカイン、掴まれ。村まで飛ぶぞ？」

「うひひ、照れてやがる。ほいほいっと」

カインはローグの肩に手を置いた。

「じゃあちょっと行ってくるから、また来るよ」

「おう！　次来たら模擬戦《もぎせん》くらいは出来るように鍛えとく。ダインによろしく言っといてくれ」

父は息子と戦いたくて仕方ない様子だ。

「ははは、かなり鍛えないと勝てないよ、父さん？　じゃ、また！」

そう言い残し、ローグ達は転移していった。

「……良い子に育ったわね」

「あぁ、よく生きててくれた……さてと、少しは親父らしいところを見せるために、鍛え直さねえとな！　息子に負けるとか恥ずかしいわっ！」

「ふふふ、頑張ってね、アナタ？　相手はプラチナランクで、竜を二匹倒してるのよ？」

立派に成長を遂げた我が子の姿を目にした二人は、久しぶりに心から笑うのであった。

†

一方、ラウル村へと転移したローグ達は、ダインの武具屋を訪れていた。

「親父っ！」

「……カイン？　カインかっ！　おめぇ……無事だったかっ⁉」

「あぁ、バランさんに助けられてさ。それでローグが迎えに来てくれて、一緒に帰って来たんだ」

ダインはローグを見て言った。

「すまんな、ローグ。全て任せちまってよぉ……」

「そんな気にしないでよ、約束したでしょ？　必ず連れて帰るって」

「ありがとう、ありがとう……ローグ！」

ダインはうっすらと目に涙を浮かべて感謝の言葉を重ねた。

「あ、そう言えばおっちゃん。今、俺の町におっちゃんの師匠達が居るんだけどさ……」

師匠と聞きダインの耳がぴくりと反応した。

「師匠？　師匠って言ったら……な、何ぃぃぃぃっ⁉　あ、あの人嫌いのドワーフ達がか⁉」

「うん。酒で口説《くど》いてさ、町で魔導具を量産してもらってるんだよ」

ダインは首を傾げて聞き返す。

「ところで、さっきから〝俺の町〟って言ってるが、新しく住む所でも見つけたのか？」

「はははっ！　親父、ローグは今やこのザルツ王国の男爵様だぜ？　何でも、グリーヴァ王国との国境沿いがローグの領地らしいぜ？」

「はぁぁぁぁっ⁉　何故そんな事に……いや、立ち話も何だから、飯でも食いに行こうや。カイン、お前も来い」

「もちろんっ！　久しぶりに濃い味の飯が食えるっ！　エルフの国は薄味でなぁ……しくしく」

「ははは、さぁ、行こうや！」

ローグはダイン親子と連れ立って、三人で村の食堂へと向かった。

店に着いた途端、カインは濃い味の食べ物を片っ端から注文していき、ダインは酒を浴びるように飲みはじめた。

「しっかしまぁ……ローグ、出世したなぁ……ただのガキんちょだった頃とは見違えたぞ？」

ダインは既に顔が赤くなっていた。息子との再会がよほど嬉しかったのか、飲む勢いと量が物凄い事になっていた。

「まぁ、色々あったんだよ。親父が国王の弟だったとか、色々ね」

「奇妙な星の下にいるなぁ……で、カイン。お前はこれからどうしたい？　この村に残るか？」

カインは食べ終わった皿を何枚も重ねつつ、父に話す。

「ん〜…考え中。俺としては親父も心配だが、ローグも心配だよ」

息子の思いを知ったダインは少し考えた後、重々しく口を開いた。

「ん〜……それならいっそ、ローグの町に移るか？　師匠達もいるみたいだしな、久しぶりに腕を見てもらいたい」

カイン達が来てくれるのは嬉しいが、ローグはすぐには賛成出来なかった。

「俺は構わないけどさ……この村に武具屋はここしかないし、大丈夫なの？」

その問い掛けを聞き、食堂のおばちゃんが話に入ってきた。

「行きなよ、ダイン。あんたもローグの力になってやんな。村の事は心配いらないよ。あんたが仕込んだお弟子《でし》さんだっているじゃないかい？」

「まぁ、そろそろ弟子に店を任せてみる頃合いか。よし、ローグ。俺達を連れてってくれ！」

そう言い、ダインはローグに頭を下げた。

「頭を上げてよ、おっちゃん。カインもそれでいいの？」

「ん～？　俺は構わないぜ。せっかくだから、俺もドワーフから鍛冶でも習おうかねぇ」

その言葉に、ダインが不敵《ふてき》に笑う。

「……言っておくが……師匠達の指導は鬼のように厳しいぞ？　俺よりもな……」

「そ、そんなに⁉　じ、じゃあやめとこっかな……は、はは……」

「師匠達の前に俺が仕込んでやる。どうせ今まで遊んでたんだろ？　ひょろい身体しやがって……まずは筋トレからだ！」

「げっ！　マジかよ⁉」

食事を終えたカイン達は、さっそく荷物を纏めるために店に戻った。

ローグは久しぶりに村の皆に挨拶をして回り、その後、村で使っていた自宅へと帰ったのであった。

†

久しぶりにローグは自分が暮らしていた家に入り、少し違和感《いわかん》を覚えた。

「あれ？　おかしいな。そんなに汚れてない？　ずっと放置してたのに……」

中に入って辺りを見回していると、突然扉が閉まり、背後から声を掛けられた。

「やぁ……ローグ。久しぶりだね？ 元気？ って……見てたから分かってるけど。あはは、おめでとう。無事に両親達と再会を果たしたみたいだね」

振り返ったローグの目の前には、かつて森で救った少年――つまり神が立っていた。

ローグは慌てて床に膝をつき、頭を下げる。

「お久しぶり……です。また盆栽でも壊したのですか？ どうして私の家に？」

「ははは、さすがに今回は何も壊していないよ。ズタボロじゃないでしょ？ それより……問題は君だよ。君は旅立ち、無事に目的を果たした。……今、何を考えているんだい？」

神はローグにそう問い掛けた。

ローグはこれからどうするかなど、明確に考えを持ち合わせてはいなかったので、正直に思っている事を答えた。

「確かに、両親と親友に再会するという一番の目的は果たしました。後は領地の運営でもしながらのんびりと暮らそうと思っています。神様からいただいた力のおかげで爵位を得る事も出来ましたし」

「ふ〜ん……じゃあ……まずは何も考えずにこれを見てよ」

神は巨大な水晶をローグの目の前に出し、何かの映像を流しはじめた。

水晶にはどこかの村が映り、ローグの過去同様、子供が攫われたり、殺されたり、犯されたりと、この世の地獄《じごく》かと思われるほどの、無残な光景が映し出されている。

それも、一つの村だけではなく、いくつもの村々や国のそんな映像を見せられた。

「こ……これは‼　な、なんて、酷い……！」

「こんなのもあるよ？」

次にローグが見せられたのは、どこかの城の中の光景。王らしき人物が、町から女を貢がせ、いいように弄《もてあそ》び、反抗的な者は拷問にかけ、挙句《あげく》殺していた。臣下《しんか》達は王を諫《いさ》めるどころか、機嫌を取るために笑って見ているばかり。

「今、君に見せたのは世界のほんの一部さ。これより酷い現実は世界中にまだ存在しているよ。生まれたばかりの赤ん坊を売りに出す親とか、その日食べる事も出来ないスラムの子供達や老人とか……モンスターに攫われたり殺されたりする人達もたくさん居る」

ローグはあまりの気分の悪さに目眩《めまい》を覚え、床に座り込んでしまう。

「君が自分の領地でのんびりと暮らそうとしている中で、世界ではたくさんの困った人達が毎日命の危機を迎えているんだ……助けてあげたいとは思わないかい？」

神は滅茶苦茶な要求をローグに突きつけた。普通に考えて、個人が解決可能な規模の問題ではない。打ちひしがれたローグは、己の感情をむき出しにして答える。

「それはっ！　……助けたいさ！　だけどっ、全てを救うなんて、誰も出来やしないじゃないか⁉　いくら神様から力を授かったからっていっても、今の俺にそんな力はない……！」

「それは神である僕にだって無理さ。本当に全てを救いたいなら、一度世界を創り直さなきゃならない。……でも、それじゃあ意味がないだろ？　人は、自らの手で救われなきゃならないんだ」

神はローグの肩に手を置き、意味深《いみしん》な笑みを浮かべながらこう告げた。

「だからね、ローグ。君の目に映る人達だけでも救ってやれないかな？　なに、難しく考える必要はないよ。そうだね……まずは、これから助ける人達が幸せな暮らしを送れるような国を造る、なんてどうだい？　君は、君の領地とグリーヴァ王国を纏め、その地に平和な国を作るんだ。ザルツの王家には僕が直接話を通してあげよう」

（俺がウルカとグリーヴァ王国を纏めて新しい国を興《おこ》す？　そんな無茶な。いくら神の宣言でも、王や民は納得するのか？）

ローグの頭の中に様々な考えが飛び交う。

「グリーヴァ王国なんか、僕が言わなくても結構乗り気だと思うよ？　あそこはある意味、君が救った国だからね」

ローグの頭に、コロンとバレンシア親子の笑顔が浮かぶ。

「平和な国……出来ますか？　俺みたいな経験をする人を少しでも減らせるんでしょう

か？」

　神は迷うローグの背中を押す。

「君なら出来るさ。だって、僕が認めたんだからね？　もちろん、やってもらうからには新たな知識と力を授けるつもりだよ。この世界とは異なる世界の知識を与える。そして、新しいスキルは【万物創造】だ。これは、神か、神が認めた者しか使えない。でも、僕が力を貸せるのはここまでだ……後は君がやるしかない。やってくれるかい？」

　ローグは長いこと考えた末、静かに頷いた。

「……分かりました。俺が……俺がやります」

「よし、ならこれから君は神徒《しんと》ローグとなる。そして、興す国の名は『神国《しんこく》アースガルド』だ」

　神は力強く宣言するが、ローグはまだどこか不安そうな様子だ。

「ちなみに……もう、神様に会う事はないのですか？」

　どこか不安の残る表情のローグを見て、神は笑いながら答えた。

「あはは、寂しいのかい？　なに、心配はいらないさ。僕に出来ない事を代わりにやってもらうんだ、力は貸せないけど、顔くらい出すよ。君を見ているのは楽しいからね。でも、こうやって降臨《こうりん》するのは、結構な力を消費するんだよ？」

　しかし、ローグが心配していたのは別の問題だった。

「いえ、とりあえず……仲間達に説明してもらいたいなぁと。いきなり神が云々って俺が言っても、誰も信じてくれない気がして。いよいよおかしくなったとか思われたくないし……」

「あははははっ！　それも面白いねっ！　ま、その辺は心配いらないよ。必要な場所に説明に行ってから、神界に帰るからさ。君は明日、ゆっくり領地に戻るといいよ。さあ、目を瞑ってくれ……君に新たな力と知識を与えよう」

ローグはゆっくりと瞼《まぶた》を閉じた。

神はローグの頭に手を置き……〝何か〟をローグに流し込んだ。

「まずはスキルから。後でステータスを見るといい。そして、これから知識を与える。しばらくは頭痛で苦しむと思うけど……頑張って耐えてね？　そいっ！」

「ちょっ⁉　ぐうぅぅぅぅっ‼」

突然、ローグが見たこともない世界の様々な知識や暮らしぶりの情報が、頭の中に止めどなく流れこんできた。それに伴い、激しい頭痛が彼を襲う。

「じゃあ、またね。君の仲間達にもちゃんと神託《しんたく》を下しておくから、ばいば～い」

最後にそう言い残し、神はローグの前から姿を消した。

しかし、ローグは頭が割れんばかりの頭痛でそれどころではなかった。

「ぐっ！　く、くそっ……くれる……情報……多すぎ……だろっ⁉　あ、あぁぁぁぁっ！」

そしてローグは、そのまま気を失った。

†

翌日、昼になっても一向に顔を出さないローグを心配し、ダイン親子がローグの家を訪ねて来た。

「お～い、ローグ。居るか～？　……って開いてる？」

カインが扉に鍵が掛かっていない事を変に思った。

「ふむ、疲れておるのやもしれんな。どれ……」

中に入ったダインはすぐに、床に伏《ふ》して倒れているローグを見つけた。

「な、なんだ!?　こんなところでどうしたんだ、ローグ!?　病気なのか!?」

人の気配がして、ローグはようやく目を開けた。

「お、おっちゃんか？　か、神が……また……や、やらかしてくれたよ。くそぅ……あいつめ……いたたたたたっ」

昨夜に比べれば大分治まってきたが、まだまだ頭痛は続いている。

「大丈夫か、ローグ。俺達の事は気にせず、ちょっとベッドで休め」

ダインは心配そうにローグの顔を覗き込む。

「ふぅ……ありがとう、おっちゃん。でも、やっと落ち着いたよ」

「なに、いいって事よ！　それより……何があったんだ？」

「それは町に着いたら話すよ。他の仲間達にも説明しなきゃいけないし」

「そうか。で、今から行くのか？」

「うん、おっちゃん達の準備が出来次第だけど……」

「おう、この袋に収納済みよ。いつでも行けるぜ？」

ダインはそう言って、自前の収納袋を掲《かか》げて見せる。

「分かった。じゃあ、行こうか。おっちゃん、カイン、俺に掴まってくれ」

ローランド親子はローグの肩に手を置いた。

「じゃあ、行くよ？　転移っ！」

こうして、ローグは色々なものを背負い、ラオル村を後にした。

†

ローグはダイン親子達を伴い、ウルカの町の領主館にある工房へと転移していた。

「おっちゃん、ここが俺の屋敷の工房だよ。多分中にドワーフ達が……」

ローグが言い終わる前に、ダインは駆け足で工房の中へと向かっていく。

「師匠〜！　ローランドですっ！　師匠っ！」

その声を聞き、奥から金槌を担《かつ》いだ親方がのっそりと顔を出した。

「騒がしいぞ……って、ローランドかっ！　おぉっ、久しぶりじゃな！　元気にしてたかっ！」

「は、はい、師匠っ！　それに皆様もお変わりないようで…！」

他のドワーフ達もぞろぞろと集まってきた。

「おぉう⁉　鼻垂れローランドじゃねぇか！　がはは、生きていたかよ！」

「はいっ！」

カインはそんな光景を見て呟く。

「何か……親父が小者に見えるな……身体は大きいはずなのに……」

「まぁ、相手は伝説の鍛冶士達だからな……」

そこで、ふいに背後から声が掛けられた。

「ローグさんっ！」

「ただいま、フローラ。おっと……」

久しぶりの再会に歓喜《かんき》したフローラがローグに抱きつく。彼女はわずかに体を離し、こう告げた。

「ローグさん、実は昨夜、私達の前に神様と名乗る方がいらっしゃって……そこで全て事情を聞きました。国を造るって本当……ですか？」

いつの間にかフローラの他、女性陣全員がローグのもとに駆けつけていた。どうやら神は約束通りちゃんと話をしてくれたらしい。

「あぁ、そのために新しい力を授かった。皆もあの悲惨な現実の映像を見せられたのか？　俺は考えもしなかったよ、あんな酷い目に遭っている人達が世界にはこんなにもたくさんいたんだな……それを知ってしまった以上、俺はせめて自分に出来る事はしたい」

フローラもそれに同意した。

「はい……私達も見ました。今まで話に聞くだけで実感はありませんでしたが、あのように映像で見せられると、胸が締め付けられます」

カインが聞いてくる。

「？　話が見えねぇよ。ローグ、俺にも説明してくれるか？」

「そうだった。カイン達にはまだ事情を説明してなかった。じゃあ、屋敷の応接間へ場所を移そうか。少し長い話になるから、改めて俺の考えを交えつつ、もう一度皆に聞いてもらいたい」

それからローグは、ザルツ王国とグリーヴァ王国に飛び、仲間や関係者全員を屋敷の応接間に集めた。グリーヴァ王国からは、バレンシアと、第一王女ノーラ、第二王女コロンが、ザルツからはロラン王と、アラン公爵が姿を見せている。皆神託を受けており、国の重大事と、ローグの呼びかけに快く応じた。

さっそくロランが切り出す。

「ローグよ、いきなり神が現れて驚いたぞ！　あの神が言っていた事は真《まこと》なのか？」

「ええ、ロラン王。あれは全て真実です。皆いるので、あの映像をもう一度見てもらいましょうか」

ローグはスキル【万物創造】を使い、水晶を出し、映像を再生した。

その映像を初めて見たカインは、思わず顔を歪《ゆが》める。

「ちっ、なんて胸糞悪《むなくそわる》い映像だ……世界ではこんな奴らが偉ぶってやがるのかよ……」

ロラン王も頷いた。

「確かに……世界には民を人と思わぬ権力者や、悪党どもが幅を利かせている場所はいくつもある。だが、ローグよ、全てを救うのは無理だ。聡《さと》いお前なら分かってるだろう？」

「ええ。俺もそれは無理だと神に伝えました。だけど、あれを見せられたのに、自分の幸せだけを追求出来るほど図太《ずぶと》くはありません。たとえ偽善《ぎぜん》と言われても、助けられる命は助けたい……それが神に認められた俺の使命だと思うのです」

皆が黙ってローグの話に耳を傾ける中、バレンシアが口を開いた。

「私の国にも神様がいらっしゃいました。私は……神様の宣言に賛成いたします。神様は私にこう告げられました。我が国グリーヴァ王国とザルツ王国のセルシュ領を併合《へいごう》し、一つの国を興せと」

どうやらロランもそのお告げは聞いていたらしいく、頷く。

「うむ、新しい国の名は神国『アースガルド』だったかの？　神のご意志だ。従わぬわけにはいくまいて。ワシも認めよう。もともとお前に授けた土地、好きにするがよい。しかし、グリーヴァ王国はどうなのじゃ？　一国を併合するとなると、簡単な話ではないぞ」

ロランの指摘に頷き、ローグはチラリとバレンシアを見た。

「ん？　どうしました？　ローグさん？」

「いえ、あの……いくら神のお告げとはいえ、あなたの国を俺にくださいとは……」

口ごもるローグに、バレンシアは笑みを浮かべながら応える。

「ふふふ、確かに。普通に考えたら滅茶苦茶な話ですわよねぇ……いきなり自分の国がなくなるなんて、国民は驚くでしょうね。でも、方法がないわけではありません。既に根回しは済んでおりますのよ」

「は、はい？　は、話がよく見えないのですが……」

困惑するローグにバレンシアは席から立ち、コロンの背後に立ってこう宣言した。

「私達母娘は、ローグさんに助けていただかなければ既にこの世にはおりませんでした。私はこの恩にどうにか報《むく》いようと、色々な方法を考えていましたの。たとえば……ローグさんを娘の婚約者として我が国の王族に迎える……とか」

「「な、ならんわっ！　ローグはワシの娘と！」」

ロランとアランが仲良くハモって抗議する。婚約者のフローラ達も面白くなさそうだ。

しかし、バレンシアも一国の主。この程度では動じない。

「たとえば、ですよ。しかし、いつそうなっても良いように、私は国民にローグの英雄的活躍、そして彼がいかに素晴らしい人物であるかを、幼い子供から老人にまで国家を挙げて布教《ふきょう》していたのです」

「ちょ!?　何してくれちゃってるんですか!?」

これは当事者のローグも知らない話だ。突然のカミングアウトに、立場も忘れてつい突っ込んでしまった。バレンシアはそれを軽くスルーして話を続ける。

「今回の神国を興す件、これは言わば神命。この機会にコロンを嫁がせ、グリーヴァ王国は何の叛意《はんい》もないと、示すつもりです。長女のノーラとも話し合って、王位を譲る準備も進めております」

「ちょ!?　いきなり何いってるのよ！　初耳だけど!?」

今度はコロンが突っ込んだ。

「コロン、あなたがローグさんを好きだなんて、誰にでも分かりますよ」

「は？　はぁぁ!?　ば、バカじゃないの!?　わ、私は……」

バレンシアはそっとコロンに耳打ちする。

「コロン、チャンスは今しかないわ！」

「チャ、チャンス？」

「そうよ。今なら……あなたが一番にローグさんと結婚出来るのよ？」

「はっ！」

その一言で、コロンが揺れた。

「どうせいつか結婚するって言い出すでしょう、あなた？　なら……それは今でも構わない——いえ、むしろ今じゃないと、一番目という座はおそらく巡って来ないわ。ローグさんの最初のお嫁さん、なりたくないの？」

「い、一番……私がローグのい、一番……」

バレンシアの悪魔の囁きが、コロンをさらに揺さぶる。

「これはグリーヴァ全国民も望んでいる事なのよ？」

「み、皆が？」

「そうよ。私たちの洗の……こほん、布教で、ローグさんは我が国では既に大英雄よ。その英雄譚《たん》のヒロインとしてあなたがいるの。実際に結婚し、彼の第一婦人となれば……国民は大いに祝福《しゅくふく》し、皆が新しい国のために力を貸してくれると思うのよね。最悪……あなたが断るなら、私が立候補するつもりだけど……？」

コロンは立ち上がって叫んだ。

「ダ、ダメッ！　お母さんにとられるくらいなら私が！」

バレンシアがニコリと笑みを浮かべ、コロンの側を離れる。そして皆の前でこう宣言した。

「だそうですよ、皆様。我がグリーヴァ王国はコロンをローグさんに嫁がせ、新しい国の礎《いしずえ》となる事を快く受け入れましょう。どなたも反対意見はありませんね？」

そう問うバレンシアの顔は、強《したた》かな女王であり、娘の幸せを想う母のものであった。

しばし呆然としていたローグだったが、ふと我に返ってコロンに尋ねる。

「なんか、状況に流されてる気がするけど、コロンは本当にそれでいいの？」

コロンは顔を伏せながらモゴモゴと質問を返す。

「ていうか……ローグこそ、どうなのよ……？　アンタが嫌なら、私は……」

結婚とは政治や利害のためにするものではない。お互いに心を通《かよ》わせてこそのものだ。相手の気持ちをないがしろにしたくはない……そんな純粋《じゅんすい》な思いからの問いだった。

「俺は……正直、コロンに惹《ひ》かれている」

「ふ、ふぇっ⁉」

コロンの顔が一瞬で沸騰《ふっとう》した。

ローグは一瞬フローラに目線を向けてから、意を決した表情でコロンに告げる。

「コロンと話している時は、なんか自然な自分でいられる気がするんだ。俺も周りの勧めに従ってしまう事が多いんだけど……コロンを好きだという気持ちに偽《いつわ》りはないと確信している。だから、ちゃんと自分の意志と言葉で気持ちを伝えたい」

そう言って、ローグはコロンの目の前で膝をついて手を取った。

「俺と結婚してほしい。俺の力の限り、コロンを幸せにすると誓う」

その直後……【万物創造】スキルの力でローグの手の平にシンプルな銀の指輪が出現した。彼はそれをコロンの左手の薬指にそっと嵌めてやる。

「あ……あぁぁ……！」

コロンは顔を涙で濡《ぬ》らし、指に嵌まる指輪をしばらくじっと眺めていた。

「結婚おめでとう！　コロン、幸せになるのよ？」

微妙《びみょう》な沈黙《ちんもく》を破り、バレンシアがコロンの肩を抱いて祝福の言葉をかけた。

「お、おがぁさぁぁん‼」

「もう、泣かないの。ほら、笑顔笑顔！」

「だ、だっでぇぇ！　うわぁぁぁん！　嬉しすぎて涙が止まらないのぉぉぉっ！」

ローグが自ら求婚したので、ロランをはじめ、他の誰も異を唱える事は出来なかった。

そして、皆はローグとコロンを残し、そっと席を外した。

屋敷の一室で、打ちひしがれた様子のフローラに、アランが話し掛けた。

「先を越されたのう……」

三姉妹の中でも一番ローグに想いを寄せていたフローラは、涙を流していた。

「えぇ、ローグさんの決定ですから仕方ありませんわ。けど……悔しいです！　お父様っ！　あ、あぁぁぁっ‼　出会ったのは私の方が先でしたのにっ！」

アランはそんなフローラを抱きしめて慰《なぐさ》める。

「大丈夫だ、フローラ。何も嫁は一人じゃなければならないなんて法はないのだ。ローグほどの器量《きりょう》なら、必ずお前にもチャンスは訪れる。ワシは見逃さなかった。ローグは一瞬だがお前の方を気にしていたぞ」

「……え？　ほ、本当ですか？」

「ああ、少なからずお前の事も気に掛けていたよ。だから……今は彼の結婚を祝福しなさい。離れずにチャンスを待つのだ。本気で彼を好いているのだろう？」

「は、はいっ！」

「よし、なら悔し涙を流すのは今日で最後だ。もっと女を磨き、お前を一番に選ばなかった事を後悔させてやれい！」

「お。お父様っ！　はいっ！　うっ……うわぁぁぁぁん！」

その夜、フローラは今までの日々を思い出しながら一晩中泣いた。

†

そして数日後、ローグとコロンはグリーヴァ王国の国民の前で結婚式を挙げた。式はローグ達の希望であまり派手《はで》なものではなかったが、多くの民衆が詰めかけ、皆が大いに祝福し、国全体が幸せなムードに包まれている。

残念ながらエルフの国から出られないローグの両親には後で報告する形だ。隣のザルツ王国からもたくさんの人々が祝福に訪れていて、もちろんそこにはフローラ達の姿もあった。

「コロン様、結婚おめでとうございます」

「フローラ……ごめんね？　あなたもローグの事本気で……」

フローラはコロンの言葉を途中で止め、こう宣言した。

「私、まだ諦めたわけじゃありませんから」

「へ？」

瞬《まばた》きを繰り返すコロンにフローラは続ける。

「いつか私もローグさんのお嫁さんにしてもらいます！　お嫁さんが一人じゃなければいけないって決まりはありませんから。私もいつかお嫁さんになって……コロン様よりいっぱい愛してもらうことにします。うかうかしてたら……奪っちゃいますよ？」

そう元気に言い放つフローラを見て、コロンは笑顔を見せた。

「私だって負けるつもりはないし？　結婚したからって、気は緩《ゆる》めないからね？」

「望むところです！」

フローラはコロンと固く手を握り合うのであった。

それを近くで見ていたカインが、ローグに耳打ちする。

「お前さ、昔から女の子にモテてたよな？」

「なんだ、藪《やぶ》から棒《ぼう》に？」

「いや、再会したと思ったらいきなり結婚してさぁ……もうアレ……したの？」

「アレ……ってなんだ？」

「決まってんだろ！　アレって言ったら男と女の……」

何かをこじらせている親友に、ローグが呆れ顔で突っ込む。

「カイン……お前はそういう事言ってるからモテないんだよ……自覚しろ」

「放っておいても女が寄ってくるお前に、俺の気持ちが分かってたまるかあぁぁ‼」

「声がでかいわっ！　だいたい……エルフの国に相手はいなかったのか？　エルフって言ったら綺麗な人ばっかりだろ？」

それを聞いた瞬間、カインはぶわっと涙を流した。

「あいつらさぁ……弱い人は好みじゃないとか、良い人なんだけど顔がちょっと……とか、そもそも人間は無理とか言って……ぐすっ……あぁ……俺も可愛い嫁さん欲しいよぉぉぉぉっ！」

ローグは、心底落ち込むカインを慰め、ある提案をする。

「元気出せよ。……ほら、伝説の鍛冶師になったらモテるんじゃないか？」

そんなカインの肩にドワーフの師匠が手を置いた。

「おう、ローグが言った通り、鍛冶師はモテるぜ？　言っちゃあれだが……ワシだって若い頃は結構なものじゃったぞ？　お前も鍛冶職人でも目指そうや、な？」

カインは思わずドワーフの前で膝を折り、頭を下げた。

「モテるためなら……死ぬ気でやりますっ！」

「動機は不純だが、やる気はありそうだな。まずは雑用からやらせるか。おうっ、ついて来な。ウルカに戻るぞ！　仕事は山ほどあるからな！　見て盗め！」

「はいっ！　師匠っ！」

そう言ってカインは式の途中なのにドワーフ達について帰ってしまった。

「なんなんだろうなぁ……あれは」

ローグの独り言にナギサが応えた。

《男とは普通、ああいう単純な生き物なのですよ、マスター。マスターの環境が恵まれす

ぎているだけなのです》
「そんなものかねぇ……」
その後、ローグ達は無事披露宴を終え、ウルカの町へと戻ったのであった。

†

結婚式から数日後、再びローグの屋敷にロラン王やバレンシア女王達が集まり、今後について話し合っていた。ロランがローグに問い掛ける。

「して、これからどうする？　我が国周辺にも貧困や戦《いくさ》に苦しむ民はかなりいるはずじゃ。たとえば……ギルオネス帝国に攻められている国とかの」

ギルオネス帝国は周辺諸国に戦《いくさ》を仕掛け、今まさにザルツの国境を脅かしている国である。

「ロラン王、ギルオネス帝国とはどんな国なのですか？」

ロランは表情を曇《くも》らせ、ローグの問いに答えた。

「自国の利益のためなら容赦なく他国を侵略《しんりゃく》する、危険な国じゃ。我が国は今のところ防衛しておるが、奴ら……更に力をつけるべく、南のローカルム皇国にまでその手を伸ばしおった。戦火は広がる一方じゃよ……」

バレンシアが口を開いた。

「ついにローカルムにまで……あそこが落ちたらザルツ王国も危ないですね……王都ポンメルが挟み撃ちに遭うかもしれません」

「恐らく、狙いはそれじゃろう。食料支援《しえん》を絶ち、疲弊《ひへい》させてから叩くつもりじゃ」

いくらローグが個人レベルで強大な力を有しているといっても、大国であるギルオネス帝国を直接相手取るのはあまりにリスクが大きい。そこでローグは、まずローカルム皇国から助けた方が良いと判断を下した。

「ロラン王。俺は建国後、ローカルム皇国の救援《きゅうえん》に行こうと思います。すみませんが……もう少し耐えてください」

「うむ。今はまだ持ち堪えておる。ローカルム兵が敵側に回ったら危ないが。頼むぞ、ローグ」

「分かりました。俺は自分に出来る事をしようと思います」

そんなローグのそばに、妻となったコロンが立つ。さらに、フローラ達三姉妹、町長のクレア、ミラ、アンナ、小竜姿のアースとアクア、ダインとカイン親子にマギとドワーフ達などなど……ウルカで暮らす面々が集まった。

ローグは皆の顔を一人ずつ見回し、高らかに宣言する。

「さて、方針は決まった。これから興す新しい国アースガルドについて、色々決めないとな。改めて、どうか皆の力を俺に貸してほしい」

「ええ、もちろんよ！」

　真っ先に応えるコロン。フローラ達姉妹も、負けじと頷く。

「私達も、ローグ様のために全力を尽くしますわ」

「何かスケールが大きすぎて実感が湧かないけど……私も必要とされているのか？」

　クレアはまさか自分もかと聞き返すが……

「あぁ、クレアは町の長としての意見をくれ。民の意見は大事だからな」

「なるほどね、分かったわ」

《それからナギサもな。頼りにしているぞ》

《もちろんです、マスター》

　こうしてローグは、己の力の及ぶ限り世界を救うという遠大《えんだい》な目標に向け、神国アースガルドを興す準備を始めるのであった。

あとがき

この度は文庫版『スキルは見るだけ簡単入手！ 1 ～ローグの冒険譚～』をご購入いただき、ありがとうございます！

単行本の第一巻が発売されてから、早くも二年が経過していた事に気づいて、正直驚いております。

さて、あとがきに何を書こうかと頭を悩ませましたが、ここはやはり拙作《せっさく》『スキ見る』についての、ざっくばらんな想いを記していこうと思います。

まず、本作を初めてＷｅｂ上に投稿《とうこう》したのが二〇一八年の事で、小説の投稿は私自身の三作目でした。当時は小説の創作方法などは全く分からず、それこそ、プロットとはなんぞ？　といった有様でした（それは今もあまり変わりませんが……）。

まあ、とにかくズブの素人《しろうと》であった自分がここまで成長出来たのは、ひとえに読者の皆様や、いつも感想をくださる方々のおかげであると日々感謝しております。

それから、今でも昔投稿していたＷｅｂ版の『スキ見る』が読みたい！　といった感想を時々もらえるのですが、あれは書籍版のローグくんとは全くの別人になっちゃったりしているため……封印することとなりました（苦笑）。

Ｗｅｂ版の方は、当時の勢いと感性で殴《なぐ》り書きしたお話だったので、正直今読むと書いた本人としても凹《へこ》みます（一応、元の話は保管してはいるものの……）。

これぱっかりは、書籍版との整合性などの兼ね合いがあり、Ｗｅｂ上に再度アップすることが出来ません。そういった理由から元のお話が読めた方は、ラッキーだった程度に思ってくだされば幸いです。

そして、ここで裏話を一つ。

メインヒロインのコロンですが、元のお話ではコロンの母バレンシアがローグの最初の奥さんでした（笑）。この設定については、書籍化にあたってのやんごとなき事情により、あれよあれよと改稿する中で、今の形に落ち着いた次第です。

とまぁ、一つ一つ挙げていけば、まだまだきりがありませんが、作者の精一杯の想いが詰まった本作ですので、どうか今後とも応援のほど、よろしくお願いいたします。

二〇二二年七月　夜夢

文庫判　定価：671円（10％税込）　ISBN：978-4-434-30544-3

ネットで人気爆発作品が続々文庫化！

アルファライト文庫 大好評発売中!!

世に悪名轟くクズ王子。
しかしその正体は――
剣に生き、
剣に殉じた最強剣士!?

前世は剣帝。今生クズ王子 1~5

1~5巻 好評発売中!

アルト *alto* illustration 山椒魚

**生まれ変わっても戦場に駆り出されて
グータラ生活は夢のまた夢!?**

かつて〝剣帝〟と讃えられた一人の剣士がいた。戦いの日々の果てに自ら死を選んだ彼は、ディストブルグ王国の第三王子、ファイ・ヘンゼ・ディストブルグとして転生する。前世での生き様を疎み、今生では〝クズ王子〟とあだ名される程のグータラ生活を送っていたファイ。しかしある日、隣国との盟約により戦争に参加する事に――。グータラ最強剣士ファンタジー、待望の文庫化!

文庫判　各定価：671円（10%税込）

アルファライト文庫

この作品に対する皆様のご意見・ご感想をお待ちしております。

おハガキ・お手紙は以下の宛先にお送りください。

【宛先】

〒150-6008 東京都渋谷区恵比寿 4-20-3 恵比寿ｶﾞｰﾃﾞﾝﾌﾟﾚｲｽﾀﾜｰ 8F
（株）アルファポリス　書籍感想係

メールフォームでのご意見・ご感想は右のＱＲコードから、
あるいは以下のワードで検索をかけてください。

アルファポリス　書籍の感想　検索

ご感想はこちらから

本書は、2020 年 3 月当社より単行本として
刊行されたものを文庫化したものです。

スキルは見《み》るだけ簡単入手《かんたんにゅうしゅ》！ 1　～ローグの冒険譚《ぼうけんたん》～

夜夢（よるむ）

2022年 7月 31日初版発行

文庫編集－中野大樹／宮田可南子
編集長－太田鉄平
発行者－梶本雄介
発行所－株式会社アルファポリス
〒150-6008東京都渋谷区恵比寿4-20-3恵比寿ガーデンプレイスタワー8F
TEL 03-6277-1601（営業） 03-6277-1602（編集）
URL https://www.alphapolis.co.jp/
発売元－株式会社星雲社（共同出版社・流通責任出版社）
〒112-0005東京都文京区水道1-3-30
TEL 03-3868-3275
装丁・本文イラスト－天之有
文庫デザイン―AFTERGLOW
（レーベルフォーマットデザイン－ansyyqdesign）
印刷－中央精版印刷株式会社

価格はカバーに表示されてあります。

落丁乱丁の場合はアルファポリスまでご連絡ください。

送料は小社負担でお取り替えします。


ISBN978-4-434-30543-6 C0193